平田玉蘊

尾道に生きた女性画家

小室千鶴子

郁朋社

平田玉蘊　——尾道に生きた女性画家——／目次

カバー画像：「桐鳳凰図」慈観寺蔵　撮影：写真家・村上宏治
装丁：宮田麻希

平田玉蘊

――尾道に生きた女性画家――

一　玉蘊母娘、京にのぼる

尾道から京にのぼった平田玉蘊母娘を待っていたのは、意外すぎる出来事だった。結婚を約束した当の相手、頼山陽は、あきらかに逃げ腰だった。仲介の労を頼んだ山陽の年長の友人竹元登々庵も近頃ではとんと姿を見せない。おまけに京の夏はめっぽう蒸し暑い。頭痛持ちの母のお峯は日に何度もいらいらにおそわれ、いきりたっていた。

「こうなったら慈仙さんに、じかにかけあうしかない」

慈仙というのは旅の画僧で、詳しい経歴は誰も知らない。広島や尾道を渡り歩いて、広島では山陽の父頼春水家にも長く逗留していた。なんでも春水や妻のお静から、放蕩息子の山陽のことを、くどくど頼まれたとか当人は言っている。

その後尾道にもやって来て、土地の豪商橋本竹下の屋敷にしばらく滞在していた。竹下の屋敷には当時すでに絵師として評判をとっていた平田玉蘊、妹の玉葆もしばしば招かれ自慢の牡丹の花の絵など描いていた。食客だった慈仙はある晩宴席で玉蘊姉妹の母お峯を見て、その美貌に息をのんだ。その後京に出た慈仙は、お峯にたびたび手紙をよこすようになった。

とくに山陽が今年文化八年（一八一一）閏の二月、神辺の菅茶山の簾塾を出奔して、京で家塾を開いたころから、慈仙はしつように上洛をすすめてきた。お峯にはそれがまるで山陽の要請で、玉蘊との結婚が整った、そう思われたのだ。

早朝宿を出て、駕籠をのりつぎ慈仙の住む四条寺大雲院に着くと、はやくも日差しはまっすぐ降りていた。庫裡（くり）では慈仙がそわそわ落ち着かなげに歩きまわっている。

お峯を見るとあわててかけよるなり、

「おうおう、お峯さん、よう来なさった。ささ、まずは冷たい茶でもいかがかな、もっともお峯さんはいける口じゃった。冷えた酒でもぐいっと一杯……」

慈仙は垂れたまなじりでお峯をなめるように見ると、お峯母娘を座敷に案内した。

「慈仙さん、とぼけたってごまかされやしませんよ。いったい山陽さんはどこにいなさる。どうして会いに来ないのです」

「お峯さん、こりゃ一体なんのことかのう。山陽が、なんぞしつれいなことでもいたしましたかな」

言いながら慈仙は寺の小坊主にはこばせた酒をお峯の前のお猪口に注ぐと、

「さっ、ささ、お峯さん、まずは一口、ぐいっと」

ちょっとためらって。根が酒好きのお峯はぐいっと酒をあおる。きめの細かい肌がほんのり赤らむのを見て、慈仙は突き出た喉をごくりとならす。

「いやお峯さんはあいかわらずみずみずしい。こうして並んでも立派に三姉妹でとおる」

慈仙は眼でお峯の身体をなめまわすように言うと、

「いや尾道の三美人、玉蘊さん、あんたの絵のようじゃな」にやにや愛想笑いを浮かべた。

　玉蘊は初めて会った時からこの慈仙という男がどうにも好きになれない。たしかに母は五年前に亭主を亡くして後家になったとはいえ、まだ四十四歳の女ざかり、娘の自分が見ても生来の美貌は衰えてはいない。そのお峯は酒でほてった顔を上気させ、胸もとに風をいれるようにバタバタ団扇をつかいながら、

「お豊（玉蘊）は本気で結婚するつもりで来たんですよ。それも誘ったのは山陽さんのほうじゃありませんか。ねえ。お豊」

　玉蘊は恨めし気に母を見た。なにも慈仙のまえでそんなこみいった話をするなんて、いつもの母らしくない。

「それがいざ京に来てみると、山陽さんは挨拶にもみえない。のらりくらりと逃げまわって、もしや京でいいおなごにでも会いなすったか」

「お母さまったら、なにもそこまでおっしゃらなくても」

　いつもはおとなしい妹のお庸（玉葆）まで、めずらしく母にくってかかる。

「いやいや心配はいりませんぞ。山陽のことならだれよりもわしが一番分かっておる。山陽は広島での最初の結婚で懲りた。こんど妻にする女はすくなくとも文墨の趣味のある女にしたい。自分が竹を描くかたわらで、妻が蘭を描く。男ぶりや金ばかりに執着して、やれ着物、芝居という女では、貧乏儒者には耐えられんとな」

「そりゃまあ、そうでしょう。山陽さんの神童ぶりは尾道まできこえていた。なんせ山陽さんの父上春水さんは広島藩きっての儒者、江戸の昌平黌でも講義なすった。藩のお殿様のご寵愛も厚いとか。

そうでなくちゃ山陽さんが脱藩騒ぎを起こして無事にすむはずもなかったし」

脱藩は、本人は切腹、お家は断絶と決まっている。それも藩主の寵愛がことのほか深くて、頼家は存続を許された。

「ただ親父が偉すぎると息子は苦労する。広島では奥方のお静さんの愚痴をたっぷり聞かされましてな。もっとも山陽の癇癪（かんしゃく）の発作かて、春水さんがお殿様のお供で江戸に出かけてから起こった。お静さんは心配で夜もろくすっぽ眠れない。そこで一年ぶりで広島に帰った夫の胸にむしゃぶりついて泣いて訴える。ところが春水さんは逆に不在の一年をうめるように山陽の教育には厳格をきわめた。お静さんにしてみたら、そんな山陽が不憫（ふびん）でならない。春水さんが江戸に出ると、たちまち溺愛（できあい）する。そのうち山陽の放蕩（ほうとう）がはじまった」

山陽の放蕩のうわさはまたたくまに広まった。さすがの春水も頭をかかえた。そこで二十歳になった機に山陽に嫁をむかえた。藩医の娘で十五歳の御園淳である。まもなく結婚して長子が生まれたものの、山陽の遊蕩はおさまるどころか激しさをました。

翌年、山陽の脱藩騒動が起こった。

ある日、頼家に竹原に住む大叔父伝五郎の訃報が届いた。春水はあいにく藩主に従い江戸詰めであった。そこで山陽が春水の名代で竹原に行くことになった。懐中には母からと父の末弟杏坪（きょうへい）から預かった香典がたっぷりある。

山陽は旅の途中山陽道から竹原に南下するあたりで従者をまいて、そのまま京に逃げ込んだ。藩士の嫡男が無断で他国に出るのは脱藩の罪、当人は死罪、家は断絶をまぬがれない。山陽はただちに連れ戻された。だが春水の学識を惜しんだ藩主の計らいで、彼は自宅の一室に幽閉されることになった。妻は藩法によりわが子を頼家に置いたまま離縁された。

　玉蘊は慈仙がとくとくとして語る山陽の話を、内心にがにがしいおもいで聞いていた。たしかに山陽は脱藩後廃嫡(はいちゃく)された。藩士の身分をはく奪されたからといい、それは山陽の夢でもあった。山陽は狭い広島藩に縛られずに、やがては京、大坂、江戸の三都のいずれかに出て、自由に諸国の知識人たちと交わり、自分の生涯の念願である『日本外史』の著書を広く天下に知らしめたい。

　そんな山陽が放蕩したからといって、尾道じゃ、ちっとも非難されやしない。父の五峯(ごほう)だって木綿問屋の商いより、諸国から訪れる知識人を迎えると、地元の文化人のならいでみずから尾道の遊郭にくりだし客をもてなした。

　それは時代の勢いのようなものだった。

時に徳川十一代将軍家斉(いえなり)の時世であり、自由気ままで贅沢三昧に暮らしたことで、後世大御所時代と揶揄(やゆ)されてもいる。側室の数四十名、それらの産んだ子は五十五人にものぼり、幕府は各大名家に養子にいれた。そのため藩ではお家騒動の原因ともなっていた。しかも寛政年間以来、日本各地では大規模な飢饉にみまわれ、毎年のように農民一揆が起こっていた。そのため町では米や物価の高騰がつづいて、庶民は食うや食わずの窮乏を強いられていた。老中首座の松平定信の寛政の改革もなしのつぶてであった。こうして、さしも盤石にみえた徳川幕藩体制にも、ひずみが生じ始めていたのである。

　社会がこれまでとおり立ちゆかない。そんな時代の影響からか、諸国の知識人の中にはみずから藩を捨て、また藩の枠を超えて、自由に交流する機運が高まっていた。彼らは中国の文人のまねをして、酒を酌み交わし、詩画を楽しむ遊蕩の場を積極的に求めあった。山陽がそんな生き方に憧れたからといって、何も悪いことには思われない。

　玉蘊がそんなことを考えていると、お峯のむっとした声が聞こえてきた。

「慈仙さん、そんなことよりこのお豊（玉蘊）の儒学、漢詩の先生は春水先生の弟春風（しゅんぷう）さんでしてね。お豊は父親に連れられ竹原にある春風さんの塾にもたびたび顔をだしていたんですよ。春風さんは儒学を教えるかたわら医者でしてね。そりゃお豊をかわいがってくれた。なにしろお豊には玉蘊、妹のお庸に玉葆と画号をつけてくだすったのも、春風さんですからね」

「なるほど、それで頼家とお峯さんの平田家の縁の深さは分かった。春水さんかて絵となるとまずは玉蘊さんにお願いする。それに山陽だって、はじめて頼家の法事で出会った玉蘊さんにぞっこんだってもっぱらのうわさだし、お峯さん、あとは吉報を待つのみ、ですがな」

　慈仙にそこまで言われると、お峯の気もすっと楽になった。

「そりゃお豊はどこに出しても恥ずかしくない娘ですよ。尾道ではちょっとばかし名の知れた福岡屋の惣領娘、器量だっていいし、婿になりたいって男はふるほどいるんですから」

「お峯さんの娘だ。美しくないわけがない」

「それに慈仙さん、お豊は亡くなった夫五峯の秘蔵っ子でしてね。わざわざ大坂まで出向いて尾道出身の絵師の福原五岳（ごがく）さんに絵を習わせた。五岳さんはお豊の絵をみて、びっくりなされた。夫に、この娘には天性絵の素質があると。だから夫は死ぬまで、お豊には生半可（なまはんか）な婿などいらん。絵を生業（なりわい）にさせる。なに結婚、そりゃお豊が望むなら、ただし天下に通用する才子がいい、そう言っていた」

お峯はすんなり伸びた鼻をぴくっとふるわせ、あやうく涙ぐみそうになる。慈仙はそんなお峯の手をとらんばかりに膝をすすませ、耳もとに熱い息をふきつける。

「お峯さん、分かっとる、五峯さんの遺志はあんたのもの、いやわしの望みでもある」

お峯はさすがに身体をこわばらせると、慈仙の視線をはねのけるように団扇でばたばたあおぎだす。

「慈仙さん、あんたほんとうに分かってくれるんだねえ。いえね、お豊は精進しましたよ。亭主が死んだとき、この娘はまだ二十歳、年頃なのに白粉も紅もつけず、新しい着物一枚欲しがらない。それも一家の女主人として、あたしや妹に不自由させまいと、ひたすら注文の絵を描いて、そりゃ苦労してきましたよ。だから今じゃ二十五の若さで、尾道じゃ誰一人知らぬものなどいない女絵師でとおっている。そのお豊が重い腰をあげて上洛した。それも山陽さんから結婚しようと強引に誘われて、でなけりゃ何も私たち母娘がわざわざ上京するはずもない」

お峯は胸元から懐紙をだすと、汗ばんだ額に押し当てながら、話を蒸し返した。

「だがな、山陽はなんせ京に来たばかりだ。家塾を開いたというが思うように塾生も集まらんという話だ。なんせ京の儒者どもは昔から新参者には冷たい。それに山陽の放蕩のうわさは京までひびいておるし」

慈仙は急に歯切れが悪くなった。

山陽は開いたばかりの家塾を早々に閉めて、慈仙のいる大雲院に一時身を隠していた。

顔面蒼白で広島藩からの追っ手におびえていた。訳を聞くと、山陽は家塾を開いた挨拶に頼家とも親しい京にある津和野藩御用達の飛脚問屋の金山重左衛門を訪れた。ところが重左衛門が云うには、京にも広島藩のお留守居がいる。正式な手続きを取らねばお国元の春水様にも面倒がかかりますぞ、と。山陽は、自分は廃嫡され浪人の身分で、父は親友の菅茶山先生に身柄をあずけた。今回は茶山先生のお許しを得ている。どうして広島藩の許可が必要なのだとくってかかった。ところが重左衛門は苦笑して、茶山先生は福山藩のお方、山陽殿が家塾に名入りで看板をかけられては、京の広島藩のお留守居の面目も丸つぶれや、と脅した。

　山陽にかけこまれたものの、慈仙には事を解決するだけの策も浮かばない。しょせんは旅の画僧であり頼家とは浅からぬ縁があるだけのこと、慌てふためく山陽を見ても、

「まあ、春水先生のことなら心配いらへん。わしにまかしておけ」と、なだめるだけで、とうとうしびれをきらした山陽は、大坂の篠崎親子を頼って京を逃れていった。

　慈仙はため息をついた。だが山陽のことだ、いずれ妙案をもって京に舞い戻る。だが、このことは母娘には言ってもむだだ。

「まあ、事を成し遂げようとする男には敵が多い。とくに山陽のような鼻っぱしの強い男には風当たりも強い。だが山陽はあくまで自分の能力だけで世の中と勝負したいんだ。いやあんがい男ってものは、そういう性質（たち）でしてね、わしだって諸国を流浪するのはそのせいだ」

　慈仙は目の前の徳利から冷酒を注ぐと、一気に喉をならしながら飲み干して、お峯を見やった。

　玉蘊は胸元をおしあてた。山陽の手紙が入っている。

……私儀、念願叶い、京の地にて開塾の運びとなりました。つきましてはご母堂様、妹様共々ご入京くださいます様、心よりお待ち申しあげております……

玉蘊の胸に甘酸っぱい感傷と、不安がおしよせてきた。

山陽の身に何事かが起こった。そうでなかったら山陽は自分の上京を知って、すぐにでも会いにくるはずだ。だがその事情が何なのか、分からない。もどかしさに胸がかきむしられるようだ。

「だから少々返事がてまどるのも承知せなあかん。お峯さん、そや、それまでゆっくり京に滞在しておればいい。そのうち山陽がひょっこり顔を出すで、ええな、それにわしは広島の頼家にいたとき、春水さんやお静さんから、そりゃくどくど頼まれましたんや。今度の結婚かて、ほかならぬ玉蘊さんが相手だというんで、頼家の方が、とくに母親のお静さんは大喜びじゃ」

「そりゃまあ、あのお静さんにしても、お豊とは知らない仲じゃないし」

お峯もまんざらでもない様子で、手にした団扇をくるくるもてあそんでいる。

「山陽の嫁になったら、まず母親のめがねにかなわんと。お静さんはあのとおりあけっぴろげな人柄だし、お峯さんとも気が合うでしょうな」

お峯は渋い顔をした。山陽の母お静はむるいの派手好き、芝居、浄瑠璃、踊り、それに大坂出身らしく食道楽、だいの煙草好きとあって、真面目一徹な春水とは万事対照的だという。おそらく山陽の癇癪と放蕩癖も、どうやらこの母の血筋ではないか、それほど山陽は母親とうまがあうらしい。

そんなことを思い出すと、お峯は急に不安になった。

夫ももてあます、わがままいっぱいのあの母親じゃ、お豊もさぞかし苦労するだろう。福岡屋の惣領娘として、蝶よ花よと大事に育てた娘が、辛抱をしいられる。それに母親のあたしはどうなるのだろう。

お峯はにわかに不安にかられた。すると山陽のにえきらない態度がにがにがしく思い出された。いったいあの男は娘に言い寄っておきながら、さて上京すると顔一つ見せない。

いいえ、どんな事情があるにせよ、結婚を申し込んだ相手に、それは失礼というもんじゃないか。いまいましさに、お峯はいきりたった。

「ねえお豊、あのどしゃぶりの雨の夜、山陽さんはお弟子の三省（さんせい）さんに言づてを持たした。自分は今夜神辺の簾塾を脱出して京にでる。おまえにも京にくるよう、はっきりと約束したのだね」

「お母さま、なにもそんな内々のこと、こんな場でお話しすることではないでしょう」

玉蘊は自分でもびっくりするほど語気を荒くした。見るとお峯はふくれっ面している。

「ごめんなさい。お母さま、そろそろ宿に帰りませんと、ずいぶん長居しましたもの」

「いや遠慮はいりませんぞ。それよか、ふむ山陽が簾塾を脱出した晩のことですかな、そういや、あの夜もどしゃぶりの雨だった。どしゃぶりっていやあ、二十歳で広島藩を脱藩したときも、途中から雨が降りなぐっていたそうだ。あの男、どうも雨の夜になると腹の虫がうごめくようだ。あいにくと京の町はここ一か月ばかり雨は降っておらん。そのせいかな、一向によりつかんわな。だが雨など、いずれ降る、そんとき山陽をつかまえるとしよう」

慈仙はてかてか光る額をなでると、ニンマリ笑った。さすがにお峯も苦虫をかんだように憮然（ぶぜん）と表情をこわばらせている。

玉蘊はふたりのやりとりに耳をふさぎたい思いで耐えていた。

それにしてもあの日は朝から何となく胸騒ぎがしていた。穏やかに晴れていた空が昼過ぎあたりから急に黒雲がはしってきて、すると神辺あたりから、突風のような北風が吹き下ろしてきた。

玉蘊は妹と庭の寒牡丹の花を写生していた。そのうちぽつりと雨粒が落ちてきた。玉蘊はあわてて絵具やら紙をかたづけると濡れ縁にあがった。

とたんに驟雨がおそってきた。背後の森から鵜どもがけたたましく鳴きながら飛び立った。玉蘊が座敷の行燈に灯りをいれるまに、妹のお庸が雨戸を閉めた。風雨は夜半を過ぎてもおさまらないどころか、ますます激しさを増すようだ。雨戸をひっきりなしに叩く音や天井をふるわす唸り音にまじって、雨戸の隙間から闇をつんざく悲鳴のような声が漏れ聞こえる。そのたびに行燈の灯りがたよりなげに揺らぎ、消えかかる。

昼間写生した絵に筆を加えていた玉蘊は、とぼしくなった行燈の灯りの揺れ動くさまをながめていたが、ようやくあきらめて隣の座敷の襖を開けた。

母のお峯と妹のお庸が仲良く並んで寝入っていた。

その時、かすかに「章(あや)さん、章さん」誰かが自分を呼んだ気がした。

章、こんな名で呼ぶのはあのひとしかいない。はっとして手燭(てしょく)をもって土間におりる。闇の中で息をつめると、「章さん、章さん」こんどははっきりと男の声がした。

山陽だ、あのひとにまちがいない。章という名ははじめて玉蘊と会った山陽がつけてくれた名前だもの。玉蘊はあわてて胸元をかきあわせ、激しく高鳴る胸の鼓動をしずめながら、深々と息を吸い込んだ。

　そうこうする間も戸口を叩く音は激しさをます。つっかい棒をはずすと引き戸をおしあける。ふきなぐった風雨とともに、若い男が転がり込んできた。

「章さま、夜分おどろかせてすみません。わたし、三省です」

「まあ、三省さん、ちょっと待って、いま手ぬぐいを」

「いいえ、章さま、私なら大丈夫です。それより山陽先生からの伝言です」

　三省は雨で重たくなった蓑笠をもちあげ、肩で荒い息を吐くと、

「山陽先生が、ついに決行された。先生は今夜ひそかに神辺を出奔され、京に向かわれたのです」

「山陽様が、とうとう京に！」

「わたくしもこの足で、ただちに先生の後を追いかけます」

　三省は誇らしげに胸をはった。三省はもともと簾塾(れんじゅく)の菅茶山(かんちゃざん)の弟子だった。それが一年半前、山陽がやって来て彼の講義を聴くや、たちまち心酔してしまった。

「先生は、章さまに、ご自分は一足先に京にでる。だから章さまも、いずれ京にでてほしいと」

　三省は唾をとばしていうと、白い歯をみせにっと笑った。

　玉蘊は闇夜の中で思わず顔を赤らめた。三省は神辺にきた山陽を尾道の色街に誘い出し、あとで茶山から大目玉をくらった。それを悪びれもせず玉蘊に打ち明けて、にやにやしていたことまで思い出された。

「分かりました。かならず京にまいります。三省さんも道中お気をつけて」

「山陽先生は……いや、これは」

「なにか？」

「いや、先生は、今夜にでも章さまを連れていきたがっておられた」

三省はふきなぐる風雨によろけそうになりながら、顔をくしゃくしゃに笑うと、笠を目深にひきよせ、闇の中にかけ去った。

「お豊、だれか来たのかえ？　男の声がしていたが」

いつのまにかお峯が座敷の襖越しに土間をにらんでいた。

「三省さんが、たったいまお見えになりましたの」

玉蘊は寝室に入るなり、上気した顔で三省の話をした。お峯はそんな玉蘊の手をにぎりしめて、眼をぎらぎら光らせた。

「とうとう、京にでなさったか。そりゃあたりまえだ。山陽さんはれっきとした広島藩儒官の頼春水様のご嫡男、廃嫡されたとはいえ、こんな田舎で埋もれるおひとではないはずだ。それにしても、山陽さんは忘れていなかった。わざわざ三省さんを寄こすなんて……お豊、良かったね、どうやら待っていた甲斐があったというものだ」

お峯はしんみりして涙ぐむと、仏壇のある居間に玉蘊と寝ぼけ眼のお庸を連れて行った。

「お前さん、玉蘊にいい相手がみつかりましたよ」

お峯は四十七歳の若さで病死した夫の位牌に手をあわせた。

あの晩、弔いに来た菩提寺の持光寺の住職がためいきまじりでつぶやいた。五峯さんは仏さんになっても後光がさすような美しいおひとじゃ。お峯にはその言葉がいまだに脳裏をはなれない。

たしかに夫は幼少のころから能楽、絵が得意で、彼が舞うと神の子が舞い降りたようだと近所でも評判だった。五峯には自慢のことだが、彼が本心なりたかったのは絵師だった。尾道出身の絵師で、大坂で大勢の弟子をかかえる福原五岳のような成功者になるのが夢だった。そのためには金に糸目をつけない。家業の木綿問屋、酒造業の借財がふくらもうと、商いが傾こうと、気にもならなかった。さすがに四十を過ぎると、夢をあきらめざるを得なくなった。それからの五峯は、おのれの夢をすべて愛娘（まなむすめ）の玉蘊にかけるようになった。

玉蘊はその夜のことをおもうたび、胸がしめつけられるほどの甘美な陶酔（とうすい）感に陥った。

これこそ自分が待ち望んでいた運命だとさえ信じられた。

それが、いざ京にでてみると、かんじんの山陽からはなしのつぶてだ。

なにか自分には想像もできない困難が山陽の身に起こっている？　だが、それは何なのだ。仮に自分には手が負えない事態であっても、将来を誓い合った仲ではないか。うちあけて、ともに苦難をのりこえよう、一言声をかけてくれただけで、自分は救われるのに。

玉蘊が山陽への想いを募らせる一方、山陽からの連絡は途絶えたままだ。もしや、母が云うように山陽にはほかに好きな女性でもできたというのだろうか？

玉蘊はあわてて首をふる。あの山陽にかぎって、そんなことはない。

はじめて頼家の法事の場で顔をあわせてからこれまでの五年もの間、山陽の気持ちは一遍だって変わったことはなかった。あのひとは、いつだって自分の気持ちにまっ正直で、いずれ天下に自分の才能を知らしめる。そのためには広島藩などに縛られず自由に能力を発揮したい。お豊さん、わしとともに暮らそう、なに母上や妹御もわしが面倒みる。

その言葉には真実味があった。玉蘊が重い腰をあげて京にでようと決心した背景には、山陽の炎のような激情にこの身を投げ出してもいいと思ったことでもある。

思わずうつむいて唇をかんでいた玉蘊の耳に、お峯の癇癪を破裂したような声が聞こえてきた。

「慈仙さん、そりゃ浮気も男の甲斐性っていいますが、まだ所帯ももっていない男と女のあいだに、心変わりがそうそうあっちゃたまりませんよ。これじゃあ、お豊はとんだ面汚し、どう責任をとっていただけるのか、事と次第によっては、私にだって覚悟がありますからねえ」

「まあ、まあ、お峯さん、せっかくの美貌がだいなしだ。わしがいうのは、あくまで一般論で、なんせ男と女の関係は微妙なもんじゃて。それに男っていうもんは、いったんこうと決めたら、あとのことはごちゃごちゃ言わん、存外女ほど気にもとめん。それに男には外にでると七人の敵がいる。山陽には京じゅうの儒者が牙をむいて襲いかかろうとしておる。そっちの退治が先でおますやろ」

「そりゃあたしだって殿方のご苦労はしょうちしてますよ。好いた女より、結婚より、男にはまずは自分のやりたいことに熱中する。それが男の甲斐性だっていうんでしょう」

お峯は冷酒をあおると、ふうっとため息をはいた。

たしかに夫の五峯にはさんざん泣かされた。嫁いだころから幾晩も家を留守にする夫を案じて気持ちをすりへらした。それが十日もするとけろりとした顔で戻ってくる。こっちは死ぬほど心配して、夜など風の音にまで耳をすませ、一睡もできなかったのに。所帯をもって気苦労の連続だった。夫のことを思い出すと急に口数も減って、へなへなしおれてくる。慈仙はそんなお峯をつつみこむように、

「まあまあお峯さん、美人がしおれるのも風情があってよろしいが、ここはひとまず四条河原にでもくりだすとしよう。四条河原には、まっ昼間から浄瑠璃の一座が小屋掛けして、それに遊女おどりや曲独楽（きょくごま）、曲馬、曲芸、富くじと、ちかくには動物小屋もあって孔雀がえろう評判ですがな。お峯はん、ほなわしもお相伴させてもらいますよって、元気だしいいな」

お峯は無類の芝居好きだ。

「浄瑠璃ねえ、そうさ、お豊、こう毎日くさくさしては辛気（しんき）くさくていけない。ちょっとのぞいてみようか」

さばさばした表情で後れ毛をなであげると、腰をうかせる。

「でもお母さま、明日は玉潾（ぎょくりん）和尚様をお訪ねするお約束ですわ」

妹のお庸が遠慮がちに言った。

「おうそうだった。京に出てきたのも玉潾様にお会いして、墨竹画の手ほどきを受けることでもあった」

お峯は浄瑠璃小屋のこともけろりと忘れて帰り支度をはじめた。

二　玉潾（ぎょくりん）和尚

翌朝母娘は駕籠をたのんで東山にある永観堂禅林寺に住職の玉潾和尚を訪ねた。玉潾は詩文をよくし、その墨竹画には定評があった。

樹々がせまる長い回廊には風が吹き抜けて、ここだけは別天地のように涼やかに感じられる。お峯も息を吹き返したように軽やかに歩いている。その透き通るような肌に黒目勝ちの眼、すんなりのびた鼻ややや大きめな唇をわずかに開いたお峯の横顔を見るともなくながめて、玉蘊は娘ながらその美貌に息をのんだ。

このまま京に滞在して慈仙をただ頼っていては母娘にとってろくなことはない。あたら慈仙の欲望を刺激するだけだ。玉蘊はきりっと眉をあげた。

玉蘊は今では一家の大黒柱である。母と妹を養っていく覚悟もできていた。それだけに、結婚には消極的だった。だから思いがけなく山陽から激しく求愛されても、容易にうなずくことはできなかった。

だが初めて出会ってから五年の歳月が経っていた。二十五歳になった玉蘊には山陽の一貫した求愛がにわかに真実味をおびて感じられるようになっていた。それも玉蘊の家長の立場を尊重して、山陽は母や妹ともども暮らそうとまで言い切ってくれたのである。

　玉蘊はやっとのことで山陽との結婚に踏み切る決心がついた。だから山陽が京で家塾を開いたからすぐにでも上京されたしと書き送った手紙を読むと、母のお峯にうちあけた。生半可な決心ではない。お峯は喜びを隠しきれずに、ただちに尾道の家を処分して、京にのぼろうと弾んだ声でこたえた。

「でもお母さま、それはちと性急すぎますわ」

　母娘が京にのぼるのは初めてだ。若くても玉蘊には家長としての分別が無意識にはたらく。だから尾道を発つときも、親しい知人には、京で絵の勉強をしてくるとだけ言って、船に乗ったのだ。だがいま玉蘊の立場は高瀬川の朽ち葉のように頼りないものだった。

　玉蘊は胸にわきあがる不安をはらいのけるように、首を左右にふる。一刻も早く玉潾さまにお目にかかりたいもの、尾道にいたときから玉蘊は玉潾和尚に絵を送り指導を受けていた。その和尚にこれから会うことができる。どんなに憧れたことか。

　玉蘊は回廊の両脇から枝を伸ばした樹木のあいだから、真っ青な空を見上げた。

　すると微かに不安が消えた。

「久太郎（ひさたろう）（山陽）さまには何かよんどころのない出来事が起こったにちがいない」

　玉蘊は背筋をただして玉潾和尚の待つ部屋に向かった。

　玉潾和尚は六十に手が届く高齢だが、品の良いおだやかな笑みを浮かべて母娘を迎えた。実際和尚の接する相手は公卿や京でも名門といわれる人々で、彼を有名にしたのも、墨竹画のみならず、茶道、華道、蹴鞠の道まできわめた風流人であったからだ。

彼は、尾道から訪ねてきた母娘を茶菓でもてなすと、最近の弟子たちが描いたという墨竹画を見せてくれた。

「おや、これはまた見事だこと」

お峯はなかの一枚を取り出すと、驚いたように眼をみはった。

玉潾は静かに微笑んで、

「美濃の江馬蘭斎（えまらんさい）殿のご息女多保（たほ）さんのものです」と、やや自慢げにこたえた。

「多保さんは美濃から京に来られて、直接指導しておりますが、女子ながら筋がええ」

和尚の愛弟子なのか、玉蘊がたずねるまえに玉潾はしゃべりだした。

「蘭斎殿は美濃の蘭方医で多保さんはその長女、だが結婚はしておらず妹が婿を取っておられる」

「まあ、お年はこの玉蘊とおなじ……、結婚はなさらんと？」

お峯は驚いたように眼を丸くすると玉潾にたずねた。

「さよう、多保さんの書画にかける情熱は生半可なものではない。それもまずは中国の画譜を手写して、それらをもとに実際に写生などして書画の練習を徹底されておる。さらには経史、詩文集のたぐいにいたるまで女性ながら興味は広くて深い。それは一般には俗醜を除く法として古来有効とされるやり方だが、そのせいだろうか、多保さんの画には濁りがない」

玉蘊も、これほどの竹の画はいまだ見たこともない。それも描いたのは自分とおなじ、二十五歳の若い女性で、しかも結婚もせず、ひたすら書画にうちこんでいるとは。

「多保さんはもともと竹がお好きです。裏山にはごっそり竹藪があるそうで、そのせいでもあるまいが、多保さんは背筋のはった凛とした気品のある女性で、その美しさは失礼ながらこちらの玉蘊さんとよう似ておられる。いずれが菖蒲か燕子花か、でござる」

玉蘊は思わずため息をはいた。なるほど玉潾和尚が絶賛したように美濃の江馬蘭斎の娘の画には静謐ながら躍動感さえ感じられる。かような墨竹画を描く女性が身近にいたとは正直信じられない。玉蘊が荒い息を何度も吐いていると、お峯が声をかけた。みると手には陶器で創った盃がある。

「お豊、見てごらん。これも蘭斎殿のご息女の絵付だそうだよ。「産にいただいていこう。和尚様、よろしゅうございますか」

玉潾和尚は柔和な顔をほころばせうなずいた。お峯は道楽者の夫や地元の豪商らが蒐集した名品、名画のたぐいに触れる機会が多いせいか、もともと感受性が鋭いこともあって、かなりの目利きでもあった。

玉蘊も蘭斎の娘が絵付したという陶盃を手にとってみた。冷たい磁器の感触が指にじかにつたわる。だがそれ以上に玉蘊を驚かせたのは、冷たさの中に秘めた燃え盛る炎のような熱気だった。

不意に山陽の火を噴くような言葉の端々が、玉蘊の全身を稲妻のように突き刺した。

どうしてこの磁器を手にして、自分は火傷しそうになったのだろう……。

だがこの時は、この多保という女性こそ、のちに山陽から細香の号をあたえられ、生涯独身のまま山陽のそばを一生離れなかった女弟子であったということ、さしもの玉蘊も知るよしもなかった。

帰り道、お峯はひどく興奮していた。駕籠を呼ぼうという玉蘊にめずらしく歩いて帰るという。南禅寺から知恩院にまわりしばらく行くと八坂神社が見えてきた。その間、お峯はほとんど一人でしゃべりたてている。

「さすが京だねえ、いやね、女どうし、ひいきで言うんじゃありませんよ。どうしてどうして、あの二人の画はほんものだ。いいものを見せてもらった」

お峯は本気で蘭斎の娘多保と、いまひとりの玉潾の弟子だという棲鳳（せいほう）という女流絵師の画に感嘆していた。

「尾道じゃ玉潾和尚さんのお弟子も多くいるけど、あの竹内彦右衛門さんだってあんな見事な竹の画は描けやしないね」

尾道では常々世話になっている豪商を、お峯はこともなげに切って捨てると、近くにある茶店をみかけ、姉妹をふりかえって、

「ちょっと休ませていただこう。喉も乾いたし、こう暑苦しくっちゃ息もつけないよ」

赤い毛氈（もうせん）の敷かれた長椅子に倒れこむように座ると、扇子をとりだし胸元にばたばた風をいれた。

香りのたった抹茶に、鹿の子の甘さが口にひろがる。

「ああ、やっと生き返った。さて、これからどうしよう。そういえば慈仙さんが言っていた。四条河原で浄瑠璃小屋がかかっている。どうしょう、お豊、ちょっとのぞいて行こうか」

妹のお庸がくすりと笑う。母は根っからの芝居好き、しかも京ではめずらしい浄瑠璃小屋がかかっている。せっかく尾道からやって来たのだ、旅の土産話に一度ぐらいのぞいていこう。母の気持ちは

決まっているのに、それでも姉の玉蘊に気兼ねして、こびるような笑みを浮かべている。

「お母さま、どうぞごゆっくり見物なさって、私はちょっと寄りたいところがあるの」

玉蘊はそういうと、妹のお庸をふりかえる。このままぞろぞろ宿に戻っても、またお峯の愚痴を聞かされる。お庸にはすまないが、玉蘊にはとにかくひとりになりたかった。

「分かりました、お姉さまはもしや西本願寺にまいられますの」

「ええ、お庸も行きたいでしょうけど」

「いいえ、今日のところはお母さまと浄瑠璃を楽しみますわ。お姉さま、どうぞ心ゆくまで模写してこられたら、せっかくの八田古秀先生からのおすすめですもの」

玉蘊は苦笑した。おっとりしているようでも絵を描くだけに、お庸はさすがに勘がするどい。

尾道を出立する前、玉蘊は京の絵の師匠である八田古秀から手紙をもらっていた。八田は、もし玉蘊が京にでられるなら、昨年改築されたばかりの西本願寺の御影堂の襖絵をぜひとも見るようにすすめてくれていた。

四条大橋で母や妹とわかれて、玉蘊は堀川通りを南に歩いていた。夏の陽ざしがようしゃなく地面に降り注いで、人々が歩くたびに乾いた地面に砂誇りがまいあがる。

八田古秀は京の円山、四条派の呉春の弟子である。円山応挙により創始された写生画の写実に、蕪村の弟子で俳人でもある呉春が加わり、一種洒脱な俳趣をふくんだ抒情性が加味され、その庶民性から京では円山、四条派として一世を風靡している画壇である。

玉蘊は幼いころから父五峯の手引きで八田の指導を受けていた。

玉蘊が描いた絵を京の八田のもとに送る。指導は直接ではないが筆まめな八田は玉蘊の絵に丹念な評価を書き記し、送り返してきた。文にも気さくな八田の人柄がにじみでて、玉蘊は八田の手紙を読むたび、自分の画力の足りなさに唇をかみ、何日も考え続けて新たな絵にも挑戦を試みた。そんな八田の門には町人から武家、男女の別なく出入りして、上流の名門相手の玉潾和尚にくらべて、はるかに庶民的だと聞いたこともある。

そのせいか、八田のすすめた襖絵も、絵師は同じ円山応挙門下ながら、じつは八田より十歳も年少の吉村孝敬（こうけい）であるという。

やがて西本願寺の唐門が見えてきた。

境内に入ると参拝客でにぎわっていた。あらかじめ八田が話をつけてくれていたのか、あらわれた若い寺僧に案内され、御影堂の中に通された。さすがに参拝客も少なく閑散としている。僧の意外にも闊達な足音を聞きながら、玉蘊は内陣へと足をすすめた。信仰の空間である広々とした外陣の先に内陣があった。

「どうぞごゆるりと」爽やかな声に玉蘊は微笑み返し、ていねいに礼を述べた。

中央に親鸞上人の御真影を安置した内陣は、荘厳さのなかにも華麗であった。

お目当ての襖絵はその内陣の両側にいずれも六枚ずつ飾られてある。

北側に雪松図、南側には雪梅竹画である。

金地画面に雪をかぶった松、さらに梅、竹をたくみに配した華麗な装飾画である。明かりのとぼしい内陣にあっても、その存在感は見るものに異彩を放って、さすが、円山応挙門下の十哲といわれる吉村孝敬の筆だと、感心させられた。

玉蘊は襖絵の前で膝をついて眼をこらしていた。

円山応挙が創設した絵画の技法はこれまでの常識をぶち破った。

雪をかぶった老松は、かたむき、よじれて、しかも折れかけている。無残な老松のそれでも生きのびようとあがく姿を、応挙の筆は、ただ冷徹に、誰にでもわかりやすく表現している。

その応挙の十哲、弟子の吉村の老松は、太い幹に大きくはりだした枝をのばし、ふりつもった雪の重みを全身で受け止めている。その質感といい量感までもが、見るものに老松のしたたかに生きようともがく無残な姿を彷彿（ほうふつ）させる。

さらに南面の雪中梅竹図の前で、玉蘊はふたたび足をとめた。

ここにも老松は、均整のとれた太い幹で老いても巨大な姿で存在感をあらわしている。それは背後のすっくり伸びた竹の軽やかさと好一対をなしている。

昨夜までのふりつもった雪もやみ、明るい陽ざしがさしこむ爽やかな朝の情景が、平明ながら絵師の鋭い写実の眼を通して、見事なまでに表現されている。

古来、松、といえば織田信長に仕えた狩野派の永徳（えいとく）で、その画も雄大、かつ豪壮な松である。まるで戦国武将の刃を、あたかも己の画技ではっしと受け止め、跳ねのけるような渾身の戦場の松である。

大地に深く根をはった松は、画面からはみだしそうな巨幹をくねらせ、さらに強くはりだした枝々には、豊かな緑の葉叢を波うたせた常磐の松が映えている。

だがその後の狩野探幽（たんゆう）になると、徳川幕藩体制が安定期を迎えた時代の影響からか、雪をいだいた松も、その強靭さをしなやかさのなかに埋もれさせ、画は瀟洒（しょうしゃ）淡白な趣に仕上がっている。

その後、時代は推移し狩野派全盛の絵画界から新興の流派が競うようになっていった。


円山応挙の出現もそのひとつであった。応挙は、画を高等な上流階級の特権的な領域から、平明で写実的な誰にでも分かるものに変えた。このころにはすでに西洋から合理的な写生画法や中国人画家沈南蘋（しんなんぴん）の理づめな写実的描法が入ってきており、応挙もそれらの画法を学んでいる。だが、そこに留まらなかったのが応挙である。現実の自然から得た視覚の印象を、鮮度を落とさず画面に定着させつつ、瀟洒な装飾美をも表現すべく、従来の筆墨技法を極度に洗練させ取り込んだ。その応挙に指示したのが呉春で、彼は若いころ俳人蕪村の弟子でもあったことから南宗様式の画を描いていたが、蕪村死後は応挙に接近、その画も俳諧の洒脱で小粋な画風に応挙の写生画を取り入れ、応挙死後は京の四条派として画壇に君臨している。


自分の歩んできた道にまちがいはない。

襖絵の前にたたずみながら、玉蘊は高まる興奮に思わず我を忘れそうになる。

そうして、玉蘊は自分自身に熱く問いかける。

いつの日か、自分にも、かような襖絵を描く機会がくる。そのためにも、一層の精進が求められる。

その時かすかに人の気配がした。気のせいだろうか、玉蘊が振り向くと、痩せた武士が襖絵の前で放心したように突っ立っていた。細い眼を鋭く見開き、まるで玉蘊の存在など気づいてもいないかのように。


しばらくしてようやく玉蘊に気づくと、照れくさそうに頭をかいて、

「あなたも絵を描かれるか?」聞くともなくつぶやいた。

言葉になまりがある。はて、聞いたこともない。いずれの藩の侍なのか。

玉蘊はうなずきながら、つい微笑んでいた。それほど侍からは春風のようなぬくもりが感じられた。

するとなんの脈絡(みゃくらく)もなく、山陽の笑顔が、歯切れのいい闊達な声がひびいてきた。

「お豊殿、京はいいだろう。どこに行っても、襖絵から障壁画、それに肉筆の一枚絵など、ありとあらゆる名作にお目にかかることができる。いい絵を見る機会があるということは、絵師にとってこれ以上の修養の場はない。場合によっては模写する機会もあたえられる」

山陽が、故郷広島ではなく、京にのぼりたかった気持ちが切ないほど分かってきた。

京には尾道にはない、おのれの才能を開花させてくれる何ものかがある。

何千年ものいにしえより、われら日本人がつちかってきた文化の源が、この京の地には潜んでいる。

玉蘊はその機会を、山陽とともに手にいれる。心から切望すると、玉蘊は躍りあがりたいほどの興奮に顔を真っ赤にした。

明日は模写させてもらえるよう、八田先生に頼んでみよう。

御影堂をでた玉蘊の顔に西日が強くさしていた。

こうなったら一日も早く山陽に会いたいものだ。

玉蘊は襖絵を見た興奮から足早に宿に向かっていた。その時、

「玉蘊さん? 玉蘊さんじゃありませんか」すれ違いざまに若い男に呼び止められた。

見ると簾塾で山陽と一緒だった木村鶴卿(かくきょう)が懐かしそうに駆け寄ってきた。

「京にいらしていたのですか」

鶴卿は当然ながら山陽との仲を知っている。だが山陽の窮状も聞かされている。

「なに、襖絵を見てまいられた。そう、京には多くの名画の類も多い。見てまわるだけでも大変な日数がかかる」

玉蘊はうなずいた。

（山陽とはもう会えたのだろうか？）

鶴卿は気になったが言葉を飲みこんだ。めったなことをしゃべって、二人の再会をじゃまにしたら山陽に恨まれる。

（それにまもなく中秋の名月だ。聖護院での月見に山陽はお豊さんを誘うはずだし）

いくら山陽が京で苦労しているからといって、惚れて惚れぬいた女が上京してきたのだ。時期をみて山陽のことだ、お豊さんをひきとるだろう。鶴卿は信じて疑わない。

木村鶴卿と別れて宿に戻った玉蘊は久しぶりに鬱憤（うつぷん）が晴れたような心持になっていた。

母や妹はまだ帰っていない。玉蘊はめずらしく早々と湯につかった。湯船に身体を沈め、眼を閉じると、さっき見た御影堂の襖絵が、北側に雪松図、南側には雪梅竹図の構図が、寸分たがえず眼の前にあらわれた。

座敷に戻り長くたらした髪を櫛（くし）ですいていると、母のお峯とお庸が帰ってきた。

「京はさすがだ。なかなかの賑わいで、真っ昼間だっていうのに、長い長い列ができて、見物人の多いこと、やっぱり尾道とはちがうねえ」

「そうなの？」

「ええ、さすが都ですわ。刺激がおおすぎて、うかうかしていると子どもみたいに迷子になりそう」

おっとりしたお庸も興奮気味に眼を光らせている。

「着物なんて店先をのぞくと山ほど積まれてあって、柄もおしゃれな七宝染め、藍染、あれが京では流行っているのかねえ」

着物にめがないお峯の声もひさびさに弾んでいる。

「お母さま、よい湯でしたわ。お先にいただきましたけど」

玉蘊がお庸に湯桶をわたすと、

「どれ、お湯をいただきましょうか。これで久太郎さんがいらしてくださったら、京もあんがい良いところかもしれないね」

お峯は浴衣に着替えると、玉蘊が運んできた冷たい水を飲みほしながら、ため息まじりで廊下にでて行った。

三　山陽、大坂に逃れる

山陽はそのころ京を逃れて大坂に向かっていた。とりあえず弟子たちを京で世話になっている蘭方医の小石元瑞に預かってもらい、自分は着の身着のまま船に飛び乗った。

広島藩の追手がまもなくやって来る。頼家でも独自に探索に動いている。とりわけ父の頼春水は激怒している。廃嫡され去就にこまった山陽を、菅茶山は春水との長年の友情から、神辺の廉塾の都講（塾長）にしてくれた。それなのに、山陽は茶山の顔に泥を塗るように、またしても京にかけのぼった。江戸でその報せを聞いた春水は、険しい顔でたまたま江戸にでていた弟の春風に手紙を持たせた。

その春風が江戸をでて竹原への帰り道、まもなく京の山陽の塾を訪れるという。

その報せに、山陽は真っ青になった。なんとか手を打たねば、自分は再び広島に連れ戻される。その夜、秘かに慈仙の住む四条寺大雲院を頼ったが、名案は浮かばない。

やむなく向かった先は、やはり大坂の篠崎親子の三島塾であった。

その大坂では、さっきから父の友人である篠崎三島と養子の小竹が待ちかねていた。

三島は若いころから山陽の父春水に深く心酔し、この地で三島塾を開いている。もっともこの地は春水が初めて儒学の私塾青山社を開いた跡地であり、山陽が産まれた思い出の土地でもあった。だから神辺の簾塾をでて京にのぼるさい、真っ先に立ち寄ったのも篠崎親子の三島塾であった。

「まずはあがって、酒でも飲もう」

養子の小竹は山陽とは一つ年下の三十一歳、憔悴しきった山陽を座敷にあげるとみずから酒を注いでやった。身なりも、簾塾を出たあの晩の質素な木綿の袷によれよれの袴、腰の大小の刀を無造作にさしたいでたちのままで、小竹にも山陽の苦境は察しられた。

蒼い顔をして山陽が語る苦境のかずかずを、黙ってうなずいて聞いていた三島が、

「春水様は山陽殿の天才ぶりを疑ってはおらぬ。早熟な天才ゆえに癇癪症に苦しんでおるとも言われた。だから十八歳になった山陽殿が、叔父上の杏坪(きょうへい)殿の江戸詰めのおり昌平黌(しょうへいこう)に遊学したものの、その生活になじめず広島に戻ってきてしまった。どれもこれも彼の非凡さのせいかもしれぬと」

ましてや山陽の放蕩癖など、案外理由があってのことだろうと、春水が本心では思っていることも、三島には分かっていた。三島は若いころから春水の学識の深さに心酔し、みずから弟子入りしたように春水の凄すぎる天才ぶりは嫌というほど知っている。

だが春水は、出自は竹原の紺屋の息子である。若くして大坂にでて儒学を学ぶかたわら詩社にもくわわり、学才、詩才をほしいままに発揮した。なかでも春水が興味をもったのは宋学（程朱学）で、その後広島藩に召し抱えられると、藩主を説得して朱子学一本にしぼらせた。

こうして藩主の信頼を得た春水は頻繁に江戸にでるようになると、白河候松平定信に接近した。やがて定信が老中首座にすわると、春水は定信の権力を動かして朱子学だけを官学とし、他の学問をことごとく禁ずる「異学の禁」に踏み切らせた。

さらにその運動を定着させるため、これまで林家の私学だった昌平黌を幕府の官学にさせ、従来の教授陣を一斉に追放させた。そうして春水は古賀精里、尾藤二洲、柴野栗山ら、自分の親友の朱子学者を教授として送り込んだ。のちに寛政の三博士と呼ばれた高名な彼らを、古学から朱子学者に転向させたのも春水の手腕であった。

三島の養子である小竹は、当然ながら養父の話を信じていた。だから山陽が脱藩騒ぎを起こして三年もの間自宅に幽閉されても、その後の放蕩騒ぎにさえ世間で非難するほど偏見もなかった。

ただ簾塾出奔後、初めて山陽が訪ねてきた時の印象は、儒学者の小竹には、うさん臭く映った。もっと言えば大言壮語、いやほら吹きの類かとも思われた。

山陽は風呂敷包を解いて山のような草稿の束を取り出すと、

「ご覧ください。三年の幽閉中、一日もかかさず書いた『日本外史』の草稿でござる」

開口一番、胸をはった。

「ほう、あの自宅軟禁中にこれを書きはった。たいしたご努力ですな。さぞかしご苦労もおありでしょう」

義父の三島は素直に感嘆し、小竹にも見るようにうながす。

「もちろんです。なにしろ幽閉中は誰とも会えず、退屈極まりない。それこそ暇にあかして古典や従来の歴史書を読みまくるしかない。そうして膨大な資料にあたっていると、この機会に、あらゆる歴史書や軍着物の記述を、自分なりに徹底的に洗いなおしてみたくなった。つまり歴史的事件が起こった日時、場所、さらにかかわった人物の行動などを詳しく分析することで、実際の事件や出来事を、あたかも眼の前で再現してみせる。それもかならずしも過去の歴史家の記述ではなく、つまり私の内部からわきあがる詩人の筆というやつで。古代から今にいたる英雄の真の姿を、その生きざま、彼らの魂までことごとく、復活、再現させてみたっていうわけです」

「なるほど、それで『日本外史』ですか」

「いかにも、たんなる日本通史ではなく、長大な武家の叙事詩です。むろんその思想的神髄は、朱子学の大義名分論に負うておりますが」

「父上の学問の発展上に位置づけされた。さすがでございますな。小竹、さっそく今夜からでも読ませていただきなさい」

「小竹殿、今夜は眠れませんぞ。読みだしたら止まらんはずですわ」

山陽は盃をあおると、豪快に笑いとばした。

小竹はむっとした。生真面目な性格だけに、義父や自分に対する馴れ馴れしさが鼻につく。いやしくとも人に道を教える儒者としては礼節をわきまえねばならない。それが初対面の相手に軽々しい口をきくは、何たる無礼、義父はどうやらこの男をかいかぶっているようだ。

だが義父の命令は絶対である。彼は宴席が終わるや、ただちに机に向かって読み始めた。

その夜、小竹はほんとうに一睡もできなかった。隣の部屋から聞こえてくる山陽のいびきも次第に気にならなくなっていった。

小竹自身も歴史書は愛読している。

一般に流布されている『平家物語』や『太平記』はもちろん、水戸藩の『大日本史』、新井白石（はくせき）の『歴史余論』さらには北畠親房（きたばたけちかふさ）の『神皇正統紀（じんのうしょうとうき）』まで、小竹は儒者としてひととおりは読んでいる。だがそれらのどれよりも、山陽の『日本外史』は簡潔明快な文章、華麗な描写力のせいか、登場人物がことごとく生きて甦ったように躍動しているのだ。

「これは、まさしく日本で最初に書かれた日本通史といえる。それも日本人の心情にうったえかけるような、なんともいえない魅力に富んでいる」

小竹は熱に浮かされたようにつぶやいていた。

その山陽が、再びあらわれた。しかも無精ひげによれた髷の哀れな姿で悄然と肩を落としている。京の蘭方医小石元瑞（こいしげんずい）を紹介したのも小竹だが、元瑞からも山陽の窮状を伝える手紙が届いている。

さすがの義父の三島も、さっきから腕組みしたまま眼を閉じている。

偉すぎる父春水と、当代一の詩人で儒者の菅茶山を相手にまわして、山陽を助ける道がはたしてあるだろうか。

「ここは茶山先生におすがりするより道はありまへんな」

ついに三島が口を開いた。

「茶山先生は、れっきとした福山藩の儒官じゃ。広島藩とは関係ない。聞けば茶山先生は山陽殿を養子にされたいと願っておられたとか」

「さよう、養子になり簾塾を継いでほしいとたのまれた」

だが茶山は、養子になる条件として出戻りの姪の婿になれとも言ったが、篠崎親子には言っていない。だいいち自分には玉蘊という恋人がいたし、所帯をもつなら玉蘊しかいないとまで思い詰めてもいたからだ。

「そこよ、山陽殿、ここは大志のため菅茶山先生の養子になることですな。そうして菅久太郎（山陽）と名乗れば脱藩の罪には問われまい」

この危難を乗り切るには他に方法もない。

山陽は決心した。

さっそく書状をしたため茶山に送ったが、茶山からは返事もなかった。

茶山は自他ともに認める天下一の詩人で朱子学者でもあったが、高齢になり子がいない。後継者に悩んでいた。そこで春水から預かった山陽の非凡な才能に目をつけた。茶山みずから頭を下げ、簾塾を継いでほしいと懇願した。

だが山陽にはいつまでも神辺の田舎に隠棲するつもりはなかった。いずれ京にでる。だから茶山がみずから頭を下げ懇願したのに、平然と断った。そればかりか、強引に約束を取り付けた形で、京にのぼっていったのだ。

茶山にしたら、いまいましさに頭に血がのぼるほど激高していたのに、いまになって養子になりたいとは虫が良すぎる。

茶山から無視された山陽は、三島の助言を聞き入れたかたちで、当面「羅井(らい)徳太郎」と仮称することで、京で家塾を開くことにした。

山陽はふたたび京に戻った。

新町通丸太町の借家の玄関を開けると、部屋にかけこんだ。飯炊きのばあやに握り飯をたのむと机の前に座り墨をすりはじめた。膨大な『日本外史』の草稿をめくりながら、推敲に余念がない。

まもなく江戸にでていた春水の弟春風が、竹原への帰りに立ち寄った。

春風は、山陽の父春水の代理として、山陽に告げた。

「久太郎、わしは兄上の代理としてもうしわたす」

温厚な春風は苦し気な表情で山陽を見た。

「勘当！　で、ございますか」

「さよう……」

勘当とは、武家として家からの物心すべての援助をなくすることだ。

山陽は、ついに浪人となった。

山陽とて自分から望んだこと、文句の一つもいえない。自由とひきかえに山陽は頼家という後ろ盾を一切なくしたことになる。

「分かりもうした。今後は国許の頼家からの援助は一切受けない。おのれ自身の力で生き抜く覚悟でござる」

そう春風の前で言い切ったが、京での暮らしは思った以上に厳しかった。だいいち塾生がまったく集まらない。京には私塾が乱立しており、浪人のあやしげな塾などそれだけで敬遠される。

簾塾から持参した金子はたちまちなくなり、毎日の米、塩のたぐいまで事欠くようになった。山陽はこれまで金の苦労などしたこともない。放蕩の費用も母のお静や叔父たちから無心できたし、その遊ぶ金もなくなれば、借金もした。それも頼春水の後ろ盾があってのこと、だが勘当された身では誰も相手にしてくれない。

小石元瑞がみかねて米、塩など届ける。大坂からは心配した篠崎小竹が様子を見に来てくれた。だがいずれも財布のひもはかたい。上方の人間はこと金子にかんしては渋いと聞いていたが、なるほどいかに親友であっても、金を無心できる状態ではない。それすら山陽にははじめての経験で、世間のせちがらさにきりきりまいさせられた。

そんなある日のこと、玉蘊からの手紙が舞いこんだ。

玉蘊が京に来る！

なんてことだ、よりによって自分一人の食い扶持(ぶち)にも困っているときに、それも身一つでなく、母親や妹まで連れてくるなんて……、まったく信じられない！

山陽は母娘で上京するよう、自分から誘っておきながら、思わず舌打ちした。

そうこうする間もなく、玉蘊母娘が宿に着いたという知らせが慈仙から届いた。

すぐにでも挨拶にまいられよと、矢のような催促である。

山陽はいらいらしながら、誰もいないがらんとした塾の廊下を歩きまわっていた。

そのとき玄関の戸が開いて、竹元登々庵(たけもとととあん)がやせた背中を丸めてせき込みながらあらわれた。

「遅かったじゃないですか」山陽は登々庵を見るなり眉間に皺をよせた。

「どうした、何をいら立っておる」

「どうもこうも、ありませんよ」

山陽は、玉蘊母娘が数日前に京にあらわれたことを話した。

「山陽、おまえが呼んだんだろう。早く会いに行ってやるんだな」

登々庵は山陽より十三歳年長で当然分別のあることをいう。

「ばかな、今の私にはそんな余裕はない。あなただって分かっておられるでしょう」

「だが玉蘊さんのせいではない。早く行って挨拶したほうがええ」

「それができるくらいなら何も相談などいたさぬ。そうじゃ、登々庵殿もついてきてくださらんか」

「なんでわしがいかなあかん」

登々庵につきはなされ、山陽は渋々玉蘊母娘の宿に向かった。

玉蘊は突然訪れた山陽を見て、あわてて腰をうかし、思わず眼に涙を浮かべた。

「久太郎様、お待ち申しておりました」

玉蘊のその白くて細い指を見ると、山陽は一瞬めまいを起こしかかった。

始めて玉蘊に出会った竹原での法要の場で、山陽は牡丹の花の絵を描くほっそりした玉蘊の指に見惚れた。翌日には舟遊びに繰りだした。たらふく酒を飲みまどろんだ山陽の眼に、あの白くてほっそりした指が舟べりに揺らいでいた。深紅の太陽がまっすぐ頭上から指して、山陽はあわてて身体を起こした。

「久太郎様、……お待ち申しておりました」

三つ指ついたあの白くてほっそりした指を横目で見ながら、山陽は空咳を立て続けにすると、乾いた声で言った。

「お豊どの、よう来てくださった。お元気でござったか」

「はい、おかげさまで、みな達者にしております」

「それは良かった。京ははじめてでござろう」

はにかむようにうなずく玉蘊の視線をさけるように、山陽は早口で言うと、

「京には見るべきものも多い。お豊どのの絵にも参考になろう。ゆっくり京見物されていかれよ」

玉蘊は嬉しさのあまり頬を上気させ、潤んだ眼をまっすぐ山陽に向けるとほほ笑んだ。

山陽はどきりとした。自分でも意外なほど顔が赤らんだ。山陽はすくっと立ち上がると、

「ではこれにてごめんこうむります」はやくも座敷の障子に手をかけていた。

あわてたのは玉蘊である。

「久太郎様、お待ちくださない。老母が、是非にお会いしたいと申しております」

「いやご挨拶は、けっこうでござる」

「久太郎様、どうぞいましばらく……」

玉蘊も、必死である。ここで山陽をおめおめと帰しては、母に何を言われるか分かったものじゃない。はたして玉蘊の悲鳴のような声に、隣室からお峯とお庸があらわれた。

山陽を見るとお峯の顔に血がのぼった。

「これは、これは久太郎様でございますか。お豊が首をながくしてお待ち申しておりました」

お峯は山陽に会うのはこれがはじめて、すばやく山陽に座布団をすすめながら、両手をついで頭を深々とさげた。玉蘊にそっくりの白くてほっそりした指が山陽の眼にとびこんできた。

「久太郎様、お目にかかれて嬉しゅうございます。ささ、こちらに国から土産物なり持参いたしましたゆえ」妹のお庸に目配せして隣室から運ばせようする。

「いや、それにはおよびませぬ。これからちいと急用がありますので」

山陽は言うなりそそくさと帰ってしまった。

玉蘊は、ぼう然とつったっていた。もともと色白のきめの細かい肌が血の気を失って、蝋のように白茶けている。

四　舟遊び

　四年前、二十一歳の玉蘊は、儒学の師である頼春風にまねかれて竹原の春風館を訪れた。妹のお庸は十七歳、姉妹だけの遠出とあって船の中でも無邪気に喜びあっていた。

　まもなく竹原の桟橋に着くと、あたり一面塩田で、塩の強いにおいが鼻をついた。

　潮風が着物の裾にからみついて、春風館にたどりつくまで、姉妹はたがいの身体を支えあうようにじゃれて歩いた。

　春風先生はいつもの気さくなようすで玄関口にあらわれた。奥の座敷ではすでに春水先生、末弟の杏坪（きょうへい）さんが茶を飲んでなにやら熱心に話しこんでおられた。

　頼家の三兄弟はここ竹原の紺屋で生まれた。春水先生と杏坪さんは広島藩の儒官として宮仕えしていたが、春風先生だけは故郷に腰をおちつけて、儒学館を開くかたわら医者を開業されていた。

　姉妹がお茶を飲んでいると、廊下をどやどや歩く音がして、いきなり障子が開いた。

　見ると若い男たちが驚いたように突っ立って見下ろしていた。なかのややがっしりした眼つきの鋭い男が、姉妹を見て大声をはりあげた。

「これは、これは、美しい女人でござる。どこのどなたでござるかな」

「久太郎（山陽）、なにをぶしつけに、まあ座りなさい。景譲もだ」

いつもは温和な春風がぴしゃりとたしなめる。

玉蘊はかすかに鼻白んだ。これがあの有名な春水殿の放蕩息子か。

そのころ山陽は最初の脱藩騒動で幽閉こそ解かれたものの、廃嫡され、春風の息子の景譲が春水の養子におさまっていた。ところが山陽はその景譲をたぶらかして夜な夜な厳島の色街にでかけては酒や女と遊び惚けていた。お峯の親戚に頼家と親しいものがいて、春水は山陽を大豚とくさし、景譲を子豚といってあきれ返っている。こんなうわさは嫌でも耳に入ってくる。

その日の午後、一同は連れ立って照蓮寺の石段を昇っていた。これから開かれる詩会に姉妹もまねかれていたからだ。山陽はしきりと玉蘊に話しかけてくる。それを冷たくはねのけて、玉蘊は席についた。ところが山陽はずうずうしくも隣の席におさまって、にやにや笑いながらしきりと喋りかけてくる。

やがて春風にすすめられて、玉蘊は得意の松樹を披露した。松樹なんぞ、もうなん十篇も描いている。それも尾道では豪商といわれる邸で、おおぜいの人の見まもるなかで、まるで芸を披露するみたいに描いてきたのだから。すると、突然耳元で大声がした。

「みごとだ、玉蘊さん、それにしても、そんな白くてほっそりした手をして、落落の松を描く。なんという大胆な筆づかいだろう。まるであなたの指が折れてしまいそうだもの。さあ、わたしからの一杯です、ぐいっとやってください」

山陽は嫌がる玉蘊の手をとると、盃をもたせた。玉蘊は思わずびくっと肩をすくませる。これまで男に手などさわられたこともない。玉蘊は屈辱のあまり顔を赤らめた。

ところが山陽はそんな玉蘊にますます好奇心をかきたてられたか、得意の詩論をとうとうとまくしたてる。春水はそんな息子の痴態をにがにがしく見ている。

だが、山陽が詠んだ即興の詩はさすがにみごとだった。

白きかそけき　その手もて
落落の松かきしと　誰が思うや
人はたたう　君の枝を
福翁の画風ほの見ゆる　君の絵

玉蘊は顔を赤らめた。山陽の射るような視線が、まぶしい。それに山陽は玉蘊の師匠である福原五岳のことまで知って詠みこんでいる。

「玉蘊さん、お豊さん、いやちょっとかたいな、そうだ、章さん、この名がふさわしい。あなたはこれから章さんです。ところで章さん、どうかなされたか、ひどくお顔が赤いようだが」

山陽は玉蘊の顔をのぞきこむように見ると、笑いだした。

一座に失笑があがる。

「久太郎、いいかげんにしなさい。玉蘊さんがおこまりだ」叔父の杏坪が苦笑いしながらたしなめる。見ていた春風までがふきだした。

玉蘊は恥ずかしさや困惑のあまり、顔が火照ったように赤らむのを必死で隠そうと、うつむいていた。

やがて春水が詩を披露する。つづいて春風、杏坪らが後に続く。さすがに見事な詩に玉蘊はわれを忘れた。その間も、隣の男が気になって、ちらちらながめる。

山陽は父たちの詠む詩境に完全に没入していた。その切れ長な眼を閉じ、息さえも止めたような態度からは、ただ純粋に詩の世界を理解しようとする、気魄さえ感じられた。

そういえば山陽は十三歳にして早熟な詩を読んだという。

（十有三春秋、逝く者は己に水のごとし。天地、始終なく、人生、生死あり。いずくんぞ古人に類して、千載、青史に列するを得ん）

十三歳にして早くも後世に名を残す偉大な人物になりたいと、気概あふれる志をうたった、この詩は玉蘊も春風から聞かされ知っている。江戸にいた春水は息子の早熟な天才に狂喜して、友人たちにふれまわったという。

玉蘊はあらためて隣の男に興味をそそられた。

これが、あの放蕩児として悪評たかい男だろうか？　その時、隣の男がささやいた。

「章さん、あなたのような艶麗な女性が、かくも力強い絵を描くとは、天は二物をあたえた。あなたのような才能のある女性は、すきだ」

翌日も照連寺に集った。謹厳の春水ももともとは詩人である。彼らはその夜も詩を詠んでは酒を酌み交わす。そうして求められるまま玉蘊も牡丹の画を描いてみせた。

「章さん、すばらしい」

山陽は玉蘊の画を手にとると、眼を輝かせた。

「……絶塵の風骨これ仙姫、かえって画く、名花　艶麗の姿……

一点の塵もついていない清らかなまでのあなたは、まさに仙女のよう、そんなあなたがすばやく描くのは名花、でもそれを描くあなたの姿は、どんな美しい花より艶麗でなやましい」

山陽の興奮も、玉蘊のはじらいも、一座には心地よく受け止められた。

頼家はもともと紺屋職人の出だし、玉蘊も木綿問屋の娘とはいえ、一時は問屋株もかなりもっていた裕福な老舗の惣領娘である。嫁にするにはつり合いがとれて、またとない相手かもしれない。これで山陽も落ち着いてくれたら、放蕩癖もなくなるかもしれない。

そんな頼家の思惑もあってか、翌朝玉蘊姉妹が帰り支度をしていると春風がやって来た。

「そうだ、せっかくの上天気や。あんたらも船に乗ってくださらんか」

頼家の面々は忠海(ただのうみ)あたりまで舟遊びする計画だという。

「お姉さま……」お庸が遠慮がちに玉蘊の袖をひく。昨日からお庸は初めて会った景譲を兄のように慕ってつきまとっていた。

山陽は舟の中で寝入っていた。昨夜はおそくまで詩会もあって明け方まで酒を飲んでいたせいか、玉蘊らが乗り込んでもぴくりとも動かない。景譲は玉蘊を見ると「義兄は酒が弱くて」と、なぜかすまなそうな顔をして、背後のお庸を見ると、指で額をぴんと弾いた。「まあ」おとなしいお庸が景譲をにらみつける。二人の噴きだしそうな顔を見ながら、玉蘊はだらしなく寝そべった山陽の顔を見下ろした。

その時背後からどなり声がした。

「おい、山陽、いつまで寝ている。陽はもう高いぞ」

山陽はしぶしぶ眼を開けた。強い吐き気と頭痛がして、顔をしかめたところ。一塵の風が吹き抜けて、眼の前を白い絹のようなものがよぎった。甘い香りがする。思わず眼を開けると、きらきらした陽ざしのなかに、若い女の真剣な眼が飛びこんできた。

山陽は、がばっと跳ね起きた。

夢ではないかとあわてて眼をこする。昨夜来、ずっと脳裏に焼き付いていた白い顔が、眼の前で不意にはじけたように笑っている。白粉っ気のない顔が、藍染の木綿の地味なよそおいが、女の若さをひきたてている。

淡粧素服(たんしょうそふく)、女には派手な衣装も化粧もいらない。女はそれ自体が男にとっては魅力的なのだから。

「章さん、帰られたのでは？」

「春風先生からお誘いをうけて」

「叔父貴もたまには粋なことをなされる」

山陽が素っ頓狂な声をはりあげると、景譲は舟べりをたたいて、口笛を吹いた。

舟の上で盃を洗い、さらに酒を酌み交わしては酔いしれる。皿に盛られた山海の珍味もあっという間に消えた。

山陽の酔いしれた眼を全身に浴びながら、玉蘊は恥じらいながらも思わず見返していた。なんという分かりやすいひとだろう。自分の恋心を隠そうともしないばかりか、誇らしげでさえある。二十八歳にもなったというのに、その眼は少年のように澄みきって、まるでこの瀬戸内の海のようにきらきら輝いている。

山陽への悩ましい思いが嵐のように沸きあがる。

あの日、山陽はこうも言って、玉蘊を驚かせた。

「私は真の夫婦というのは、おたがいに自由であるべきだと思うております。妻だから夫に従うとか、やりたいことも我慢する、などあってはならぬことです。おたがいが家に縛られることなく、一個の人間として、やりたいことを生涯かけて実践する。それこそがまことの夫婦といえるものです」

結婚は、まず家同士の話し合いから始まる。双方、条件が整い合意に達すれば、やがて両家の間に仲人が立てられ、はじめて婚姻が成立する。

福岡屋の惣領娘として大事に育てられた玉蘊も、あたりまえのこととして両親からそう教えられてきた。だから山陽の話を聞かされても、どこか他所事としてしか考えられず、面食らうばかりだった。

だがあの真夏の昼下がり、舟にさしこむ太陽は、燃えるように暑かった。

寝不足の山陽は浴びるように酒を飲み、火を吐くようにしゃべり続けた。そばにいた玉蘊はあやうく火傷しそうになる。それも若かったせいか、好奇心がまさった。

世の中には、自分が思ってもいない考え方があるものだ。その斬新な考えに身をゆだねると、玉蘊の胸に希望のような光がさしこんだ。

二十歳で頼みの父を亡くし、一家の家長としての責任に押しつぶされそうになっていた玉蘊には、山陽から聞かされる話のことごとくが斬新で、にわかには信じられないが、それだけに身をゆだねてみたい乙女らしい感傷にもおそわれた。

だいいち、結婚が家同士をぬきにして当人同士の気持ちだけで成立する、なんて、母のお峯にでも言おうなら、腰をぬかして卒倒してしまうだろう。

さらには結婚することで、女にも自由があたえられる！

そんな夢のようなことが、現実に許されるのだろうか。

様々な考えが脳裏をかけめぐる、そんな一方で、玉蘊は妖しいまでに胸のときめきを感じていた。

放蕩息子と世間では非難されているが、玉蘊にはそれも山陽の世の中の先をいく非凡な才能とさえ思われて、山陽の言葉の響きに夢を見る思いだった。

かりにそんな結婚ができたら、自分も絵を描くことをあきらめないですむのだろうか？

まだ若すぎて自分には思ってもいない新しい考え方に思われもしたが、仮にそんな当人同士が自由に愛しあえる関係が許されるとしたら、それこそがもしかしたら真実の愛とよべるものではないか、とさえ思われてきた。

五　破局

そんな山陽が、いよいよ京にでた。

玉蘊母娘に上京を促す手紙すら、山陽は送ってきた。

山陽の熱い呼びかけに、玉蘊はこたえるように京にのぼってきた。

それなのに、ようやく会えた山陽は、気難し気に眉根に太い縦じまをよせ、ろくに玉蘊の顔も見ずに、よそよそし気に立ち去ってしまった。

玉蘊は、母や妹の視線を逃れるように隣室に入ると、へなへなと畳の上に崩れ落ちた。

山陽のあの態度は考えれば考えるほど不可解で、玉蘊にはどうにも納得がいかない。

しばらくは息をするのも耐えがたく、荒いため息ばかりがもれてくる。

山陽は急な用事ができたからと、そそくさと立ち去った。足早に背中を丸めて逃げるように退散したあんな姿を見たことはなかった。

やっぱり母が言うように山陽は京にでて、心変わりしたというのだろうか……。

玉蘊は、激しく首をふった。

自分が知っている山陽という男は軽薄な才子ではない。少なくとも玉蘊に対しては、実があり容易に心変わりする人には思えなかった。

それでも山陽のたった今しがたの態度は、どう考えても納得のいかぬものだ。

玉蘊は激しくなる胸の動悸をこらえながら、恨めし気に廊下を見やる。

すると、あまりの息苦しさに、思わず駆け出したい衝動を抑えきれなくなった。

どうして山陽の後をおいかけなかったのだろう。追いすがってでも、とりすがってでも、山陽の口から真実を聞きだすべきではなかったのか。

そう激しく自分を追い詰めて、玉蘊ははっとした。

もしや、山陽の身に、なにかとてつもない災難がふりかかって、彼はそのため自分にも打ち明けられないで心底困っている……。そう思いつくと、玉蘊には不意に尾道を発つとき微かに感じた疑念が思いだされた。

そういえば、上京する直前、玉蘊は手紙をしたためた。

だがその手紙に、なぜか返事はなかった。

玉蘊は上京を一瞬ためらった。山陽は筆まめだ。必ず返事は返す。それが来ないということは、もしや京での山陽の身に何かがあったのだろうか?

だが母のお峯は娘の結婚に有頂天になっていた。あの慎重な玉蘊が、とうとう山陽との結婚を決意した。善は急げだわ、それに慈仙さんも急いで上京されよと、矢のような催促ではないか。母の一声で、玉蘊もためらいながらも腰をあげることにした。

それでも、尾道の家を処分し京に移住するという母の考えは性急すぎたし、玉蘊は郷里を発つときも、京で絵の手ほどきを受けてくると、わざわざ知人たちに伝えてきた。用心に用心をかさねてでてきたものの、尾道ではよからぬうわさも流れていると漏れ聞こえる。

玉蘊は、堂々巡りの出口の見えない考えに疲れ果てていた。

妹のお庸が行燈をもって部屋に入ってきた。

「お姉さま、月がきれいですわ」

「そうだよ、京ではお月さまもどことなく風情があっていいねえ」

母のお峯が気づかうようにお庸の背後から声をかける。

「うちは、久太郎様を信じます」

玉蘊は、突然でた自分の言葉にびっくりした。それ以上に驚いたのは母のお峯である。

「お豊がそこまで言うなら、もうしばらく待ってみよう」

お峯はさすがに娘が不憫でならない。どうせなら京まで来たことだし、お豊の気のすむようにさせてやろう。

母娘は待つことにした。

だがそれから二日たっても七日が過ぎても、山陽は姿をあらわさない。

「やっぱりお豊は、久太郎（山陽）殿にだまされた」

しびれをきらしたお峯は怒りを爆発させた。

「こうなったら直接竹元登々庵様に会って久太郎殿の気持ちを聞くしかあるまい」

お峯のたっての願いで、山陽の友人竹元登々庵がやって来たのは、それから数日してからのことである。

登々庵は備前の裕福な名主の息子で、京で眼科医を開業するかたわら蘭学を学んでいた。それも、眼科医は患者もなくさっぱりだったせいか、今では古詩の韻や古い筆法を研究していた。茶山を尊敬しており、茶山をとおして平田家とも親しかった。

「これはお峯様、京におこしとは……、おかわりなくお達者でございましたか」

お峯は登々庵の優しい言葉に早くも眼を潤ませている。

「ほかならぬ登々庵殿のことじゃ、遠慮のう言わせてもらおう。久太郎殿の本心が分からんで、困っておりますのじゃ。お豊を京に呼び寄せておきながら、久太郎殿の態度はよそよそしゅうてならんのです。ちいと登々庵殿から聞いてもらえませんやろか」

「聞くと言っても……」思わず口ごもる登々庵に、

「久太郎殿はお豊のことをなにか言っておりますか」お峯は声を低めてつめよった。

「とくにはなにも聞いておりませんが」

まさか山陽の窮状をべらべらしゃべるわけにもいかない。

「そうですか、なにもご存じないのですか」

お峯は絶望したように眼を遠くに泳がせると、ため息をもらした。

「尾道の家を処分せずにでてきたのがせめてものこと、でもあらぬうわさがでまわっているようで、お豊もこまっております」

怪訝（けげん）そうに首を傾けた登々庵に、お峯はたたみかけるように話しだした。

「いえね、お豊が久太郎さんを追いかけて京までやって来た。結婚を迫ったたってことらしい。男の尻を追いかけて、たいした女だと、それは聞くに堪えないことで……」

「お豊様は？」

「隣の部屋で臥（ふ）せっております」

登々庵はさすがに心配そうに隣室をうかがうように見た。

「このまま久太郎様がおいでにならなければ、尾道に帰るしかありません。ですが今一度久太郎様の本心を、どうかお知らせいただきたく、そうでなくばお豊が哀れでなりませぬ」

お峯の必死の形相に、登々庵は、

「では山陽の本心を、かならずや聞いてまいります」と、約束し、その足で山陽のもとに向かった。


山陽の私塾の戸を開けると登々庵はずかずかと廊下を歩いていった。山陽の部屋を開けると彼は机に向かいなにやら熱心に書いていた。登々庵を見ると眩しそうに眼を細めた。

「山陽、おぬしお豊さんをどうする気だ。おまえが京に呼び寄せた。責任を感じないのか」

「感じている。だがいまは駄目だ。養えないのは登々庵殿とて分かっておろう」

「それでもお豊さんはおまえの言葉を信じてやって来たのだ。わけを話すんだな」

「男として、それはできん」

「なら、どうするつもりだ。お豊さんを嫁にしないつもりか」

「わしは自分の夢をあきらめたくない。ようやく京にでられた。これからという時に、いまさら後もどりなどできん。女子(おなご)をとるか、夢をとるかと問われれば、夢をとります」

「お豊さんが嫌いになったのか」

「嫌いではない。いまでも好きだ。だが、添い遂げることはかなわぬ」

自分の身ひとつ満足に食えなくてどうして所帯がもてる。しかも母親と妹の世話までみろというのか。山陽は熱く燃え盛っているうちは本気で玉蘊のみならず母や妹も世話をしようと思っていた。だがいざ母娘で上京されると、山陽と玉蘊の結婚そのものが、まるで家同士の婚姻のように不自由に思えてならない。本来結婚は個人と個人の結びつきであるはずが、いつのまにか家と家の関係に縛られ、これでは昔とちっとも変わっていない。自分の考える自由な恋愛ではまちがってもあり得ない。

山陽は無理やり自分の考えをこじつけた。

「それにお峯殿の後ろには、福山藩の思惑がある」

「なんのことだ？」

「福山藩の河相(かわい)周兵衛が背後で操っておる」

周兵衛は備後の庄屋で福山藩の御用達をつとめる土地の有力者である。茶山の親戚でもあり、山陽の才能を早くからかっていた。その山陽が玉蘊との結婚を熱望している。またとない機会ではないか。ふたりの結婚を認めることで福山藩に仕えさせる。

「しかし、お峯殿にはさような魂胆はないと思うが」

「むろんだ、母親はおろか、お豊も知らぬことよ。だがうっかりお豊さんと所帯をもてば、簾塾に連れ戻される。それこそ福山藩の狙いだ。わしは京から断固として離れん。やっと手にした自由だ、わしは京の地で、おのれの著作『日本外史』を世間にあらわし、やがて歴史に名をとどめる。その夢のためには、お豊どのと添い遂げるわけにはいかなくなったのだ」

福山藩の思惑はあるいはそうかもしれない。だが山陽のこじつけとも思えなくもない。

「かつては身重の妻を捨て、いままた結婚の約束までした女子を捨てたとなれば、たとえ山陽殿が将来後世に名を残す業績をあげたとしても、世間は許すだろうか。女子の恨みほど恐ろしいものはない」

山陽は唇をかんだ。

「覚悟しております」

「そうか、なら何も言わん」

だが、お豊さん一家はまもなく京をはなれられるだろう。

登々庵は最後の言葉をのみこんだが、山陽は苦し気な表情で、くるりと背を向け再び机に眼をおとした。『日本外史』の草稿が束になって積まれてあった。

六　未練

尾道までの帰りの船旅は、いつになく船酔いのひどい母お峯の看病にあけくれた。お峯にとって京での日々は、思い出すのも胸くそわるく耐えがたい屈辱でしかなかった。

尾道じゃ、ちょっとばかり名の知れた商家の女あるじの誇りさえ汚されたおもいだった。それ以上にお峯にはさっきから無言のまま海をながめているお豊が心配でならない。

妹のお庸を何度も呼び寄せ、耳元でささやく。

「お豊はどうしているかえ」

「お姉さまなら心配いりませんわ」

「だけどいつもの場合じゃないからね。しっかりと見張っていておくれ」

「分かっておりますわ。でも、お姉さまにかぎって……」

傷心のあまり海に身を投げるのではなかろうか……、お豊はあれで案外繊細で傷つきやすいから、母のお峯はもう何べんも同じ心配を口にする。

それは取り越し苦労と言うもの、お姉さまに限ってそんなことは決してありませんわ。

お庸は言葉を飲みこみながらも、視線の先に無意識に姉の姿を追う。その華奢な背中は母にそっくりだし、お庸が見ても二人は双生児のように仲睦まじい。

その玉蘊は、お峯やお庸に背を向けるかたちで黙って海を眺めている。

（お姉さま……）お庸は声をかけようとして、はっと息をのんだ。

細くて、真っ白な首筋に後れ毛が数本はりついている。

はるか水平線の彼方をにらむように見つめる姉の眼がしらに、うっすらと涙の筋があった。

玉蘊は背後の妹の気配に気づいていた。だがいまは仲の良い妹でさえ口をきくのも耐えがたかった。玉蘊はただ海を眺めていたかった。

船はいつしか備後灘を通っていた。やがて鞆(とも)の浦の美しい砂浜が見えてくると、海上には無数の小島がおもいおもいの姿で浮かんでいた。船べりから海をのぞきこむと、蒼く透き通った海底がすけて見えた。それらの中におびただしい藻の群れがゆらゆら浮かんでいる。

遠い昔、あの日もこうして海を眺めていた。

二十一歳だった玉蘊のかたわらには、頼家の人々が、むろん山陽も酒を酌みかわしては盃をあらい、酔いしれて、気づいたら陽射しはまっすぐに頭上に降り注いでいた。

すすめられるまま玉蘊も盃をかさねた。潮風に吹かれてほんのり紅くなった横顔に、射るような山陽の熱をおびた視線があった。

海も、せり出した山々も、あのときのまま、なにひとつ変わっていないというのに、うつろいやすいのは人の心の性というべきか、この寒々しいまでの虚しさはどうしたことだろう。

京には、もう来ないだろう。

未練がない、といったら嘘（うそ）になる。

船着き場で、無意識にあの人の姿を眼で追っていた。

男たちの何気ない声が、笑いが、

「章さん……」と、呼ばわった気がして……、おそるおそる声のした方を男たちの肩ごしにのぞく。

胸の裡はさっきから激しく動揺をくりかえしていた。

山陽の本心は、ついに分からずじまいだった。

山陽との気まずい別離の瞬間、玉蘊は腰が砕けたように身動きできないでいた。あのまま立ち去る山陽に追いすがり、彼の胸に飛びこんで、むしゃぶりついても何かあったのか問うてみたかった。

山陽から何を聞かされても、決して驚くまい。

それでも、結婚まで決心した男の本心が分からぬまま、むざむざ京を離れるよりは、よほどましだ。

山陽の心変わりと一口で片づけるには、玉蘊は山陽という男を知り過ぎていた。

山陽が稀代の詩人で文筆家というなら、玉蘊にも絵師としての鋭い直感がある。

それだけに、山陽の突然の豹変ぶりは、どうにも納得のいかぬものだった。

自分の身ひとつなら、引き返すこともできよう。

山陽の口からはっきりと、自分との愛を貫けない事情を聞いてみよう。玉蘊はまたもや堂々めぐりの思考の罠に陥った。だが、何を聞かされても自分はそれでも山陽を信じて、生涯待つと言いきれるだろうか。そこまで思いつめて玉蘊はふとたじろいだ。

山陽は男と女の結婚に家は介入してほしくない。そこには純粋に愛しあう個人と個人との情愛がだいじで、そのことをぬきに家同士が決めた婚姻などもはや古いのだ。そう玉蘊の前でも言いきった。初めて耳にした山陽の言葉の斬新さに、戸惑いながらも玉蘊はいつしか魅かれていった。

そんな夢のような男女の結びつきが実際にあると山陽は熱く語った。その視線はまっすぐに玉蘊に注がれていた。

竹原での初めての出会いから、やがて山陽が菅茶山の簾塾の都講（塾長）になると、ふたりだけで会う機会もできた。高名な菅茶山とは父の代からのつきあいで、玉蘊の一家もたびたび簾塾を訪れていた。描いてきた玉蘊の画に茶山は賛をいれてくれ、彼の多彩な友人たちに画を斡旋する労までとってくれた。

茶山は温厚な性格でいつ訪れても玉蘊母娘を暖かく迎えてくれた。そんなある日、玉蘊は下男を連れただけで簾塾を訪れた。茶山は福山藩から請われて出かけていた。肩をおとした玉蘊の前に山陽があらわれた。

「これは章さん、よう来なさった」

山陽は玉蘊の手を握らんばかりに座敷に通すと、

「ちょうどよかった。今宵は満月じゃ。月見酒とまいろう」

「でも、それでは遅くなりますわ」

「なに、私が送ってさしあげよう」

山陽は玉蘊に有無を言わせず座敷に招き入れると、弟子の三省に酒を持ってこさせた。座敷に続く

広々とした縁台に玉蘊を案内すると、

「おう、見事な月じゃ。章さん、ここ神辺で見る月は大きいじゃろう」

玉蘊の盃にも酒を注ぎながら自慢げに叫んだ。

まるで子供のような無邪気な笑顔に、玉蘊もつられて月を見あげる。

たしかに尾道で見るよりはるかに大きい。

「色だって濃くて、しかも輝きを放っている」

すぐ目の前の竹藪からひっきりなしに風がわさわさ音をたてて吹いてくる。

玉蘊もあまりの心地よさに、注がれるまま盃をかさねる。玉蘊はこれまで男と二人だけで会ったこともないし、ましてや酒を飲むことなどない。それも気心の知れた山陽とあって、最初はためらいつつも、いつのまにかすっかりくつろいで笑い興じていた。

そんなとき、茶山が帰宅した。

三省が告げる間もなく山陽と玉蘊が二人っきりで酒を飲んでいる縁台にあらわれると、眉を吊りあげた。

玉蘊はただちに三省に送られ尾道の家に帰された。

山陽を座敷に呼ぶと、茶山は声を荒げて怒鳴りつけた。

卑しくも人を導く立場の人間が、若い女性と二人っきりで酒を飲むとは何たる破廉恥、恥を知りなされ。さようなことでは弟子はついてはこない。これからは身を清くして、態度を慎みなされと、あの温厚な茶山が火を吹いたように激怒したという。

あとで弟子の三省から聞かされて、玉蘊も身をすくませた。しばらくは茶山に会うのも恐ろしく身を縮ませていた。

山陽がその茶山の簾塾を出て、ついには京に打ってでた。

慈仙の話では山陽は京で玉蘊と結婚するため一足先に京にでたという。

母のお峯はその言葉を信じた。その慈仙の言葉を裏づけるかのように、山陽からも上京をうながす手紙が、それも母娘ともども来られよとあった。

玉蘊にしろ母お峯にとっても京ははじめてだ。それでも山陽からの呼びかけは絶対に思われた。

それなのに、山陽のあの手のひらを返したようなよそよそしい態度は、どうしたことだろう？

そこまで考えて、玉蘊はとほうにくれた。慈仙も言葉を濁すのみで、登々庵も口をつぐんでいる。

まさか山陽に新たな女人があらわれた、さすがに登々庵はかぶりをふった。

そうなると、玉蘊にはますます山陽の気持ちが分からなくなる。知らないうちに自分が山陽を失望させ、あるいは怒らせることでもしてしまったのか、それならそれで分かるように説明してくれたら、自分なりにとりなす方法を考え付くかもしれない。

すべてが闇の中で、判断する理由すら分からないとしたら、それはもう自分の理解を超えた何か天の差配としか思えない。

玉蘊は宿からいくどとなく夜空を見あげて、月をながめていた。京の月は、どこかおぼろげで、はかなげな淡い光を放っていた。簾塾で見あげた夜空の月は煌々と光り輝いていたのに、ここ京では何もかもが茫洋として分かりづらい影がさしてみえる。

玉蘊は、ため息をもらした。

こうして京にでたものの、自分の思うように事が成らなかったのは、単に時節の至らなかったせいと、諦めるしかないのだろうか。それでも何かが物足りない。

闇の中を錐で突き刺すように玉蘊はわが身をふりかえってみる。

仮に山陽に何らかの事情が起こったとしても、自分の側にも考えの浅いところがあったのだろうか。

恋する山陽の呼びかけにあまりに有頂天になり、一家をあげて京まできてしまった。それも母や妹までともなって……。

山陽は二度目の結婚こそ、今度こそ文人同士、おたがいの才能のうえにもとづく真の夫婦でありたいと熱望していた。だから玉蘊に恋するあまり、母や妹まで上京をうながした。

だが自由人でありたいと切望する山陽に、自分はあくまで福岡屋の惣領娘という甲羅をかぶったまま、彼の愛情を得ようとした。


やがて懐かしい尾道の町が見えてきた。

小高い丘から海にせりだすように並んだおびただしい寺院、すそ野を這うように町家が埋め尽くしている。幼いころから慣れ親しんだ故郷が玉蘊の視界いっぱいに広がっている。

潮風が、玉蘊の頬をつたう涙をふりはらった。

尾道の海が自分をはぐくんだ故郷なら、父が築いた福岡屋も自分が生まれ育ったかけがえのない棲家、その惣領娘として両親に溺愛され育ったからには、当然一家の家長としての責任がある。父に早死にされ悲嘆にくれる母お峯を、妹にあずけて、ひとり山陽の胸に飛びこむ勇気が、はたして自分にはあっただろうか。

父が死んだとき、自分は生涯結婚しない。画業を生業にして、母や妹を養っていくのだ。そう誓った若き日の自分が、愛おしく思いだされた。

玉蘊は人の気配にふと振り向いた。お庸がこちらを心配そうに見つめている。

玉蘊は、形のいい小さめの唇に笑みを浮かべて、微かにうなずいた。


船はいつしか尾道の桟橋に着いていた。

船着き場に顔なじみの尾道の豪商橋本竹下の笑顔が見える。誰か知り合いを出迎えに来たのだろうか。青菜のようにしおれていたお峯が竹下を見ると、とたんに息を吹き返した。

「おや、竹下さんじきじきにお出迎えとは豪勢だこと、やっぱり尾道はいいねえ。海からも山からもしじゅう風が吹きわたってて。そこへいくと京っていうのは、同じ暑さでもただ蒸し暑いだけじゃないか。それに気づかないなんて、山陽という男も才子だってうわさだけど、たかがしれているねえ。いったいあんなところに居て、どんな偉い学者になれるんだか、あたしにはさっぱり分からないねえ」

近づいてきた竹下にこぼれるような笑みを浮かべると、お庸に手を引かれて桟橋をおりた。

「お峯さん、よう帰りなさった。さぞお疲れでしょう」

竹下は浅黒い顔をほころばせ、ねぎらうようにお峯に言った。それから玉蘊のそばにさりげなく近寄ると、

「京は、さぞ暑かったでしょうな」

「竹下さんこそどなたかお迎え？」

「ほかに、誰かいます？」三歳年下の竹下はからかうように玉蘊を見ると、

「でも無事に戻られて、良かった。じつは、心配していたんですよ」と、急に真顔になって耳元でささやいた。

七　茨の道

玉蘊は、長い坂をゆっくりと一歩、一歩踏みしめるように歩いていた。

秋とはいえ、夏の暑さが残っている。まっすぐ降り注ぐ陽ざしは石畳を照り返し、玉蘊は思わず立ち止まり額の汗をぬぐった。着物の裾をはしょりながら、急な坂道を登りきると、古寺の門の前に出た。

振り返ると、紺碧の空のもとに瀬戸内の海が微かに白波をたてていた。

見るともなく海を眺めていると、急に京を発ったあの日からの様々な出来事が思いだされた。

尾道では傷心の玉蘊母娘をはげまそうと、橋本竹下が地元の文化人を招いて帰京を祝う宴会を開いてくれた。酒も肴も竹下の財力を誇示するかのように豪勢だったから、たちまち座は乱れていった。

やがて盃を手にした竹内彦右衛門がよろよろと玉蘊の前にあぐらをかいた。

「玉蘊さん、まあ一杯、京はえろう暑かったそうだな。お峯さんのあんばいは、どうですかな」

「おかげさまで、だいぶよくなりました」

「そりゃよかった。なんせ、事が首尾よういかんかった、お峯さんにしたら、そりゃ癪にさわるは腹立たしいわ。こたえますもんな」

盃をもった玉蘊の顔から血の気がひいた。

「だがな、ここに戻りゃあ、なんも心配いらん。みんなあんたら母娘の味方じゃあけ。玉蘊さん、これまで以上にひいきさせてもらいますわな。ねえ竹下はん」

「そや、そや、うちらあんたらの身内のようなもんや」あちこちの席から酔った声がとびかう。

さすがに竹下が眉をしかめた。

玉蘊母娘が京に出た直後から、なんとはなしに妙なうわさがたっていた。

玉蘊が広島の才子山陽を追いかけて京まで行った。結婚を迫ったが山陽は相手もしてくれなかった。とどのつまり男にフラれて、すごすご尾道に舞い戻った、という悪意あるうわさだ。

それにしても何という大胆なことをする女だろう。自分から男を追いまわして京まででかけるなんて、あれではたいがいの男は逃げだすに決まっている、等……。面白半分町中のうわさになっていた。

お峯は代々の菩提寺の住職夫人から、面と向かって同情され、とうとう寝こんでしまった。おとなしい妹のお庸も、通りすがりの顔見知りから、「姉さんはきのどくじゃったな」と声をひそめられ、恥ずかしさのあまりあわてて家に逃げこんでしまった。

玉蘊だけは背筋をのばして、これまでどおりしゃんとしていた。泉屋や笠岡屋など豪商の屋敷に呼ばれる回数もまえより頻繁になった。座敷で得意の牡丹や鶴の絵を描きあげる玉蘊を見て賞賛の声があがる一方、あれではどんな男でも手こずるだろう、こわい女だと、陰口をたたかれた。

そんななかでも一貫して玉蘊への態度を変えなかったのは、幼なじみの橋本竹下である。

彼は今でこそ橋本家の分家筋の養子におさまっていたが、もとは菅茶山の簾塾の前身である黄葉夕陽村舎（こうようせきようそんしゃ）で学んだほどの向学心に燃えた青年だった。

その橋本家は代々、質、両替、酒造業を営んできた尾道でも有数な豪商である。養子にはいった竹下は家業に精を出した。もともと商才もあったのか、今では本家をしのぐ勢いであった。はじめて会った山陽の才能に惚れこみ、弟子になった。以来豊かな経済力にものいわせ、一貫して経済的援助を惜しまない。それは玉蘊についても同じだった。

竹下はおりにつけて山陽が玉蘊とのことを惚気るので、玉蘊の上京には何ら不安も感じていなかった。それだけに何か山陽との歯車がかみあわず。悄然と京を後にした玉蘊には心底同情していた。

玉蘊はふと踵(きびす)をかえして古びた門をさりげなく見上げた。門の両側にはせりだした樹木がうっそうと生い茂っている。

玉蘊はじんわり滲みでる額の汗をぬぐいながら、眼をそばだてる。

たしか、この寺だった。

京に出る一年前、山陽は簾塾をぬけだし、この寺で待っていると、ひそかに三省に手紙をもたせた。半信半疑のまま、玉蘊は約束の刻になると、寺の住職にたのんで部屋で待たせてもらっていた。手持無沙汰をまぎらすように玉蘊はもってきた画布に絵を描いていた。

あの日も真夏で暑かった。境内の樹木の間からしきりと蝉の鳴く声がした。

「章さん、来てくれたのですね」

障子が開いて、山陽が汗まみれで飛びこんできた。

山陽を見たあの時の玉蘊のはっと瞠(みは)った黒目勝ちの眼、ほっそりした首筋、色白の肌がみるみる朱に染まる美しさに、山陽は魅了された。

　絵筆を握る玉蘊の白い指をにぎりしめ、その手をもみしだきながら、山陽はわれを忘れて叫んでいた。

「章さん、わしといっしょに京に行ってくださらんか」

「京で、ともに暮らそうではないか」

　初めての求婚に、玉蘊はぶるぶる震えだした。目じりからうっすらと涙がにじみでる。

　その眼に、山陽の真っ赤な顔が、顔中ふきだした汗が、ぼうっと映った。

「私は、近いうちにかならず上方にでる。幽閉中に草稿した『日本外史』をもって、おのれの才能を天下に知らしめる」

　山陽はそういうと、玉蘊の華奢な肩を両手で引き寄せると、

「その夢を、わしは章さんと一生かけてでもつかむつもりだ」

　山陽はそう言い切った自分の言葉に酔いしれでもしたように、

「わしは、章さんを、生涯かけて幸せにしてみせる」畳みかけるように叫んだ。

　玉蘊は生まれて初めての告白に激しく動揺していた。

　何という甘美なささやきだろう。思えば初めて山陽と竹原で会った時から、自分はこの瞬間を待っていたのかもしれない。

　だが、自分には生涯養う母や妹がいる。身一つで求婚を受け入れるわけにはいかないのだ。玉蘊は男の胸に抱かれ、激しくあえぎながら、つと顔をそむけた。

「どうしたのです。私の言葉が信じられませんか？」

玉蘊は少女のようにかぶりをふると、

「わが身一つの一存ではいかぬこと……」蚊の鳴くような小声でつぶやくとうなだれた。

「なんの、章さん、さようなことなら心配はいらぬ。母御、妹御ともども京で暮らせばいい」

玉蘊は眼を大きく見開き、山陽の血走ったような赤い眼を見つめた。

荒い息を何度もはいて、山陽がうなずいた。

玉蘊は男の胸に顔をおしあて、あふれでる涙をかみころした。


あの時の山陽の言葉に、嘘はなかった。

そのことは、京にのぼってからも、一寸たりとも疑ってはいない。

だが、結局、事が成らなかったのは、おたがいの気持ちに容赦なく、何事かが起こって、ふたりの歯車を狂わせてしまった。そう思って、今は諦めるしかないのだろう。


玉蘊は古寺にくるりと背を向けた。一歩、一歩、坂道を降りながら、不意に嗚咽がこみあげ、その場に立ちつくした。

坂はゆったりと続いて、道の両側からせりだした樹木が黄葉している。その先から再び海が見えた。

でも、おたがいの気持ちに嘘がなかったとしたら、どうして愛するもの同士結ばれなかったのだろう。時機が熟していなかったとして、どうしてあの時、自分は山陽の胸に飛びこみ、彼の陥っている境遇を確かめることをしなかったのだろう。

すべてが分かれば、自分は山陽のため、一生かけて待ち続ける覚悟さえあるというのに。

でも、今となっては手遅れかもしれない。

山陽に、確かめる術もない。また確かめるには、自分の気持ちに、こだわりがある。

山陽とは、しょせん結ばれぬ運命なのだろうか。

それでも縁がなかったと切って捨てるには、未練がある。

だがここは、京ではない。

山陽道の海べりの、湾をいだくように長くのびたこのあたりは、大きな短冊状の屋敷が並んでいる。

中世には海岸だったこの地を埋め立ててきたのは、毛利氏時代以来、尾道の地下人を統括してきた泉屋や笠原屋など、年寄、月行事といわれた豪商たちであった。

彼らはみずから商品取引を行うとともに、問屋的存在として市場を内外の商人に提供するなど、尾道の自治を築いてきた。

当時すでに七十をこす寺を支えられたのも、彼らの経済力に負うといわれる。

さらに寛文十一年（一六七一）西回り航路が開通されると、北前船の寄港地として、尾道は繁栄を極めることとなった。

玉蘊は眼の前に広がる海を眺めながら、ふと眼がしらを熱くした。

父は木綿問屋や酒造業の商いには無精だったが、尾道の町がもつ自主性だけは誇りにしていた。

その福岡屋も父の代で終わりをつげたが、自分の中にも、この独立の気概は脈々と受け継がれている。それもこの町の発展が、たんに経済の面ばかりか、橋本竹下はじめ多彩な文化人を輩出させてきた文化的風土に負うことにもよる。

尾道の豊かな経済力を背景に、彼らは長崎に遊学したり、京にのぼり儒学や詩文、絵画などを学んだり、そうして諸国から訪れる様々な文人たちと酒を酌み交わしては、日本全国の情勢を得てきた。

玉蘊にも、この進取の気風は父の代から濃い血縁とともに、受け継がれている。

それこそ隣近所が親類縁者のような情のあつさで、それだけに一歩敵にまわすと弾き飛ばされかねない怖さもある。

この地で根をおろして生きぬくには、成らなかったことを悔やむより、ひたすら前を向いて自分の信じる道を歩き続けることだろう。

それに自分にこれだけの未練をしょわせた山陽とて、まさか無傷とは思えない。

傷を負うたもの同士、一生交わることもなく歩むとしたら、それは茨の道でしかありえない。

父が死んだとき、その遺志をついで、自分は女絵師になると、墓前で誓った。

あの時、自分は結婚もあきらめた。

だが女として、生涯に一度ぐらい、真実の愛にとことん溺れてみたかった。

八　神辺の菅茶山

玉蘊は西国街道の山道をゆったりした足取りで歩いていた。なだらかな稜線を描く茶臼山や黄葉山が一斉に色づいているのを眺めながら、菅茶山が開く簾塾に向かっていた。ちなみに茶山の号は茶臼山にちなんだもので、彼は生涯この地にとどまりながらも、天下一の詩人としての名を全国にとどろかせた。

茶山は農業と酒造業を兼業した藤波久助の長男として生まれたが、若いころから何度も京への遊学を試みて、三十四歳のころには私塾黄葉夕陽村舎を開いた。

福山藩はこの高名な茶山を召し抱えようと躍起になったが、その都度断り続けた。それも茶山の反骨精神というべきか。のちに簾塾として名をあらためるが、生徒は武士のみならず医者、僧侶、町人、村役人なみの農民の子弟にまで及んでいた。

こうして柄の悪い宿場町神辺に学問の風を吹きこむことで、いずれ理想の社会を築く人材を世に送り出せるかもしれない。茶山の簾塾にかける熱い思いであった。

それだけに茶山は簾塾の経営を独立したものにしようと考えた。福山藩が強引に扶持米を与え御家人として取り立てようとしたが、辞退した。そのかわり茶山は家屋敷、田畑のすべてを藩に納めるかわりに年貢免除される特典を得た。こうしてまとまった資金を得ると塾田を購入、塾の経営につぎこんだ。その後寛政八年には茶山の私塾であった簾塾を、福山藩の郷塾とする旨申請し、認められもした。

茶山の徳を慕った父五峯に連れられ、玉蘊も神辺への道を往復した。その都度茶山は玉蘊が描いた絵に賛を入れてくれ、諸国の文人たちに絵を紹介してくれる。その後、若くして父を亡くした玉蘊を、茶山はわが子のように気づかってもいた。それだけに、後継者として期待していた山陽が京へ去ったこと、その山陽を追いかけて玉蘊までが京にのぼったことに、茶山は裏切られた怒りをつのらせていた。

いつしか道は平たんになっていた。東西からはりだした木々の間から簾塾の柴門が見えてきた。かつて山陽の呼びかけに胸をおどらせ駆けこんだ門が、いまは険しく自分を拒んでいる。

玉蘊は深い息を吐きながら、柴門をくぐる。あたり一面菜園が広がるなか、簾塾の宿舎の屋根に鳥が一羽とまっていた。何の鳥だろうか、鷺のようにも見えるが、どこか違う。

玉蘊は眼をそばめる。鳥は、飛び立つ気配もない。その時不意に、

「お豊さん、もう京からもどっておられたの？」

ふりむくと手ぬぐいを姉さんかぶりにした茶山の姪のお敬が、ゆっくりと近づいてきた。

「ごめんなさい。あいにくと叔父は出かけていますの。でも近くですから、じきに戻りますわ。ささ、あがって、いまお茶でもいれますから」

茶山には母のお峯をとおして玉蘊の訪問を伝えてあったのに。やはり茶山が腹をたてているうわさ

は本当なのだろうか。

「ねえ、お豊さん、京はどうでした？　四条河原の見世物小屋に行かれた？　あたし、一遍だって行ったこともないし」

お敬はすばやく茶をいれてくると、あいかわらず屈託無さげに丸い眼を近づけてくる。

玉蘊はたじろいだ。毒がないといってもその眼は好奇心でいっぱいだ。

「いやだ、お豊さん、なにか勘違いしている。山陽さんとの結婚話なら、あれは叔父のいちぞん、あたし、なんとも思っちゃいませんから」

やや小太りのお敬は汗っかきでもあり、いまも丸い鼻の頭に汗をにじませながら、おっとりと言った。出戻りといってもお敬は玉蘊の二歳年上でまだ若い。それにいつ会ってもおよそ気取りのない性格で、たまにしか訪れない玉蘊や妹の玉葆をも暖かく迎え入れてくれる。

「でも山陽さん、京で塾を開かれなさったようだけど、ひとりの塾生も来なさらんと」

お敬は急に真顔になると声をひそめた。

「あれじゃ、嫁どころじゃないはずだ、叔父も内心では心配していましたのよ」

お敬は戸口をうかがうと、玉蘊の前に身をのりだしてきた。

「叔父はいまでこそ教育者として通っているけど、二十歳ごろまでは博打はうつ、富くじは買う、酒色にふける、いっぱしの放蕩児、そうそう、その頃の悪友に、春水先生もいらしたようよ。だから山陽さんがいくら放蕩しても、いずれ嫁でももらえばおさまる。なんてね」

玉蘊は眼を丸くした。あの茶山が、若いころはいっぱしの放蕩児だった？　山陽の父春水までもが。

「でも男って得よね、だって若いころはさんざん遊んでいても、やがて学問をおさめて有名になれば、とたんに学者さん、詩人なんて、もてはやされて、でも女はそうはいかない。一度の傷に生涯おびえて暮らすことになる」

お敬は唇をかんだ。何かにつけて出戻り女の烙印がついてまわる。

玉蘊にもお敬の悔しさは身に染みて分かる。京から戻った玉蘊には、男を追いかけて京まで行ったが、相手にされずフラれて帰ってきた女のうわさが、今や尾道のみならず備後一帯にまで広まっている。

「それにしても山陽さんは罪なおひとだわ、ねえご存じかしら、叔父が云うには山陽は清国の袁枚（えんまい）っていうひとの受け売りで、女弟子をひろく集めていなさる。女のなかにこそ詩性は存在するなんて、諸国から美しい女たちを集めて女弟子として可愛がるってうわさよ。耳元で熱くささやかれると、どんな女でものぼせあがるって……。お豊さんもすんでのところで引き返して、よかったわ。そうでなかったら、一生傷ものですものね」

玉蘊は、お敬の気の毒そうな視線に思わず顔をそむけた。このひとも、結局のところ世間のうわさでしか見ていない。冷水をあびせられたような虚しさに玉蘊が思わず身をかたくしたとき、廊下をかける足音がして、三歳ばかりの男の子があらわれた。男の子はそのまま庭に飛びだそうとする。

「まあ、菅三、はだしでいけません。おじいさまにお目玉食らいますよ」

お敬は弾けるように笑いだすと、男の子を抱き上げ頬ずりをする。それからあたふたとあらわれた女中にケンのある声で文句を言うと、らんぼうに息子を手渡した。

「叔父様は自分の血のひいた菅三に跡を継がせたいのですわ。婿殿はそれまでの中継ぎ、だから山陽さんが京に行こうが、叔父はこの子に立派な父親をさがしてくれるんですわ」

お敬は二重にくびれた顎をつきだすように言った。子を産んだ女の自信が、お敬の表情を得意げにみせている。そうして自分の再婚話も茶山にゲタをあずけて、それが女の幸せだという。そんなお敬からしたら、山陽だけに執着して、京まで行った自分など、さぞ愚かな女だと馬鹿にしているのかもしれない。

玉蘊は廊下を恨めし気に見た。

茶山が戻らないなら今日のところは引き返そう。腰をうかしかかったとき、

「でもお豊さんはちがうわ。尾道の名花、才媛ですもの。いえね、叔父は本気でもうしますの、あれほどの画の才能と美貌にめぐまれた女史は、まれだってね」

「そんな……」

「だが、男にはちとけむたい。なに女はな、才能なんてなくてもお敬のように丈夫で子を何人でも産むのが可愛がられる、ですって。男の人って、表と裏の顔があるのかしら、いやだわ、まったく」

お敬は茶山の声色をまねると、舌なめずりして笑った。

「もう来ていたのか」

廊下で茶山の声がして、愛用の白羽織を着こんだ茶山が赤ら顔をつきだした。

「待たせた、お峯さんのあんばいはどうじゃやな」

お敬はうってかわったしとやかさで、三つ指つくと静かに去っていった。

裏の竹藪からひっきりなしに風が吹きわたって、玉蘊はほっと息をついだ。

「おかげさまで、ずいぶんと元気になりました」

「それは何より」

茶山はお敬がいれてきた茶を一口飲むと、眼をほそめた。玉蘊は風呂敷包みを解くと、

「これは京でもとめました手土産にございます。母から預かってまいりました」

玉潾和尚のもとで買いもとめた盃を取りだして見せた。

「ほう、これが江馬蘭斎殿のご息女が絵づけした盃とな」

茶山はめずらしそうにしばらく手にした盃を見ていたが、

「うわさどおりじゃな、見事な出来栄えだ」心底感嘆したようにつぶやいた。

「ええ、その蘭斎先生のご息女の描いた竹の画、玉潾先生のところで拝見いたしました。それは達者な筆づかいで、竹の凜とした気配が感じられて。正直、私もあれほどの絵は見たことはございません」

「ふむ、さすがに章(あや)がそう思うのも無理はない」

玉蘊は、さっきから茶山がさりげなく自分を章(あや)と呼ぶのに戸惑いを覚えていた。

章とは山陽が名づけた自分の愛称で、茶山がさりげなく使うのは、山陽を追って京まで行った自分へのあてつけか、それとも無造作に使っただけなのか。

ともかく茶山との間には深い溝のようなわだかまりがあって、玉蘊には身を切られるような痛みさえ感じられた。

「ところで玉潾和尚はお達者だったか」

「ええ、とても、先生にはくれぐれもよろしくと」

玉蘊はしばらくためらった後、長筒を開けた。なかから西本願寺の襖絵を模写した画をとりだすと、茶山の前に広げてみせた。

「ほう、松竹梅か」

「西本願寺の襖絵の模写ですが」

「京で、これを描いていたのか」

茶山の眼が、一瞬やわらいだ。

「まだ下絵ですが、いずれ彩色して……」

いつか自分も、襖絵を描くほどの力量を身につけたいものだ。

茶山はおうようにうなずくと、

「ゆっくりしていきなさい」と、いつもの優しい口調でつぶやいた。

「ありがとうぞんじます。でも母が案じますので、今日のところはこれで」

玉蘊が腰をうかすと、茶山も疲れたような表情を浮かべたまま、うなずいた。

茶山の居室を辞して講堂の前にたつと、さっきの鳥はまだ屋根の上にいた。

見るともなく立ち止まっていると、見送りに出たお敬が、

「お豊さん、今夜は泊まっていきなさい。叔父もそう申しておりますし。このあたりも近頃ではすっかりぶっそうになって、つい最近も旅の若い娘さんが、見も知らずの男たちに無理やり駕籠で連れ去

られて、大騒ぎになったばかりなの」

「ありがとうございます。でも母の容態が心配で、それに今夜は戻るつもりでまいりましたから」

「まあ、せっかくおひとりでいらしたのに、こんな機会めったにあるもんじゃありませんわ。さっきも言ったでしょう、あたし、京には一度だって出たことがありませんのよ。ですから京のいろんなお話、うかがいたいの、そうそう四条河原の見世物小屋には孔雀やヒヒまでいるんですって、ほんとう？」

お敬はしきりと引き留めたが、玉蘊はとても泊まる気にはなれなかった。

玉蘊は、簾塾の柴門を出た。

ふりかえると鳥はどこにもいなかった。

それにしても珍しい鳥……しかもたった一羽で、仲間にはぐれたのだろうか、そういえば来る途中の水際にも、よく似た鳥が一羽でいた。

……たった一羽だけの鳥なんて、まるであたしと一緒じゃない。自嘲気味に唇をかんだ玉蘊の顔に、強い西陽があたった。玉蘊はめまいにおそわれ、ふらふらとしゃがみこんだ。

家にたった一人残った下男がおろおろして、駕籠を呼ぼうとしきりにすすめる。

「だいじょうぶ、ちょっとめまいがしただけ、すぐなおりますわ」

玉蘊は背筋をのばすと、すっくりと立ちあがった。帰り際に、茶山が言った言葉が重くのしかかっている。

「慈仙という僧にには気をつけなさい。慈仙はお峯さんに邪心を抱いておった。結婚をエサに京に連れ出し、自分の近くに住まわせたかった。山陽の出奔とて、もとはといえばあの男がそそのかしたこと、それにまんまと乗りおって、山陽も玉を捨てたる象戯さし、だ。そうじゃないかな、章」

いつもはおっとりした茶山が声を荒げていうのを、玉蘊は耳をふさぎたい思いで聞いた。それに、山陽が愛称として呼んだ、章の名を、茶山は無造作に使うことで玉蘊にも非難の矢をはなっている。

茶山の怒りは消えていない。それどころか、激しささえ増している。簾塾の存続は彼の長年の悲願でもあり、その塾を託した山陽の唐突すぎる上京は、茶山の夢を打ち砕く暴挙とさえうつった。

お敬と息子の幸せそうな姿を見ながら、茶山にいかに好かれていようと、しょせんは血のつながらない他人でしかない。そんなあたりまえのことも自分は分かっていなかった。茶山に何を期待したというのか。傷ついた自分の心を茶山なら分かってくれる。すべてを飲みこんで暖かな手を差しのべてくれる、とでも。玉蘊は肩を落とした。

それでも茶山はこうして玉蘊に会ってくれた。これからも玉蘊が描いた絵に賛詩をくれるだろう。当代一の茶山の賛をうけた絵は、土地の豪商や諸国の文人の間で高い評価をうける。

玉蘊は、顔にあたる強い陽ざしを手でさえぎりながら、歩き出した。

両側からせり出したような竹藪が見えてきた。風の音がわさわさと鳴る。ぽつりと雨が落ちた。さっきまで晴れていた空に黒雲が走っている。

「お嬢さま、やっぱり駕籠を拾ってめえりやす」下男があわてて駆けだす。

西国街道筋とあって、旅籠がちらほら並んでいる。遠くに小松屋の看板を見ると、玉蘊は下男を呼び止めた。祖父の代からのつきあいで玉蘊も父五峯と何度か立ち寄ったことがある。ところが耳の遠い下男は玉蘊の声にも気づかず、はやくも路地を曲がっている。

　玉蘊は立ち止まったまま額の汗をぬぐった。往来では客引きが、顔を見せていた。

　あいにくと下男は戻ってこない。しばらくぼんやりとたたずんでいると、数軒先の旅籠屋の前でたむろしていた浪人者らしい五人組が、にたにた笑いながら近よってきた。

「姐さん、つれは？」

「もしや、いま流行りのひとり旅？」

「そりゃ危ない、こんな美人は江戸でもめったにお目にかかれない。どうです、ひとり五両で用心棒にやとっちゃくれませんか」

「そや、そや、安いもんだ」

「そうとしたら決まりだ。今夜はこの旅籠で、ひとつお近づきの盃をかわしやそう」

　男のひとりが強引に玉蘊の腕をつかむ。

「なにをするんです。その手を放しなさい。ひとを呼びますよ」

　玉蘊は真っ青になり、男の腕を引き離そうと、声にならない悲鳴をあげる。

「こりゃ美人が怒った顔も、なかなかってもんだ」

　浪人者はにやりと笑うと、玉蘊のつかんだ腕をいきなり突き放した。玉蘊は道端にあおむけに転がされた。男たちがどっと下卑た歓声をあげながら、近よってきた。玉蘊ははだけた裾を両手でかきあわせながら、ひきつった顔でにらみつけた。

「おい、はやく運べ」

眼の前に髭ずらの男の顔が近づいて、むっとする体臭が鼻についた。

もう、だめだ！　観念して思わず眼を閉じたとき、ふいに男たちの輪がくずれた。

おそるおそる眼を開けると、旅装束の男がひとり、丸太をふりまわして、浪人者たちの間に乱入してきた。とっさのことに浪人たちもめん食らったか、玉蘊への囲みを解いた。

玉蘊はその隙に必死で起きようとするが、膝ががくがくふるえて、おまけに腰をしたたか打ったか、立つこともかなわない。

そのころには物見高い野次馬が集まりかけていた。玉蘊の眼の前で浪人が刀を抜いた。玉蘊は思わず悲鳴をあげた。そのとき誰かが小走りで駆け寄ってきた。

「お豊ちゃん、さっ、いまのうちだよ」

みると、小松屋の女将が脂ぎった顔をひきつらせ、玉蘊の身体を抱きかかえようとしていた。

「女将さん！」玉蘊は女将にむしゃぶりついた。

往来ではすらりとした体躯の男が、丸太をぶんぶんふりまわしている。しかも男は浪人たちの足をねらって打ちすえていく。その度に、浪人どもの悲鳴があがり、野次馬はやんややんやと歓声をあげ、ヤジを飛ばした。

「やあ、やあ、あの旅の衆、なかなかやるな」

「でもたった一人じゃあぶねえ。下手するとあの浪人どもに斬り殺されるぞ」

「そうだ、だれかひとっぱしりかけて、陣屋役人でもつれてこい」

尻っぱしょりした男たちが勢いよく駆けだしていく。野次馬の輪がさっとひらく。その隙に、玉蘊は女将に抱きかかえられ、やっとのことで小松屋に逃げこんだ。

「今日はもう店じまいだ。さっさと暖簾をとりこんでおしまい。いいかい、どんな客がきても、お断りだよ」

女将は店先にいた女中を叱りとばすと、玉蘊を奥の座敷につれていった。ぴしゃりと襖を閉めると、女将は荒い息をはきながらしばらく襖の外をうかがうように耳をおしつけていた。それからようやく安堵したように、玉蘊のそばにへなへなと座りこんだ。

「どうやらこれで一安心だ。お豊ちゃん、けがはないかい？」

「お染さん、ありがとう、でもあの旅のお方、たったひとりで、あれじゃ逆に斬り殺されやしない？」

「だいじょうぶ、いまうちの若い衆が陣屋役人を呼びにいったから」

その声を聞くと、玉蘊は急に意識がもうろうとしてきた。


眼がさめると、すでに朝陽がのぼっていた。障子が開いてお染が粥をはこんできた。

「お豊ちゃん、気分はどう？」

お染の実家は尾道で、母お峯とは家も近く同い年とあって子供のころからよく遊んだという。

「安心おし、お峯ちゃんには無事だって、知らせといたからね」

「すみません、ごやっかいかけて」

「なんの、でも大事にならなくて良かった。これ以上悪いうわさでもたったらと思うと、気が気じゃなかったよ」

お染はでっぷり肥えた身体をゆさって、粥をよそる。

「さあ、あったかいうちに食べとくれ。それとこの卵、お箸でもつまめる、だって今朝がたうちの鶏が産んだばかりだもん、たっぷり食べて精をつけておくれ」

玉蘊はお染の心遣いに箸をもつ。黄身の盛りあがった卵は見るだけでおいしそうなのに、口もとに近づけると、強い吐き気におそわれた。白湯だけ飲んで、ふたたび床に倒れこんだ。

「そりゃ無理もないよ。誰だってあんな怖ろしいめにあっちゃ、生きた心地もないね。しばらくここで休むがいいよ」

出て行きかけたお染に、

「あの、あたしを助けてくれた、あの旅のおかた、ご無事だったのでしょうか？」

「それがね、消えちまったよ」

「消えた？」

「みごとな逃げっぷりでね、陣屋役人がかけつけたときには、影も形もなかった。もっとも野次馬の話じゃ、あんたが小松屋にかつぎこまれたのを見て、丸太を投げ飛ばして、さっさと逃げたってことさ」

玉蘊はほっとした。浪人者とはいえ本気で勝負になったら、あの若者に勝ち目はない。それればかりか斬り殺される。それでも見も知らずのあたしのために、命がけで飛びこんで助けてくれた。

「そうそう、忘れていた。女中が拾ったんだけど、これを落としていきなさった」

お染は帯の間から巾着をとりだすと、玉蘊の手に握らせた。

巾着袋は錦織でかなり値のはるものだった。なかを開くと、「御夢想万金丹」の文字があらわれた。

「なんだろう、これは？」

「どんな病にも効くという薬ですわ」

以前父が、お伊勢参りの土産に買ってきたことがある。

「伊勢のおひとかねえ、そういやお豊ちゃん、あんたを助けた男って、見ていた女中たちの話じゃ、まだ二十歳前後のそりゃきれいな顔をした男だって。旅装束だったというから、伊勢か、朝熊(あさま)あたりの行商人かもしれないねえ。そしたら帰りにはまたこの宿場にもよる。あっ、でも荷箱をしょってなかったか」

お染が帳場に去ると、玉蘊はもう一度万金丹を手にとってながめた。

旅好きの父は決まって旅先で珍しいものを買ってくる。この万金丹も伝承が気に入ったかで得意そうに話した。

ある時、若い男女が朝熊岳で心中をはかった。ところが菩薩の化身である白蛇に心中をはばまれ、霊薬と処方を授けられた。ふたりは蛇と出会った泉の近くの寺を復興し、泉の水で「万金丹」をつくって売った。ところがこれが評判となり、伊勢や朝熊詣の道中薬、土産として人気となったという。

「人気の秘密は神秘性、男と女の心中をやめさせた白蛇の精霊には恋を成就させる秘薬がふくまれているそうな」

あのとき得意げに語った父の美しい顔まで思いだされた。

父が、若いころの姿にもどって、あたしを守ってくれたんだわ。そうして巾着にしまおうと中を見ると、小さく折りたたんだ和紙が出てきた。すりきれたような墨の跡が、かすかに「白……」とも読みとれたが、肝心の後の文字はよれて分からなかった。

これって、あの若者の名だろうか、それとも単なるまじないか。玉蘊はもとどおり薬と和紙を巾着袋にしまうと、大事そうに帯の間にしまった。

障子を開けると、赤や黄色に染まった黄葉山が燃えあがってみえた。

九　伊勢の俳諧師

　翌年の春、妹のお庸が祝言をあげた。相手は母の甥の大原吉右衛門とあって気心も知れているせいか、母のお峯はこのところ新居に入り浸っている。そのせいか、まもなく梅雨になって例年なら決まって悩まされる頭痛も、近頃ではうそみたいに消えているらしい。

　今朝も、お峯はようやく雨があがった空を見あげると、涼しげな呂の単衣に着替えていそいそと出かけて行った。その後姿を見送ると、玉蘊も橋本竹下(ちっか)の屋敷に向かった。

　山陽からは、あれっきり何の音沙汰もない。ただ竹下のもとには手紙が届くようで、今も玄関先に出迎えた彼は、玉蘊を迎え入れるや、そっと山陽の手紙を手渡した。

　山陽は弟子の竹下にも平気で弱音を吐いていた。茶山との関係はいぜんとして進展もなく、父の春水とは絶縁したままだ。しかも京で開いた真塾はあいかわらず弟子も集まらず、儒者たちの攻撃は日ごと激しさを増していた。さすがの山陽も心底まいっているようだ。

　玉蘊は手紙を返すと心配げにため息をはいた。

「そう案ずることもありませんよ。あれで先生はなかなかしたたかですよ」

　竹下は精悍な顔に笑みを浮かべ、さらりと言うと、

「どうです、ひとつこれから千光寺山に登ってみませんか。昨夜登々庵さんが京から来ているのですよ」と、襖越しに声をかけた。

「やあ、お久しぶりです」

がらりと襖が開いて、竹元登々庵があらわれた。

「そのせつはお世話になりました」

「いや、何もできずに申し訳ない」

ちょっとばつの悪そうな顔で玉蘊を座敷に迎え入れると、たてつづけに空咳をした。

「まあ、その話はもうなしですよ。そうと決まったら陽が昇る前にでかけよう」

羽織をはおりながら、竹下はふたりをせかせるように廊下にでた。

三人は表にでた。梅雨の合間なのか空は青々として空気も澄んでいる。それでも昨夜来の雨のせいか、ヌリヤ小路の角を西に折れて長い坂道を登る間、道は濡れて足取りもおぼつかなかった。しばらく歩くうち、ようやく天寧寺(てんねいじ)の塔婆が見えてきた。登々庵は早くも息があがったようで、ぜいぜいと喉にからんだ咳をしている。

「茶店で休みますか」竹下が気づかうように後をふりかえる。

「いや、このまま行きましょう。しかしここはあきれるほど長い坂道と寺ばかりだ」

登々庵はぶつぶつ言いながら、先を歩く玉蘊をみてため息まじりにぼやいた。

「それにしても、玉蘊さんの足の速いこと、ねえ竹下さん、こんな華奢な女人が山道をかけのぼるんなんて、まるで天狗かなんぞの化身ですかな」

「いやな登々庵さん、山姥（やまんば）みたいなこといって」

二人のやりとりをにやにや笑いながら聞いていた竹下が、行く手を指さした。

「さあ千光寺の石段ですよ。これを登れば見晴らしもぐんとよくなる」

「やれやれ、これまた気が遠くなるような長い石段だ」

登々庵は松の大木からぬっと突き出た自然石に腰を降ろして石段を見あげて言った。

やがて長い石段を用心深く登りはじめると、彼らはしだいに無口になっていった。玉蘊も、途中たちどまってゆるんだ鼻緒をしめなおした。まもなく巨岩にへばりつくように千光寺の山門、鐘楼が見えてきた。ここまで来ると玉の浦が一望される。

「頂上までは登れそうにない。どうだい、ここでひとつ座をもうけようじゃないか」

登々庵があえぎながら言う。

「でも、もう少しいくと視界もひらけて見晴らしもいいですわ」

「そう、登々庵さん、今日あたり晴れているから、頂上からは向島の先に四国の山々が見えますよ」

竹下が頂上を指さし笑顔でふりかえる。

登々庵もさすがにその気になったか、黄ばんだ痰を吐くと歩きだした。それもつかの間、登々庵は次第に遅れて、とうとう両脇からのびた樹木の枝にすがりついまま、立ち止まって動かなくなってしまった。

「やっぱり無理だ。わたしはここで待っているから、先に登ってください」

竹下が笑いながら降りてきた。蒼くなった登々庵を抱きかかえるように、再び山門のあたりまで下ると、小僧にいいつけて酒宴の場をこしらえた。

穏やかな陽だまりが降り注ぐなか、松や楓の木の間から涼しい風が吹きぬけてくる。

玉蘊はその風に全身を洗われたように、ぶるっと肩をすくめると、眼下の海をながめた。ここからでも緑におおわれた向島の先に、四国の山並みが霞んでみえた。

「きれいなところだ。こんなところに住んでいると、京の路地裏などごみごみしてたまらん」

「だが毎日居ると、いささか息がつまる。ねえ、玉蘊さん」

「ええ、たしかに。今日が晴れたら、明日には雨が……、正直刺激がないぶん、退屈ですわ」

船着き場にちょうど入ってきた連絡船を見ながら、玉蘊はため息をついた。

「さて、ここいらで落ちつこうか」

竹下がふりむいて、後からついてきた小僧に酒の支度をさせる。

玉蘊はさっきから身を乗り出すように眼下を見おろしていた。かたわらにいた登々庵を見ると、なにやら不思議な器具を眼におしあてている。

「なんですの？」

「これ？　長崎で手に入れた阿蘭陀(おらんだ)わたりの遠眼鏡、見てみます？　浜辺の人の顔まで見えますよ」

「まさか」玉蘊は不思議そうに手にとった。

「そう、そう、玉蘊さん、これは遠くの景色がおそろしく近くに見えて、なかなか面白い。私もひとつ持っていますよ、ほれ」竹下が自慢げに懐中から取りだしてみせた。

なるほど、海岸がほんの近くに見える。網干する漁師たちの群れに、腰の曲がった老人やらそのわきを駆けずりまわる子供らの姿が、大写しに飛びこんできた。

「まあ！　ほんとうですこと」

玉蘊が声を弾ませたとき、海に女が飛びこんだ、そんな気がした。まさか？　もっとよく見ようと身を乗り出すと、つづいて浜辺を駆ける男の姿が見えた。男は素早く裸になると、そのまま海に身をおどらせた。そのころにはあちこちから人が集まってきて、浜辺に群がっていた。

「大変ですわ、身投げでしょうか？」

玉蘊のひきつった声に、竹下も遠眼鏡をのぞきこんだ。

「どうやら、男が引き上げたようだ」

「なにかあったのかい？」登々庵は玉蘊から遠眼鏡をとると、息をこらして見つめた。

「行ってみよう。知り合いだといかん」竹下は、気ぜわし気に山を降りようとする。

「やれやれ、やっと登ったというのに、もう下山するなんて」

登々庵が愚痴るのを聞きながら、玉蘊もあわてて竹下の後を追った。山道を駆け落ちるように進むと、今朝つげかえたばかりの草履の鼻緒がすっかりゆるんでいた。かがみこんで直していると、背後から登々庵のぜいぜい咳をする音がしだいに近づいてきた。竹下の姿はとうに見えなくなっている。

浜辺に着くと、戸板に娘が寝かされていた。かたわらでは竹下の大声で叫ぶ声がした。

「どうしたの？　何があったのですか」

玉蘊は竹下の背後から戸板をのぞきこんで、悲鳴をあげた。

「お袖さん？　もしやお袖さん……」

お袖は竹下の実の妹である。たしか両親があいついで亡くなったので、一年ほど前から竹下が引き取って世話をしていた。

「いま医者を呼びにやっています。たぶん救出が早かったから、助かると思う。こちらが、その助けていただいた、その……」

「伊勢からまいりました白鶴鳴（はくかくめい）ともうします」

竹下が頭をさげた相手は、まだ二十歳ばかりの若者だった。彼は濡れた髪を垂らして褌（ふんどし）一丁のままだったが、若鮎のようなみずみずしい肢体に整った美貌で、見物人の間からはため息とも羨望ともつかぬどよめきが起こっていた。

白鶴鳴……はて、白……どこかで聞いたような、玉蘊は若者の彫の深い整った顔立ちを見るともなく眺めて、ふと思った。もしや、あのとき自分を助けてくれた若者だろうか？　首をかしげて考えていた玉蘊の背後から大声がして、

「はい、どいてください。お医者様ですから」顔見知りの竹下の手代が駕籠を開けて医者を連れ出していた。

「脈がだいぶ弱っているが、まあ大事ないと思いますよ」

医者の一言で竹下の頰に赤みがさした。その間に女中が白鶴鳴の背後にまわると、すばやく浴衣をはおらせた。竹下は、男にかけよると深々と頭をさげた。

「お聞きのとおりでございます。あなた様は妹の命の恩人、どうぞ幾日なりと屋敷に逗留していってください」

数日して、竹下の屋敷には大勢の客がつめかけていた。お袖の回復祝いをかねて、竹下は日ごろ世話になっている人々を招いて祝宴をはったのだ。なにしろ竹下は、年のはなれた妹を溺愛していると評判だったから。

そのお袖の身投げは、狭い尾道では誰一人知らぬ者もないほど広まっていた。

何が原因か分からぬまでも、若い娘が死のうとまで思いつめた。あやうく溺れかかったところ、これまた見も知らずの伊勢の美しい若者に助けられた。なんとも浄瑠璃芝居を地でいくような話で、日ごろ退屈しきっていた港町を活気づけるには充分すぎた。

おまけに財力にものをいわせた竹下の屋敷での大判振る舞い、町中の人間が見舞い方々、我もわれもとおしかけた。竹下は鷹揚な性格で野次馬根性丸出しの連中にまで、餅や菓子、小銭を丸めて投げあたえた。

正面の席に並んだお袖と白鶴鳴は、まさに夫婦雛のように愛らしかった。

「なるほど、聞きしに勝る美男子だ。これじゃあ、尾道中の娘っ子が血道をあげかねない」

若い男たちは敵愾心を燃やして、正面に端然と腰をおろした白鶴鳴をねめつける。

娘たちはにぎやかに笑いさざめきながらも、身投げした女がひな壇に座るのは不吉だと、まるで自分こそがその席に座る権利があると言わんばかりに、しんらつな眼でさげすむのだった。

そんななかでも皮肉屋の登々庵だけは冷めていた。彼は隣席の男をしばらく眺めていたが、

「鶴鳴さんは伊勢のお人だそうだが、家業は何をなさっておられる？」

「家は薬問屋ですが、家業は弟に譲って、私は実は芭蕉門の俳諧師です」

「ほう、俳諧師ねえ。その若さで諸国をまわって修行されておられるとは、けっこうな身分ですな」

登々庵は自分のことは棚にあげて、若者をじろりと見おろすと、

「それに失礼、これは竹刀だこのようだが」

「これは鋭い。幼少のころから町道場で剣術の指南を受けておりました」

「なるほど、それで分かりました。当節、諸国をめぐるには剣術ぐらい身につけておらんと、ぶっそうですからな」

そこへ銚子をもって客の間をまわっていた竹下があらわれて、

「何の話ですかな。白鶴鳴さんはお袖の命の恩人や。登々庵さん、そういびらんといて」

「失敬な、わしがいついびった」登々庵が気色ばむ。

玉蘊は思わずふきだした。竹下はにやにや笑いながらすでに酔いしれた客たちの間をぬって歩いていく。

その時、鶴鳴がすっと玉蘊の隣にやって来た。

「みなさんが玉蘊さんと呼ばれておいでですが、なにをなさるお方ですか？」

その声が聞こえたか、登々庵が膝をすすめて、

「あんた、玉蘊さんを知らない？　そりゃ無理もないが、尾道じゃ誰一人知らぬものなどおらん、有名な女流絵師ですよ」

「ほう、絵を描かれる。そんな華奢な指で、絵筆を握られる、だがどんな絵を？」

「そりゃ何でもさ。だがとりわけ牡丹の花が艶やかだ」登々庵が語気を強める。

「牡丹の絵……、なるほど玉蘊さんにふさわしい」

鶴鳴はそう言うと、玉蘊の前に盃をつきだした。

「お近づきのしるしに、一杯……。今度お宅にうかがってもよろしいですか。あなたの描かれた牡丹の絵、ぜひとも見てみたい」

「ちょうどいい。これから余興もかねて玉蘊さんが腕前を披露してくれる」登々庵も引かない。

満座からどよめきと拍手が起こる。玉蘊は用意してきた布をひろげると、筆をとった。

描きなれた牡丹の絵か、それとも鶴……、思いかけて玉蘊は顔を赤らめた。それでは白鶴鳴に媚(こび)をうるようだし。

玉蘊は深呼吸すると眼を閉じた。すべての雑念をふりはらい、やがて人々の笑いさざめく声も遠のいだ。

どれくらいの時が経ったのか、玉蘊はようやく火照った顔をあげた。

「ほう、鶴の絵ですか。あいかわらず見事です」

登々庵がどうだと言わんばかりに言う。

「どれどれ白鶴鳴さんにちなんで鶴とは、玉蘊さんもやりますな」いつのまにか竹下が眼の前に座っていた。

「なるほど、たいそうな絵です。ところで、お会いするのはこれで二度目ですね」

白鶴鳴が大人びた笑顔で膝をすすめてきた。

「えっ？」

「神辺の宿場で、私たちはすでに会っています」

玉蘊は息をのんで若者の顔をじっと見つめる。

「白鶴鳴さん……、やっぱりあのときの……」頭にかっと血がのぼった。玉蘊はみるみる赤らんだ顔をまっすぐ向けて、座布団から滑り降りると両手をついて頭をさげた。

「あの節は、あやういところをありがとうございました。でも正直ご無事でしたか案じておりました」

「なに、腕には多少自信もあります」

竹下と登々庵が同時に顔を見合わせる。

玉蘊はわれに返ると、いぶかし気な二人に神辺での出来事を語った。

「なるほど、奇縁ですな」竹下が感心したようにうなずく。

玉蘊はその隙に懐中に手をやった。

「おや、この巾着袋、どこで失くしたかと思っていたら、あなたの懐におさまっていた。これまた運命ですね」

「運命とは、おだやかではありませんな」登々庵が眉間に皺をよせて盃をあおったとき、白鶴鳴が玉蘊の眼を見つめて、きっぱりと言った。

「白蛇の精霊のひきあわせ、すくなからぬ縁を感じます」

白鶴鳴の声が酒席にもひびいたか、あちこちから笑いやら拍手が起こった。

玉蘊は鶴の絵を竹下に手渡すと、帰り支度をはじめた。宴席はすでに乱れて客たちの余興もはじまっていた。襖に手をかけ頭をさげた玉蘊は、ふと正面のお袖と眼があった。いつもは弱弱し気なお袖の眼が吊りあがって、唇が心なし歪んでみえた。

廊下に出ると月が浩々と庭を照らしていた。酒で火照った頬を夜風がなぶっていく。

足音がして背後から竹下の声がした。

「玉蘊さん、誰かに送らせせますか？」

玉蘊は首を横にふると、そのまま歩きだした。竹下もなにか話があるのか、ついてくる。

「お袖は行商人の男にだまされ、店の金大枚百両を持ち出し、男と駆け落ちするところでした」竹下は、深々とため息をはいて、思いきったようにしゃべりだした。

「お袖はまだ十五です。男は百両つかむとそのまま逃げた。だがむしろ良かった。男と駆け落ちでもしていたら、じきに飽きられて女郎にでも売られるところだった」

いつもは温厚な竹下が怒りでこぶしを握りしめている。

「だが、お袖もこれで懲りたようで、私もほっとしています」

玉蘊は、うなずいた。

「これも、あの白鶴鳴さんという若者のおかげです。うまくお袖の傷がいやされるといいのですが」

竹下は番頭に店の提灯を用意させると、ふたたび宴席にもどっていった。

玉蘊は竹下の屋敷を出た。

月と歩いていると、無性に神辺での山陽とのことが思いだされた。なにか歯車がかみあわずに京を去ることになったが、山陽が語る言葉のすべてが、甘美に思いだされてくる。

その時、暗がりから小走りに近寄ってくる人影があった。

「玉蘊さん、夜道はあぶない、送りますよ」白鶴鳴が息をきらして駆け寄った。

「いえ、ここは慣れた道ですもの、それよりお袖さんが心配しますよ」

「お袖さん？　ああ、あの竹下さんの妹さんのこと、それが私となにか関係がありますか」

鶴鳴は提灯の灯りで玉蘊の顔を照らすと、噴きだした。

「まさか、玉蘊さんも竹下さんと同じ考えですか。あんな小娘なんぞに興味もありませんよ」

吐いて捨てるように言うと、

「そんなことより、あなたはいつもあんな宴席で絵を描かされているのですか」

詰問するかのように玉蘊の前に立ちはだかった。思ったより上背がある。見おろされるような圧迫感に、玉蘊は思わず後ずさった。

「なにを、おっしゃりたいの？」

「あれは、いかん。あれでは酒の余興、慰みでしかない。絵はもっと純粋に描かれるべきです」

「どこでどう描こうと、あたしの勝手ですわ」玉蘊もむっとした。

「江戸で、谷文晁（ぶんちょう）の絵を見ました。震えました。それにくらべたら、京の絵師などきれいごとにすぎない」

「谷文晁？　まことに」

「ええ、まだ若いころですが、みごとな写生画でした」

玉蘊はふきだした。若い頃って、いまだって幼さの残る子どもじゃないの。

「親父が薬の行商をやっていまして、私もついて歩いていた、京、大坂、江戸にまで」

「お父様はご健在？」

「一年前に他界しました」

「そう、ごめんなさい」

「それ以来、薬の行商はやめています」

「伊勢のご実家は？」

「薬種商の商いは、父の後妻とその連れ子の義弟にまかせております」

「それであなたは俳諧の修行の旅に？」

「ええ」

「うらやましいわ。私も父を七年前に亡くして、今では一家の大黒柱。こうして絵を描いて、母や妹を養ってきたの。あなたのような気ままな風来坊には私の苦労も分らないでしょうね」

「風来坊はひどいな。私だって、母を三年前に亡くしてから、それこそ命がけで俳諧の修行に没頭してきた。俳諧の魅力を教えてくれたのは、じつは母だったのです」

「そうなの。お母さまのこと、何にも知らなくて」

「母は伊勢でもちょっぴり名を知られた俳人でした。それが父の自慢でもありましたが」

「いいお母さまだったのね」

白鶴鳴は不意に歩みを止めると、行燈の灯りを玉蘊の顔にかざしながら、

「似ているんですよ、どことなく面ざしが……」

「えっ？……」

「それからは父と諸国をめぐりながらも、俳諧の道を究めようと私なりに頑張ってきました。俳諧の道を究められるなら、野垂れ死にも辞さない。それこそ母への供養です」

鶴鳴はきっぱりと言い切ると、照れたように提灯の先をふりまわした。

「あぶなくてよ」玉蘊もつられて笑いだしていた。

十　山陽、勘当を解かれる

年が明けた三月、いつものように橋本竹下の屋敷に招かれ絵を描いたあとに、竹下が玉蘊を別室にさそった。頼山陽から手紙が届いたとのことで、竹下は満面笑みをうかべて言った。

「頼春水先生が病の湯治に有馬の湯に行かれるそうです。うわさでは山陽先生の勘当も解かれるとか。そうなれば山陽先生も広島のご実家に真っ先に顔を出されるでしょう。お家では母親のお静さまが首を長くして山陽先生のお帰りを待ちわびておられる」

玉蘊はぱっと眼を輝かした。

「そうなったら山陽先生は尾道にも寄られる。そのときはひとつ盛大に詩画会をやりましょう」

竹下の声も心なし弾んでいる。玉蘊は何度もうなずきながら、思わず溢れそうになる涙をそっとぬぐった。

あの山陽が、とうとう尾道にあらわれる！……

どれほどこの日を待ちわびたものだろう。

玉蘊の胸に山陽の弾かれたような笑顔が浮かびあがった。

その後、竹下から聞かされた山陽の京での苦境も、今ではそれなりに分かる。でもあの当時は、何が何だかさっぱり分からず、母のお峯が怒って言うように、山陽の心変わりかもしれないとさえ、思い悩んだものだ。

あれからもう二年の歳月がたっていた。町中の心ないうわさは下火にはなっていないが、玉蘊は気丈にも耐えた。それもこれも、再び山陽と相まみえるその瞬間を、ひたすら待ち焦がれていたからでもある。そうして山陽と再会できたら、今度こそ自分から身をゆだねて、山陽の厚い胸に抱かれよう。

「京の儒者どもはあいかわらず先生を攻撃して、せっかく開いた真塾も苦戦を強いられているようです。ですが、頼家の後ろ盾を得られれば、先生も心強い。安心して身のまわりのことも考えられるようになります」

竹下は、山陽が尾道にやって来ることを確信していた。そのときは玉蘊のために力のかぎりをつくして山陽との仲をとりもちたい、竹下の表情にはそんな意気ごみすらみなぎっていた。

しばらくして頼春水が有馬の湯の途中、神辺に菅茶山を訪ねたとの報せがはいった。

便りを寄こしたのは玉蘊とも顔なじみの劉夢沢（りゅうむたく）である。夢沢は山陽より二歳年長、長崎の通詞彭城（さかき）氏に生まれ、夢沢は号である。

三月九日、頼春水は長年の友人である菅茶山を神辺にたずねた。茶山にはどうしても詫びたい気持ちがあった。放蕩息子で廃嫡された山陽を快くあずかり塾長にまでしてくれた。それなのに山陽は茶山の好意をおしきり京へ出奔した。長年の茶山との友情をかんがえても、山陽のしでかしたことは許せない。

頼春水は茶山に会うと、深々と頭をさげて謝った。茶山は若いころは春水とともに学んだ仲でもあり、長年の友の来訪を心から歓待した。さらに茶山は、山陽が去った後に塾長となった北條霞亭（ほうじょうかてい）を春水にも引き合わせた。霞亭は山陽の親友で学識豊かな儒者でもあり、穏やかな性格の好人物だった。彼は山陽の後を引き継ぎながら、茶山の願いをあっさりと受け入れ、姪のお敬との結婚にも承諾していた。これで簾塾の将来の見通しもたった。茶山の赤ら顔からは素直に喜びがにじみでていた。

その夜、時を待たずして神辺では詩会が催された。和解した春水、茶山を中心に、塾長の北條霞亭、道上上人、佐藤恭順、劉夢沢など玉蘊とも親しい文人仲間が集まり、詩を詠みあい、清談にふけった。春水の滞在も数日のところ七日にも及んだということだ。

神辺を発った劉夢沢は、その足で尾道の橋本竹下の屋敷に立ち寄った。喜んだ竹下は宴をはり、もちろん玉蘊も招かれた。

座敷に入ると劉夢沢がすかさず目にとめ、玉蘊を手まねいた。

「玉蘊さん、元気でしたか。京以来ですね」言うなり盃を玉蘊の手に握らせ、酒を注いだ。

「そのせつは、お世話になりました」

「なんの……何もできずに」夢沢は照れくさそうに頭をかいた。

夢沢は酒をすするように飲み干すと、玉蘊が手ばやく描く絵に眼を細めた。飲むほどに詩興が高まるのか、劉夢沢はすばやく詩文を詠んで披露した。

（最も愛おしいのは　このかぐわしい春の日に　絵を描くあなたの玉のような手
あなたの描いたばかりの名勝は　まだしばしの間みずみずしい
郷に帰った私は　寝ころんだり遊びに出掛けたりという日をおくっているが
京都の日々を思い出すたびに　あなたを懐かしく思い出すことよ）

（「閨秀画家玉蘊女子の研究」下の五）


酔いしれても詩人である劉夢沢は、玉蘊に微笑み返す。

何の障害もなくなった山陽が恋しく思うのは、ほかならぬ玉蘊さん、あなただ。彼はまもなくあなたを迎えに来ますよ。

玉蘊は頬を赤らめた。二年も前の夏の京でのことが脳裏に突き刺さる。

劉夢沢とは京の鴨川を散策し、嵐山にも遠出した。傷心の玉蘊を慰めるすべもなく、玉蘊が見たいといっていた寺院を案内し、様々な絵を見る機会をくれた。山陽の友人である彼の暖かさにどれほど救われたことか。その劉夢沢が、今度こそ山陽は会いに来てくれる、口にこそださねども、彼のややくぼんだ眼はすべてを物語っている。

玉蘊の心は久しぶりに潤っていた。その時、夢沢が言った。

「玉蘊さん、玉葆さんは？　今日はご一緒ではなかったのですか？」

「嫁ぎましたのよ」

妹のお庸が母お峯の甥の大原吉右衛門に嫁いでいると告げると、

「ほう、嫁いでいらしたとは知らなかった」劉夢沢は無邪気によろこんだ。

お庸はすでに身ごもって、この秋には出産の予定だった。母は生まれてくる子が男子なら、玉蘊の養子にして平田家を継がせようと考えていた。

まだ生まれてもいないのに、早々と母が養子縁組を決めているのも、お峯には平田家がなによりも大事で、惣領娘の玉蘊が後を継ぐことを夢にも疑っていない。

「お庸の子だ。きっと絵の筋はいい」

お峯は生まれてくる子の産着を縫いながら、その子に画業を継がせる夢を語った。

そんなお峯にとって、山陽は思いだすのも憎い、すでに過去の男でしかなかった。

結婚の約束までしておきながら、その言葉を信じた玉蘊母娘をじゃけんにあつかい、あまつさえ侮辱した。あの山陽という男だけは、どうにも許せない。

男を京まで追いかけてフラれて帰ってきたとんでもない性悪女、それが最近では年下の若い男に色目を使って誘惑している。退屈な尾道の住人の格好のうわさ話として広まっている。

玉蘊は母のお峯の気持ちを考えると、劉夢沢の好意にも素直に喜べない自分を寂しく思った。座敷は酒がはいったせいか、いましも宴たけなわで、楽しげである。

玉蘊も盃をうけながら、華やいだ宴席にどこか馴染めない居心地の悪さを感じはじめていた。

竹下から、山陽が父の勘当を解かれ尾道にもやって来る。その報せに有頂天になったものの、ただ一度狂った人生の歯車が、そうそううまくいくだろうか？　逆に不安はつのって、宴席が陽気になればなるほど、玉蘊の心は落ち着かなくなった。

　玉蘊は座敷をすべるようにでた。無性に、ひとりになりたかった。

　草履をはいて竹下の屋敷の門をくぐりぬける。

　その時、植垣の間から飛びだしてきた人影に、玉蘊は背後から抱きすくめられた。

「何をなさるの！」

　思わず悲鳴をあげ、身体をよじってふりむいた玉蘊の前に、鶴鳴が立っていた。

「玉蘊さん、待っていましたよ。やや、酔っている？　お酒を飲まされた？」

「鶴鳴さん、こんなことはしないでください。知らない人が見たら誤解されます」

「誤解？　玉蘊さんと私の仲です。誰の眼を気にしているのですか、お母上も認めてくださっているというのに」

　たしかに母のお峯は、はじめのうちこそ若い白鶴鳴を警戒していた。

「あの白鶴鳴というお方はおまえの恩人だが、年が若すぎる。せめてお庸の年ならいいのだが」

　京での男狂いのうわさがまだ下火になっていない。頭痛もちで冷え性のお峯にはそれだけでも気がくさくさするのに、今度は年下の男が頻繁に出入りしている。またまた格好のうわさになるだけだ。しかも五十にも手が届くようになると、のぼせ、めまいなど婦人病にも悩まされて、朝から寝こむことも多くなっていた。

　そんなある日、陽が昇っても布団から起きられないでいたお峯に、たまたま訪ねてきた白鶴鳴が自家製の薬だと手渡していった。はじめのうちこそ気味悪がっていたが、飲んだ翌日には頭痛もうそのように消えて、血色もみちがえるほど良くなっていった。

「さすがお家が薬種商、いい薬をお持ちだねえ」

お峯は感心して鶴鳴の来るのを心待ちするようになった。ちょうど薬がきれた日、鶴鳴がひょっこり顔を出した。みちがえるほど快活になったお峯を見ると、白い歯をみせて笑った。

「それはですね。医者の診立てちがいですよ」

「おや、そうかえ」

「ええ、お峯さんの病は、おそらく婦人の血の道症、この薬はうちの店で特別に調合した秘薬、龍聖湯なんですよ」

それからというもの、お峯は訪ねてくる白鶴鳴を茶の間にあげ、話しこむことが多くなった。

ある時など、玉蘊が泉屋で絵を描いて戻ってみると、白鶴鳴の若々しい声が玄関先にまで聞こえてきた。

「いえ、広島では一時多賀庵の茶屋様のもとで修行につとめました」

「おや多賀庵、それは、それは、その若さで俳諧の修行も本格的だこと」

「茶屋様は風律先生亡き後、多賀庵を引き受けてまいりました。それに広島でも手広く薬種を商うお方、伊勢の家からの紹介ですが」

「そういえば、あの頼家の春水先生も風律先生とは親しくされておられた」

「青葉ほど海みる花の木の間かな……、柿本人麻呂の遺跡のある高角への参詣、そこでの風律先生の御歌です」

高角への参詣を望んでいた父のために、春水はわざわざ多賀城を訪れた。そのことを知るのは一部の人間にかぎられる。

「これは、たまげた。鶴鳴さん、あんたの俳諧の修行、年季が入っているねえ」

お峯の感心したような声がひびく。玉蘊は襖を開けて、鶴鳴にかるく会釈した。

鶴鳴の眼が輝いた。彼は、ひときわ声をはりあげ、歌うようにしゃべりだした。

「春水先生が風律先生を尋ねられた時、風律先生は七十九歳のご老人でした。もっとも風律先生は、旅に生き旅に死んだ芭蕉に憧れて、六十七歳で田子の浦に遊び、富士の山を眺めている。この多賀庵だって、芭蕉の奥の細道に、（壺碑市川村多賀城にあり）と書かれたことで、風律先生はこの碑をまねて庵の庭に建てられたのです」

お峯は血がのぼったような赤い顔で玉蘊にしきりと目配せする。

「あなた、お若いのによく修行なすって、この尾道にも俳諧師はぎょうさんおられるが、こんなに博学な俳諧師はめずらしい。ねえ、お豊、たいしたものじゃないか」

玉蘊もうなずいた。若いのに、彼の修行は生半可なものではない。感心していると、お峯が急に不安そうな声でたずねた。

「でもそうなると、鶴鳴さんも芭蕉や風律先生のように、旅から旅へと風流をもとめて歩かれるのかしら？」

「たしかに俳諧師にとって、旅は人生の目的そのものかもしれません。ですが風律先生はこうも申しておられる。俳諧を好むものは、まずめいめいの家業を第一として励み、その余暇で俳諧を楽しみ心を慰めるのがよい。ですから茶屋様も薬種業を決しておろそかにはされておられません」

「それはまっとうなお考えです。なら鶴鳴さんも、やがては伊勢に帰られて家業の薬種商を継がれるおつもり？」

お峯は膝をすすめて真剣な眼で聞いた。玉蘊には母の気持ちが痛いほど分かる。妹のお庸の生んだばかりの子を養子にと考えながらも、玉蘊には平田家の家長として婿をとることも諦めてはいなかったのだ。

玉蘊は苦笑した。鶴鳴は旅の俳諧師で、年だって六歳も若いというのに。私につきまとうのも、若者らしい一時の気まぐれ、じきに飽きて伊勢に帰られる。

「伊勢には帰りません。いや帰りたくとも私には戻る家さえありません」

きっぱり言った鶴鳴のこめかみに一瞬青筋が経った。

「実の母が三年前に亡くなり、父はまもなく後妻をむかえた。後妻には十七歳の息子がいて、代々続いた我が家の薬種商も、当然ながら息子に継がせるつもりです。私など、継母からしたら、無用の人間なのです」

「まあ、なんてこと、かわいそうに」

お峯は鶴鳴の話の途中から鼻をすすりあげたり目じりの涙をぬぐったりしていたが、その表情はどこか満足そうである。

双子のように仲睦まじい母の気持ちなど手に取るようにわかる。天涯孤独の鶴鳴は、どうやらお峯のめがねにかなったようだ。

鶴鳴の眼が赤くなった。お峯の気持ちにそうように、彼はひとしきり俳諧を詠むような格調高い声で言い放った。

「妻にするなら、少なくとも風雅を解する文人趣味の女性でなければものたりない」

お峯が、感極まったように鶴鳴の両手を握りしめた。

「歳ですか？　失礼ながら真の文人に、そんな垣根はありません。風律先生、春水先生然り、相手の才能を敬う、ただそれのみです」

お峯の感激は頂点に達した。ただ一言、頼家の春水の名があがったことは気に入らないが、なに父親だ、息子の山陽では、まちがってもない。そう思うとお峯は溜飲（りゅういん）が下がったように、鶴鳴に酒をすすめた。

「お豊、おまえもここにきて、一杯おやり」

お峯の弾んだような声が座敷いっぱいにひびいた。

十一　岐路

山陽は母のお静からの手紙に狂喜していた。父の容態は心配だが、有馬の湯での湯治がてら神辺に菅茶山を訪ねて、山陽の非礼を詫びるかたがた、旧交をあたためる。その足で大坂に立ち寄るとあったからだ。父春水がようやく重い腰をあげた。とりもなおさず山陽の勘当を解くための旅でもあった。

山陽はちょうど顔を見せた小石元瑞に留守をたのむと、一目散に大坂の篠崎親子のもとに行った。そうでもしていないと気がもたない。そこで、春水があらわれるのをひたすら待った。

春水はひさしぶりに会った山陽に無言で対峙(たいじ)した。彼は十三になった山陽の実子の律庵(りつあん)を連れてきていた。離縁した妻に似て、どこか怜悧な刃物をおもわす細長くとがった顔立ちの息子の手を握り、山陽はおもわず涙をながした。あれからもう五年の歳月が経っていた。

山陽は父や息子を京の私塾に案内し面目をほどこすと、これまで以上に精力的に塾の経営にのりだした。だが山陽の思いとは裏腹に、弟子はそうそう集まらない。これも偏狭な京の儒者どもが流した放蕩の風評のせいだ。なんとかあらぬ批判をかわさねばならない。

そうと思うとただちに実行に移すのが山陽の常である。さいわい父の勘当も解けたことでもあり、こうなったら一日も早く、文人にふさわしい聡明な伴侶を娶(めと)ることだ。

山陽は一筋の光明をみると、長いこと会っていない母のお静に、この秋には晴れて故郷の広島に帰るつもりだから、あなたさまのお見舞いもできますと、まるで恋人にささやくような細やかな手紙をつづった。それから妻となる相手を想いうかべた。

そんなある日、登々庵(ととあん)がやって来た。彼は西国の旅から戻って嵯峨野に住まいをかまえていた。

「父上と対面されたか。それは何よりだ」

「うむ、これでやっと身をかためることができる。ところで尾道じゃ玉蘊に会ったとか」

「ああ、元気そうだった。あいかわらず達者な絵を描いていた」

「それはなにより、ところで……」

「ふむ、なんだ」

「いや、それよりこの秋には広島に帰省できそうだ。母上にも久しぶりにお会いできる。ひとつ尾道にでも寄ろうか、竹下からも手紙がきているし」

「そうか、竹下も喜ぶだろう」

登々庵のやつめ、おれが玉蘊のことを知りたがっているのに、わざととぼけていやがる。まだ二年前の京でのことを根に葉にもっているのだろうか。いや、登々庵はそんなに執念ぶかくはない。むしろ、はなから女には興味がない、淡白すぎるくらいだ。

だが、あいかわらず気がきかぬ。こっちが面と向かって切り出さないかぎり話にものってこないとは。

それにしても玉蘊は、あれ以来一度として便りをよこさない。さぞや自分のことを怒っているにちがいない。いやいや玉蘊のことだ。自分への想いに連綿と苦しんで、辛い毎日を送っているにちがいない。そう思うと山陽はいてもたってもいられない。すぐさま尾道にかけつけて、彼女の華奢な身体を抱きしめてやりたい。あの白くてほっそりした指をからませ、もみしだいてやろう。

だがその情念とおなじ激しさで山陽ははたと気がついた。

あれが何も言ってこないということは、はたしてそれだけのことか？

まてよ、玉蘊が上京したのは、もう二年も前のことだ。その間、あのたおやかな美貌の女を見初めないとは誰が言いきれる？

かりにも自分が惚れた女である。世間の男が指をくわえて、黙ってほうっておくわけがない。それに玉蘊だって、しょせんは女だ。いつまでも一人の男を思って婚期を逃すともおもえない。その気持ちの隙をつかれて、男の情念にほだされるかもしれぬ。

そう思いつくと、山陽は苦虫をかんだように憮然とした。いやしくも、自分の意中の女がほかの男に寝とられる。妄想にかられると、山陽の自尊心はずたずたに切り裂かれた。

そんな女に今さら甘い手紙を送ったところで、無視される。いや世間の笑いものにされるのがオチだ。

そこのところを是非とも知りたいのに、登々庵め、やっぱり狸親父だ。しらをきって、おれをじりじりさせて、内心ではほくそ笑んでいるにちがいない。

「ねえ、登々庵、正直なところ、私はやっと結婚できる状況になったのだ。それであなたの意見を聞きたい。あの麗しくも聡明な玉蘊女史なら、今でも私のことを想ってくれている。だって忠海でも神辺でも、誓いあったんだよ。だから、これまでの苦しい事情も分かってくれている、そうだろうね」

「そりゃまあ……」登々庵はせき込んで、目を白黒させた。

山陽はその夜手紙を二通したためた。一通はもちろん父春水に、この秋の帰郷の許しをこうたものだ。そうして再び墨をすると、目を閉じて深々と息をはいた。

忠海での甘美な記憶がよみがえる。ほっそりした指からくりだす華麗とも雄渾ともいえる大胆な筆づかい、画布にむかう玉蘊の色白の頬に赤みがさし、鷹のような鋭い目つきにかわる。

……玉蘊、いや章さん、知ってのとおりだ。父がやっと勘当を許してくれた。もはや何の障害もなくなった。あとは一日も早い、きみの上京を待つのみ、その麗しい身がらひとつで、ぼくの胸に飛びこんでくれ……

山陽は詩人らしく歌うように奏でるように玉蘊にささやきかける。

これでよし、山陽は自信に満ちた表情で弟子の三省に手紙をわたした。

一か月ほどして春水から返事がとどいた。山陽は小石元瑞がもってきた団子をほおばっていたが、手紙を開くなり、みるみる蒼白になった。

「春水先生は、どない言うてはります？」

元瑞が心配そうにたずねた。山陽は無言で父からの手紙をわたす。それを読んだ元瑞が、

「そりゃ春水先生のお気持ちかて、よう分かりますわ。それも広島藩や菅茶山先生へのお気遣いで、本心ではおまへん」

「そりゃそうだが、帰郷ぐらい許してもいいだろうに、親父も偏屈でいかん」

山陽は憮然と顔をしかめる。

それに帰郷がかなわぬということは、金の算段をしなくてはならん。仕方がない。どこか裕福な弟子のいる土地をまわって、書画料稼ぎをするしかない。

それに、あの女からは返事もないことだし、となると山陽の気持ちは決まった。

「やむをえん、広島に帰れないとなったら、どこか他をあたろう。そうだ、美濃の村瀬藤城（とうじょう）から是非にと手紙がきておったな。美濃は文芸の盛んな土地だし、これまで訪ねなかったのが不思議なくらいだ」

元瑞はつるりとした頭に手をやると、うなずいた。

村瀬藤城は山陽の最初の門人で山陽よりは十歳ほど若い。父を早くに亡くして、今では尾張藩領五十三箇村をおさめる総庄屋の重職にあった。そのため容易に美濃を離れることはできなかったが、現在でも山陽から詩文の添削をうけるほど向学心に燃えていた。

彼なら山陽のために、近在の有志を集めて詩画会を開いてくれる。またとない稼ぎ口である。

山陽は上機嫌だった。だが、そんな山陽を、春水は旅猿とさげすんで嘆いてもいたが。

山陽は、その夜大坂の小竹宛に手紙を書いた。父が帰郷を許さない不満をくどくどかきたてると、やっと溜飲（りゅういん）が下がった。小石元瑞は粋で好人物だが、さすがに父の不満を言うのは気が引ける。そのてん年も近い小竹には遠慮なく本音もぶちまけられた。

彼は手紙の末尾に、こう書いた。

……小説メケ共、是に一説アリ……

小説じみたことを言うと笑ってくれるな。おれは真剣だ。結婚相手を探してくれないか。

その条件は、何分なりとも文墨のたしなみがある女性でなくては、貧乏儒者の妻はつとまらん。男好きで、金のことばかり言い、やれ衣装だの、芝居だの遊興にふける女は、ふさわしくない。さらに中国でも詠われているように、夫が竹を描けば妻は蘭を描く、「夫婦同作の画に題す」この境地こそ、まこと夫婦の理想である。

筆を置いて茶を飲んだ。脳裏にはいぜんとして玉蘊の花のような顔がはりついていた。するとにわかに不安がひろがった。

玉蘊は自分の手紙を読んだはずだ。それなのに、彼女はどうして返事をよこさない？

一体彼女の身に何があったというのだ。山陽は、自分の愛の手紙にあいかわらず返事ひとつよこさない玉蘊にしびれをきらしながらも、玉蘊と夫婦になることを夢想していた。

翌日、元瑞が顔をだした。小竹への手紙を頼むと。

「ねえ、いまの婆やは、そうとうもうろくしているよ。もっと若い女中を探してくれないか。身のまわりの世話もたのみたいし」

京でながらく蘭方医をしている元瑞はのみこんだ。山陽は若くて純朴な女を、女中がわりの妾として家にいれるよう無心したのだ。

「まかしとくなはれ」元瑞が肥った腰をうかして出ていくと、山陽はごろりと畳に寝ころんだ。

十二　女弟子、細香(さいこう)女史

　山陽は重たい心をかかえて、とりあえず書画料稼ぎにために美濃路へと歩いていた。父春水の勘当が解かれたからには、秋には当然のことながら広島の家に帰れるはずだった。何より心配をかけた母のお静に会える、その期待に胸をふくらませていたのに、それが慎重な父の一言で駄目になった。おまけに道中尾道に立ち寄ることになっていたが、それもお預けになった。玉蘊のかぐわしい姿が夜ごとに浮かんではかなく消えていく。

　おまけに美濃に入り、村瀬藤城の紹介で庄屋の屋敷に宿泊したものの、さほど知名度もない山陽に詩文や書を依頼してくる酔狂な人物など滅多にいない。

　だが、さすがに頼家の三兄弟である頼春水、頼春風、頼杏坪の名はこのあたりにも知られており、彼らの書を秘蔵する収集家も多くいた。そういう好事家であれば、能筆家の頼家の血筋をひく山陽の書にも興味をもたれるかもしれない。

　だが、それ以上に山陽には放蕩息子の汚名のほうが有名で、地方の素封家にとって、はたしてそんな息子の書が将来いかほどの値がつくか、もしかしたら大化けするかもしれない、などの半ば投機的な興味で依頼がある程度で、山陽が考えたほど屋敷に招かれることもなかった。しかも京から同行した浦上春琴(うらがみしゅんきん)は山陽よりは多少なりとも名が売れており、春琴だけにお座敷がかかることもあり、さすがの山陽も焦った。

おもいあまった山陽は屋敷の主人を呼び、たずねた。

「このあたりに詩文を解する風流なお方はおられぬか」

「藤江にお住いの江馬蘭斎先生なら詩文へのご理解もおありで、しかも大垣藩医で蘭方医学にも精通されておられます」

山陽の眼が輝いた。すぐさま屋敷の主人に連絡をとってもらうと、意外にも承諾の通知がきた。

蘭斎は六十七歳と高齢だが向学心のある人物で、蘭方医としても著名であった。

山陽は彼を前に、自分の著書である『日本外史』の草稿のさわりを滔々(とうとう)と述べたて、またたくまに意気投合した。

すると蘭斎が、自分の長女で年は二十七歳にもなるが、嫁ぐのは嫌で、結婚するくらいなら尼になるとまで言い張って、ひたすら詩画に没頭している娘の話をきりだした。

そのため家は次女の柘植(つげ)に継がせ甥の松斎を婿養子にしているとも。蘭斎は深々とため息をはくと、

「山陽殿、ひとつ娘の詩文を添削してもらえぬか」とまで頼みこんだ。

二十七歳か、玉蘊と同い年だな、山陽が何気なくそう思っていると、まもなく娘が入ってきた。

山陽は一目見て、頭の中がかっとするほどのぼせあがった。

年は二十七歳といったが、はるかに若く見える。どことなく玉蘊に似て楚々としているが、勝気そうな眼差しをしている。だが、瓜実顔のなかなかの美人である。

平静を装いながらも山陽は、内心飛びあがりたいほど興奮した。

「詩画を習っておいでとか」山陽はうわずった声でたずねる。

「墨竹画は京の玉潾様に習って、詩文は北山先生に師事しております」

どうやら京にもたびたび出て指導を受けているようだ。

「号はなんと？」

「北山先生から、緑玉という号をいただき、別に湘夢と名のることも」

「緑玉……よろしくない」山陽は鼻息を荒くした。

北山は京で山陽とは敵対関係にある村瀬栲亭（こうてい）の友人で、その詩文もどこか激越である。

そうしたやりとりの最中でも蘭斎は娘の詩文やら墨竹画をもってこさせ、山陽に見せた。山陽は、それらを丁寧に見ながら、彼女の並々ならぬ力量に舌をまいた。

「いや正直これほどの詩文を詠まれるとは思うてもいませんでした。女流でこれほどの詩を詠まれるのは片山九畹（きゅうえん）殿と思うておりましたが、いやそれを遙かに凌ぐ実力かと存じます」

山陽に褒められて娘の顔がぽっと赤らんだ。

「さほど力がありますか」蘭斎は一瞬意外そうに首をひねるが、じきに表情をやわらげて、

「これからは、詩文は山陽殿に添削をお願いしなさい」と、晴れやかな眼で娘を見た。

その時、腕組みしていた山陽がぱっと顔をあげて言った。

「細香（さいこう）……これは竹林を吹きわたる風の音とでもいいましょうか。あなたの墨竹画を見た時、直感的にひらめいたのです。いかがかな？」

「はい、山陽先生からいただいた号でございます。終生大事にしてまいります」

娘は山陽の顔をまっすぐ見ると、きっぱりと言った。意志の強さがその涼し気な眼にあらわれている。山陽はその眼を見返して、確信した。

うぬぼれではない。この娘は心底おのれに惚れておる。

「この娘は京が好きでのう。あれはたしか一昨年のこと、妹のお柘植と京の御所で闘鶏を見物したとか」

「えっ、一昨年ですか。それなら私も、その場におりました」

山陽は興奮のあまり、思わず大声をはりあげた。

運命だ。山陽は自分が細香と号をあたえた娘の両手を握らんばかりに膝をのりだした。指は玉蘊に似て、ほっそりとしている。だが熱くなっている山陽にはこの娘しか目に入らない。

この細香という女性こそ、山陽が予感したように、のちに山陽の女弟子として、山陽が死ぬまでの十八年もの間そばにいて、生涯を山陽に捧げきった江馬細香そのひとである。その細香の墨竹画はすでに京でも評判をあつめており、かつて玉蘊が京に来た時も、墨竹が描かれた磁盃のあまりの見事さに、土産物として買い求めたほどだった。その後、磁盃は菅茶山に贈られた。玉蘊にはこれがはじめて見た細香の作であり、不思議な情念を感じさせられたが、山陽はそこまでは知らない。

ただ、この年、仮に山陽が広島への帰郷を許されていたら、尾道にも立ち寄った。

当然ながら玉蘊とも再会を果たしていただろう。

歴史にもしも……があろうはずもないが、山陽をめぐる女性たちのその後の人生を左右しかねない現実が、ちがったものになっていたかもしれない。歴史に埋もれた光と影を、うがっても見たいと思うのは、後世の人間の戯れ事かもしれない。

「お嬢さまには詩文の才と墨竹画に巧みさがあります。これからは私が詩文の添削をいたします」

うわずった言葉を吐きながら、山陽は今夜にでもこの娘を京に連れ帰り、結婚したいと性急に思った。ほんの一瞬、玉蘊のことが脳裏をよぎったが、山陽に詩画を褒められ、思わず頬を染め、はにかんだような笑顔を見せた娘の率直さに、山陽は骨の髄まで感激した。

蘭斎の手前、勝手に話すことはできなかったが、山陽の問いかけに、いちいちうなずき、吐く息も荒くなるほど感情を高ぶらせている。詩文や墨竹画の腕前は、玄人はだしなのに、よほどの箱入り娘なのか、まるで十七、八の小娘のような恥じらいを見せる。その落差のはなはだしさまで、山陽には好ましく思われる。

なるほど身体は女として熟れきっているのに、まるでおぼこ娘のような素直さで、はやくも自分を師とあおぐ娘の純粋そのものの眼差しに、山陽は魂をわしづかみされるほどの興奮と魅力をおぼえた。

こうなったら詩文の添削などでは物足りない。この娘の全身を隅々まで添削してみたい。炎のような欲望に山陽は眼の色を赤く変えた。

その夜、京の小石元瑞に手紙を書いた。

……先刻、妻となる女性を探してほしいと頼みましたが、思いがけずに大垣で意中の女性に巡り合いました。たくみな詩文を詠み、墨竹画を描き、淡粧素服（たんしょうそふく）、清明なまれにみる才女です。この女性を逃しては、妻となるべきものはおりません……

そうまで山陽は言いきって、しかも細香の気持ちは、すでに山陽にある。彼女は自分に惚れている。その態度すべてから確信もしていると述べた後で、あとは頑固おやじの蘭斎の説得だが、彼は自分が書いた『日本外史』の話にすこぶる興味を抱いておられる。私との結婚とて、当然前向きに考えてくれるだろう。だが万が一のことも考えて、しかるべき京の名士か、はたまた公卿に結婚の仲介を頼むべきか、元瑞に相談さえもちかけている。

だが、元瑞に書いたように、蘭斎との話し合いは困難を極めた。

六十七歳の蘭斎には家長として、大垣藩医、蘭方医としての高い地位がある。山陽は儒教の家長制度には無頓着でも、その娘との結婚には当然ながら蘭斎の許しが必要となる。

何度目かの訪問を経て、それまでにこやかに談笑していた蘭斎が、山陽が結婚の話をもちだすや、

「たとえ山陽殿とて、一介の浪人ではござらんか。まちがっても大垣藩医の娘を嫁にしようなど、虫のいい話でござる」鋭い眼でじろりと睨むと、口を閉ざしてしまった。

あいにく細香は出かけており、その日は会うことさえできなかった。

山陽の落胆ははなはだしいものだった。結婚は当人同士が好きあっていれば成り立つ。そう考える山陽に、またもや家という高い壁がたちはだかった。

山陽はその夜父のことを考えた。商人の出ながらも春水は広島藩儒として武家となった。母のお静は下女だったから、出入りの商人や使用人にもわけへだてなく接した。その都度、父の春水はお静を叱った。士農工商の身分をわきまえよ、気安く誰彼に口を聞いてはならんと、口を酸っぱくして注意をあたえた。だが、お静はその窮屈さが苦手で、山陽をも自由奔放に育てた。

その結果、山陽はおのれの欲望にもとことん溺れもしたし、好き勝手をして頼家の嫡男を廃嫡される憂き目にあった。だが、彼の中では士農工商といった身分制度による差別こそが、家という閉塞的な考え方を生みだし、人間が本来持っている自由に生きたいという願望を阻む元凶にもなっている、そう考えていた。

だからこそ、山陽は比較的自由人だと心を許して本音で話し合った蘭斎から、意外にも冷たくあしらわれて、深い懐疑と絶望を味わった。

とりわけ京にでてからの日々は、世間の冷たさに心底まいっていたこともあり、食べていくことの難しさも肌身で感じていたから、志の高さだけではどうにもならない無力感におそわれてもいた。

だから蘭斎が娘との結婚を拒絶したのも、放蕩児としての世間の評判の悪さというより、結局のところ身分がつりあわない、その一点にある。仮に山陽が頼家の嫡男であれば、蘭斎でも娘との結婚には反対しなかった、と思うのである。

自由を得るということは、生きるうえでこれほど困難だということを、山陽ははじめて知ったといえる。それでも食うがためには詩文や書を高く売りつける旅を続けなくてはならない。

その後村瀬藤城の屋敷に草鞋をぬいだ。ここでは藤城の顔もあり近在の同行の士が宴をはってくれ、山陽の詩画も飛ぶように売れた。財布が重くなって山陽もほっとした。

ところで江馬蘭斎はいかなる人物か、山陽はその娘に会ったこと、蘭斎から娘の詩文の添削を頼まれたことを言ったが、結婚が不首尾に終わったことまで打ち明けられないでいた。そこで遅ればせながら、藤城に蘭斎のひととなりについてたずねた。

「蘭斎先生はたしか四十六のとき、藩主の参勤交代の供をして江戸にまいられた。解体新書の評判を聞き、蘭方医の杉田玄白殿の屋敷を訪ねられた。玄白殿は遠来からの客に喜び蘭方医学についても熱く語ったそうだ。だが蘭斎殿はそれには飽き足らず、阿蘭陀語の習得こそが必要と、当時江戸郊外に隠棲していた前野良沢殿に弟子入りの許可を願った」

山陽には初めて聞く話である。

「良沢殿はおなじ解体新書の訳者ながら、その訳文が完ぺきではないと名を連ねることを拒まれ、脚光を浴びた玄白殿とたもとを分かち、弟子はひとりもとらずに貧乏暮らしに甘んじておられた」

「なるほど、して?」

「むろん蘭斎殿も門前払いをくらった。それでも蘭斎殿は熱心に通われ、とうとう根負けした良沢殿は弟子入りを許した」

なるほど年をとっても学ぶ必要があると決したら、断固としておのれの意志を貫くとは、蘭斎という男はたいした骨のある人物だ。

美濃から尾張を経るころには雪が舞い始めていた。降りしきる雪の中を蓑と笠をまとった山陽は、木曽川を船で下りながら、蘭斎の逸話を思い返していた。

それだけ一徹な蘭斎が、一旦娘を嫁がせないと口にした以上、細香との結婚は望み薄い、いや絶望的だとさえ思い、ますます落胆した。

心中暗澹たる思いとははなはだしい寒さに、山陽は唇を噛み、曇天の空を見あげる。

細香にはとうとう最後まで会えずじまいだった。せめて今一度会って、たがいの気持ちをたしかめあいたかった。

激しい欲望に身はずたずたに切り刻まれる。悶えながら、あがきながらも、山陽はそれでも一筋の光明に期待する。

「来春には、京にまいります」

伏目勝ちにそう言って、首筋まで赤らめた細香の匂いたつような姿である。

山陽は、細香の言葉にかけた。

そうだ、春になればすべてが都合よくなる。細香はかならずや山陽のもとにあらわれる。

山陽はかじかんだ手で笠をあげながら、たえまなく降りしきる雪の空をあおぎみた。

十三　尾道の祭礼

秋になったのに、山陽はとうとう尾道には来なかった。

たしか山陽は頼家の春水から勘当を解かれたはずなのに。真っ先に帰郷して広島では首を長くして待っている母のお静殿の顔を見る。尾道の豪商橋本竹下は山陽からの手紙をもう何べんも読み返して、ため息をはいた。それっきり情報のない山陽の動向を探るため、彼は簾塾に学ぶ木村鶴卿に手紙をやった。鶴卿は伝えてきた。山陽は父春水の反対にあい、広島への帰郷をあきらめ美濃へ向かったと。

「どうやら山陽先生の広島入りを禁じたのは、広島藩と菅茶山先生に配慮された春水先生のご意向とか、母上のお静さまの落胆ぶりは、はたで見ていてもお気の毒だそうです」

竹下は玉蘊の顔をまともには見られない。茶をすすりながら、ひとり言のように、ぼそっとつぶやいた。

竹下の客の頼みで玉蘊は絵を描いていた。画に集中することでしか、玉蘊には事態を平静に受けとめられない。ただ黙ってうつむいて、絵筆を動かしている。唇をきっと噛みしめていないと、嗚咽がもれそうだ。

玉蘊は筆を置くとほおっとため息をはいた。胸もとには山陽からの手紙がしまわれている。もう何度となく読んで、すれきれそうになっている山陽の手紙……。

山陽は、彼は自分のことを忘れてはいなかった！　あのひとの気持ちは本物だった。

玉蘊は不意にあふれでた涙を気づかれないように、あわてて座敷を出た。

大広間をぬけて廊下づたいにつきあたりの小部屋に入ると、手すりに腰をおろした。玉蘊が絵を描くための控えの間として、竹下があてがってくれている部屋である。

あけ放たれた窓からは瀬戸海の海がなえたように静まり返って見えた。向島が大きく迫っている。忠海での山陽との初めての舟遊びの光景が、燃えあがるような太陽の熱さまで肌にひりひり焼きついて感じられた。すると簾塾から抜け出して、わざわざ尾道の古寺まで玉蘊会いたさにやって来てくれた、あの時の山陽の激しい求愛までが悩ましく想いだされてきた。

玉蘊が返事も出さずにぐずぐずしていたのは、いずれ山陽はここにもやって来る。そうなったら想いのたけを洗いざらいうちあけて、思いきって山陽の胸に飛びこんでみたい。

自分には今はなくなってしまったが、福岡屋の惣領娘としての制約がある。母のお峯を女手一つで養っていかなくてはならない。それらの事情もきちんと伝えたうえで、それでも妻に望んでくれるのか……。

だが、山陽の状況はいぜんとして厳しいと聞く。京で立ち上げた私塾も門弟が集まらずに苦戦している。いくら頼春水の勘当が解かれたとはいえ、頼家からの金子に頼るわけにもいくまい。

山陽にとって、自分はあいかわらず母をかかえた荷厄介な存在でしかないのだろう。

玉蘊が返事をだせなかったのは、若くして父に死なれ、一家の大黒柱にならざるを得なかった事情にひるんだこともある。山陽のように思いついたら即行動に移す、その大胆さがなかったせいかもしれない。

だが、今度こそ山陽の言葉を信じたい。

そう思う反面、時節がととのわなかった、そう思って傷心をかかえて故郷に逃げかえった、あの京での惨めさが、苦い涙をおしあげる。そしていま再び、山陽は父の反対にあい広島への帰郷をあきらめ尾道に立ちよることもできなくなった。

運命……とあきらめるには、玉蘊は身も心も山陽にあった。すべてを山陽にゆだねて、彼の厚い胸に抱かれる！

そう夢想するそばから、別の考えが脳裏に突き刺さってくる。

山陽の後を追いかけようにも、自分には母のお峯がいる。もっというなら、かつての木綿問屋福岡屋の暖簾の重さがある。家を捨て、母を置き去りにしてまでも、恋しい男をおいかける、浄瑠璃の芝居のような情念の世界に身をおどらせる！　そんなことが容易にできる我が身ならば、京でもおめおめと逃げかえることはなかった。山陽の本心を聞きただし、その苦境をもともに味わい、夫婦として晴れやかに生きる道をも探しだしていたかもしれない。

この夜の玉蘊の画は、いつか神辺の簾塾の学舎の上に一羽でたたずんでいた見たこともない鳥だった。その眼は虚空をにらんで、どこか悲しげでもあった。

山陽を待ち詫びて、年の暮になった。尾道は師走をひかえて恒例の疫病の終わりを告げる一宮社のお庭払いの祭礼の話でもちきりだった。

とうとうその日がやって来た。

旧暦の十二月六日（新暦十一月三日）一宮社境内では童水干(どうじすいかん)姿の子供らでにぎわっていた。神輿のそばでは囃子方が、締太鼓、四つ竹、ちゃんぎりで囃したてている。さらにその神輿を守るように、氏子から選ばれた若者たちが警護の役にあたっている。

彼らは天狗面に烏兜をつけ、ささらを手にしている。ほかにも天狗面や大六天面をつけた男たちが紅白の祝い棒をもって出番を待っていた。

いよいよ祭りがはじまった。氏子総代の持つ白い御幣が行列の先頭に立つと、獅子頭をかぶった暴れ獅子が先払いとして歩きだす。つづいて童水干姿の子供らが締太鼓、四つ竹、ちゃんぎりを合奏しながら神輿にしたがう。さらにこれらの後からは町内の子らが、べっちゃー、べっちゃーと、大声で叫びながら神輿のまわりをかけまわり、行列を邪魔しようとする。すかさず警護役の若者たちが追いかけて、祝い棒やささらで叩きまわる。

興奮した子供らは大勢の群衆の中に逃げこむ。これを見た警護役も観客の中に飛びこんで、相手かまわず突いたり叩いたりする。なかには泣きだす幼子もいて、はじめて見た鶴鳴はさすがに驚いたのか、

「危ないな、これじゃ怪我人がでても不思議じゃない」と、眉をしかめた。

玉蘊も苦笑して、

「たしかに、とても危険な祭りだわ。異祭だとされて、奉行所では氏子の松本伝兵衛さんに閉門を命じたこともあるくらい。でも翌年には町中に悪病がはやって、奉行所の全員が次々に病に倒れた。そこで一宮社では病気平癒の祈祷をおこない、伝兵衛さんも閉門を解かれて、町をあげて祭りを盛大にやったところ、悪病もいなくなった。だから今でも続いているの」

「なんともご都合主義だな」

鶴鳴が苦笑したとき、突然屈強な若者が、祝い棒をふりまわして眼の前に躍りこんできた。

「危ない！」女の悲鳴がして、幼子の泣き声がした。見ると三歳ぐらいの幼児が親とはぐれたか、泣き叫んでいる。玉蘊はとっさに男の子を抱きかかえると道端にかけこんだ。祝い棒は容赦なく振りおろされる。悲鳴やら怒鳴り声が渦巻くなか、玉蘊は鶴鳴の姿を目で追った。

「たいへんだ！　この人血まみれだ」

「ほんとだ。どうやら祝い棒でおもいっきり殴られたようだ」

その時金切り声をあげた女が玉蘊に突進してきた。

「坊や！　ああよかった」

女は玉蘊の腕から子どもをもぎとると、慌てて路地を曲がっていった。

玉蘊は騒ぎのする方に走っていった。嫌な胸騒ぎがする。そのころには大勢の群衆がとりかこんでいた。玉蘊は人の波をおしわけ前に出た。

血まみれになった鶴鳴が頭をかかえてうずくまっている。

「鶴鳴さん、どうしたの、誰が、いったい誰がこんな仕打ちを」

「こいつだ、この男が、殴った」

見ると若者が大勢の男たちに地面に押さえつけられていた。

「だれか、奉行所にひとっ走りいって、役人を呼んでこい」

「そうだ、でえじな祭りをだいなしにしやがって、とんでもねえ野郎だ」

「おや、これは松木屋の庄吉じゃねえか」

「なに、松木屋のぼんぼんか？」

その時見物人をおしわけて橋本竹下がすすみでた。

「鶴鳴さん、だいじょうぶですかい」

すばやく鶴鳴を抱きかかえると、背後の手代に屋敷に運ばせ医者を呼ぶよう指示した。それから群衆に向かって大声で言った。

「ここでの騒ぎはひとつあっしにまかせてくれないか。祭りに、いちいち奉行所に口だしされちゃあ、おれたち尾道惣町の名おれだ。いいかね、みんな分かってくれたら祭りに戻っておくれ」

竹下の一喝で群衆はちりぢりになった。


翌日玉蘊は竹下の屋敷に急いだ。

鶴鳴は頭や肩を包帯でぐるぐる巻きにされ、布団に横たわっていた。枕元にはお袖が心配そうな蒼い顔で鶴鳴の顔を見つめていた。玉蘊を見ると、気色ばんだ眼でじろりとねめつけると、すねたようにぷいっと横を向いた。

「鶴鳴さんのお怪我は？」玉蘊は竹下にたずねた。

「運が良かった。さいわい頭をそれて肩を強打した。このまま養生すれば若いしじきに治ると」

玉蘊はほっとしたように息をついで、その端正な顔を見つめた。

「玉蘊さん、心配かけてすまない」鶴鳴が眼を開けた。意外にも元気そうな声である。

しかも鶴鳴は気丈にも起きあがろうとする。

「いやあ、やめて！　寝ていなくちゃ、お医者さまもそうおっしゃっていたじゃない」

お袖が金切り声で鶴鳴にむしゃぶりつく。

「おまえはあっちにいっていなさい」

竹下が、泣きわめくお袖を女中にひきとらせようとする。お袖は女中の手をふりきると、玉蘊を指さし憎悪のこもった声で叫んだ。

「あなたが、いけないのよ。年がいもなく若い男に狂うから、鶴鳴さんが危ない目にあったのよ。あたしだけじゃない、みんな言っている。山陽さんにフラれたから若い男をたぶらかしているって」

「よしなさい、お袖」竹下が語気を強めた。

お袖は一瞬肩をぴくっと震わせ、そのまま座敷を小走りにでていった。

「玉蘊さん、お袖の言ったことは謝ります。ただ……」

竹下はめずらしく言葉を濁すと玉蘊を隣室にさそった。

「今回の騒動は、お袖を好いて嫁にしがっていた庄吉の逆恨みが原因でした。庄吉はお袖の心変わりを鶴鳴さんのせいだと早合点した。さいわい事件は表ざたにならず月行司の裁量にまかされた。松木屋さんもほっとされておられる」

「そうでしたか。庄吉さんにおとがめなし、さすが竹下さんですわ」

「だが玉蘊さん、この件はこれですんだが、じつは年寄衆からもいろいろ言われておるのです。尾道の自治をくつがえすような事態は避けねばならんと。つまりよそ者に、これ以上騒ぎを起こさんでほしいと」

「よそ者？　鶴鳴さんのこと？　彼はお袖さんやあたしの危難を救ってくれた」

「そう、これまでは恩人でした。しかし鶴鳴さんが来られてから娘たちの挙動がおかしくなった。町の男衆はみな庄吉に同情的です。玉蘊さんだって山陽先生のことであらぬうわさをたてられ、ようやく下火になったのに、また鶴鳴さんにつきまとわれて、ご迷惑でしょう」

竹下まで、鶴鳴のことをそんなふうに思って玉蘊との仲を疑っていたとは。

玉蘊は頭にかっと血がのぼるのを感じた。幼なじみというだけではなく、竹下とは山陽を通して文人仲間として切磋琢磨（せっさたくま）する同好の士ではないか。鶴鳴がただ若くて美貌の若者だというだけで、色恋沙汰にするなど、あさましすぎる。

「彼は、若くとも俳諧師として修行中の身です。尾道中の女たちが騒ぎ立てるのは勝手だけど、彼は女ったらしなんかじゃない、文芸の愛好者、私たちと同じ志の青年じゃありませんか。それに俳諧師は諸国をめぐって歌を詠む、それこそ修行なのに、よそ者だからと排除するのは、あまりに料簡が狭すぎます」

「玉蘊さん、まあ落ち着いて。あなたは町の名花です。私はあなたの描く絵の愛好者です。少なくとも庇護者を自負している。そんなあなたの名声に傷をつけたくない。だから傷が癒えたら鶴鳴さんには屋敷をでてもらうつもりです」

「尾道をでていけと？　ここは昔からの港町、たくさんの人が出入りする町、よそ者だって親しくするのがあたりまえ、人情の濃さじゃどこにも負けやしない。なのに彼にはでていけと？」

玉蘊は憤慨のあまり喉をつまらせながら喰ってかかる。

竹下は年寄衆のなかでは年も若く、義侠心にもとんでいる。若くして簾塾に学んだ経験もあり山陽と出会っていち早く弟子になった。偏見のない開明的な男だと信じてもきた。

「彼を追いだすなら、あたしが彼をかくまってやります」

玉蘊は思わず口から飛びだした自分の言葉におどろいた。

「玉蘊さん、そうとりのぼせないで。いますぐ尾道から追いだすなんて言ってやいません。だがあんたが生まれたのはここだ。お峯さんがいてお庸さんが嫁いだこの土地こそ、玉蘊さんを育んだところじゃないか。あんたの絵を好み、あんたを愛する町衆がいる。だが、あの鶴鳴さんには、不思議と故郷の匂いがしない」

玉蘊は膝に置いた手を握りしめた。諸国を、俳諧を詠みながら放浪する俳諧師……、その姿を若い鶴鳴に重ねるには、どうもしっくりいかない。違和感がある。

伊勢の俳人として尾道の俳諧師仲間とも親密になったはずだが、たしかに彼には故郷の強い体臭みたいな存在感が希薄だ。彼がまだ若すぎるというのか、あれこれ考えるには、玉蘊は鶴鳴のことはあまりに知らない。

その夜家に帰ると、妹のお庸が生まれたばかりの赤子を連れてきていた。乳を含ませた妹の上気した顔が行燈の灯りにうつっている。母のお峯が唇に手をあてて、「しいっ……」と玉蘊に目くばせする。「いま、寝かかっている」お峯がささやくように言う。

お峯にあわせてお庸までが眼に笑いをにじませる。

そう、ここがあたしのふるさと……、でも、あたしは今夜も、あのひとを待っている。

彼は、山陽は、今ごろどこの土地を旅しているのだろう。

美濃や尾張だと、いまごろは雪が降っているかもしれない。

蓑をまとい、笠をかぶった山陽の後姿が、なぜか玉蘊の脳裏を過っていった。

次第に遠ざかるその背中を、玉蘊はどこまでも眼で追い続ける。

だが、彼は、とうとう振り返らなかった。

結局のところ、鶴鳴は年が明けても竹下の屋敷にずるずると居続けた。竹下も何も言わなかったし、お袖が泣いて懇願したこともあったから。だが年が明けた二月になると、お袖の縁談がまとまった。それを潮に、さすがに鶴鳴も竹下の屋敷を引き払った。

「鶴鳴さんが住むところに困っていなさる？」

母のお峯がさっきから何度もおなじ話をむしかえしている。

「ええ、お袖さんが嫁がれたら、お世話するのも何でしょう」

妹のお庸がおっとりと言う。

「竹下さんも現金なおひとだねえ。お袖さんの命の恩人をむげに放り出すなんて。そうだ、家の離れがあいている。あそこを使ってもらったら、ねえ、お豊」

「えっ、離れはわたしの仕事部屋よ。それに鶴鳴さんには狭すぎる」

「そうかえ、片づけりゃ住むくらいできそうだけどねえ」

お峯は不満げに口をとがらす。

「それに、町の人がなに言うか……」

「そうよ、お母さま、ここはもう少し考えてみてからでもよくって」

妹のお庸がさすがに母をたしなめた。

十四　山陽の妾

山陽は、京にもどった。小石元瑞が若い娘を連れてきた。

「女中？　この娘が？」

山陽は旅先から元瑞に頼んだことも忘れていた。それほど山陽は美濃で会った江馬細香のことで後悔の嵐におそわれていた。なぜ父親に反対されても、娘を強引に連れ出さなかったのか、あの娘の自分を見る眼はただものではなかった。自分をとことん好いている。

「名はりえ、年は十八、身元はあたしが保証しますよ」

娘は小柄ながら肉づきのいい身体をちぢませ、山陽の前に両手をついた。太い首筋が汗ばんでいる。

「りえ、ともうします。いっしょうけんめい、ご奉公つかまつりまする」

娘は顔をあげると、丸い眼に不安をのぞかせながら、低い声でしぼるように言った。そうして傍らの元瑞を横目で見ると、これでいいのかと首をかしげて、やっと安堵したように、にっと白い歯を見せた。

山陽はため息をついた。元瑞のやつめ、いかに女中でももっと器量のいい娘はいなかったのか。山陽は、娘のどこといって特徴のない平凡すぎる顔を見ながら、思わずそっぽを向いた。そんな山陽の気持ちが分かったのか、娘は突然身をよじって、畳にうつぶした。

「台所、水くみ、庭木の手入れ、なんでもいたします」

その拍子に着物の襟の前あわせがゆるんで、豊かな胸の谷間がちらっと見えた。おまけに眼の前には盛り上したような丸い尻がつきあがっている。十八にしては、なかなか成熟した女の肢体である。山陽はごくりと生唾を飲みこんだ。

女は着物を脱がせてみないと値打ちは分からない。元瑞はいつもわけしり顔で山陽に言う。なるほど、その元瑞のめがねにかなったということは、そういうことか。

山陽はかたわらで澄ましている元瑞を軽くにらむと、

「りえ、ねえ。そうだ、これからは梨影と呼ぼう」

機嫌をなおして笑いながら膝を打った。

その夜、梨影が山陽の部屋に手紙をもってきた。

「だれから？」

山陽の問いに、梨影は首筋まで真っ赤になると、もじもじ前垂れをいじっている。山陽は嫌な予感がした。もしやこの娘、読み書きもできないのでは？　そりゃいくら女中でも、この家にはふさわしくない。

「だれからの手紙か、言ってごらん」

梨影は、山陽の言葉に飛びあがった。

「わかりしまへん。ほんにもうしわけないことで」

ちぢみあがって、膝をもじもじ動かしている。

「もういい。さがりなさい」

さすがの山陽も憮然とした。それでも宛名を見ると、流麗な手碩、差し出したのはなんと美濃の江馬細香そのひとである。山陽は興奮して封をきる。

細香は、山陽が自分の留守に帰途についたことで、お別れの挨拶もろくにできなかったことを、しきりに残念がっていた。そうしてこの後も山陽を師とあおぎ、慕っていきたいと妙に艶めいた文章をつづってきた。

まちがいない。細香の気持ちは、山陽にある。それなのにあの頑固おやじめ、わざと娘を遠ざけて外出までさせた。

山陽はおりかえし、さらに悩ましい返事を書いた。年が明けたら、ぜひとも京にまいられよ。嵐山の桜を、ともに愛でて酒を酌み、詩歌を詠もうじゃないか。

これでよし。細香はかならず上京する。満開の桜の下をそぞろ歩きする、その甘い期待に山陽は陶然となった。

翌朝、山陽が眼をさますと庭で薪を割る音がする。下男なら数日前から腹をくだして寝こんでいる。はて誰かと障子を開けると、ちょうど斧をもった梨影が降りおろすところだった。

「何をしておる？」

「旦那さま、薪がなくなりまして」梨影はにこにこ笑って額の汗をぬぐっている。

数日して元瑞がようすを見にきた。雑巾がけしている梨影の丸い尻をびしゃりと叩いて、山陽の座敷の障子を開けた。

「どや、よう働くやろ」

「うむ。だが……」

「読み書きがでけへん？　そりゃ女中やし、ともかく料理はうまい。やりくりだってお手のもんや」

それ以外に何が必要だ、とばかりに元瑞はにやにやしながら寝起きの山陽の枕元であぐらをかく。たしかに梨影が来てからというもの、下男はいらなくなった。薄汚い書生も追い出した。それに山陽はこのところ不眠症に悩まされている。するとそれと察した梨影が寝床にやって来て、山陽の身体をもみはじめる。これがなかなか効く。どこで習ったのだと聞いても、笑うばかりで、しかも山陽が寝つくまで手を休めようとはしない。

どうしてこれほど奉仕するのか、ある時肩をもむ梨影にたずねると、梨影は耳たぶまで赤くなって、うなだれてしまった。そのしぐさが思いのほか可憐だったので、山陽は欲情にかられた。むんずと梨影の手首をつかむと、布団の上に押し倒した。

元瑞にしてやられた。その夜から山陽は梨影が手放せなくなってしまった。もちろん、不眠症など吹っ飛んだ。おまけに度々山陽をおそっていた癲癇の持病もうそのように消えてしまった。

年が明けて、二月には江馬細香が山陽の甘い誘いにのって、上京することがきまった。

その報せを受け取った夜、山陽は大坂の篠崎小竹に手紙を書いた。

……この度元瑞と相談して（朝雲）を囲いました。腰をおちつけ、家を成すことを楽しみにしています。桜を数株買い庭に植えて、花見もうちですますつもり。

大坂にも行きたいけど、家に朝雲がいてはね、足をくくられたもおなじ、世間の男が遊ばないわけも、やっと分かったよ。ひとひらの朝雲、なんてことないはずだけど、こうもまいってしまうとは、とんだアホだね、まあ笑ってくれたまえ……

（朝雲）とは山陽が敬愛する蘇東坡（そとうば）の愛妾のことである。山陽は若い梨影がいたく気に入ってしまい、朝雲など戯れて呼んでは片時も手放さない。細香に上京の甘い言葉を贈るかたわら、山陽はこれまで妻は文墨趣味の女でなくてはいかん、そう言っていたことなどケロリと忘れたように、若い妾のことを小竹にのろけている。

そんなある日、登々庵が久しぶりに顔を出した。梨影を見ると眼を丸くした。

「ちょうどよかった。春には大垣から江馬細香が上京してくる。嵐山で詩会を開くつもりだが、つきあってくれるだろうね。なにしろ目もさめるほどの美人だ。画も詩文も艶麗で、もじどおりの才色兼備、桜の下に立たせたら、どっちが艶やかだろう。いまから楽しみだ」

さすがに登々庵は、ちょうど茶を運んできた梨影を見て、返事をためらった。

「いやね、大垣で見つけたんだが、これぞ自分の理想の女性、竹の画を見せてもらったが、これが見事、漢詩文だって、女らしく優美ななかに、凛とした爽やかさがみなぎっておる」

山陽は興奮のあまり唾をとばしてまくしたてる。気がつくと、梨影はそっと座敷を出ていた。

「あれか、いや若いがなかなかのものだ。朝雲って言ってね。あなたなら分かるだろう」

山陽が妾をいれたというのはうわさで知っていた。その妾を見て登々庵はさすがに眉をしかめた。

あの夏の熱いさかり、玉蘊母娘が山陽の呼びかけに京までやって来た。だが山陽は逃げを決めこんだ。おまけに山陽は、今度は大垣から女弟子を呼び寄せたというではないか。

やれ、やれ、山陽も罪な男だ。妙なことにならねばいいが。登々庵は首を傾げて帰っていった。

それっきり登々庵は忘れていたが、旧暦の二月になって山陽の使いがやって来た。

江馬細香が上京したから、明日嵐山で花見をしたい、すぐに家まで来てほしいと。登々庵は仏頂面しながらも駆けつけた。

なるほど、たいそうな美人である。背丈も高く、背筋をぴんと張った姿には凛とした気品が感じられる。

嵐山を三人は連れ立って満開の桜の下をそぞろ歩きした。そうして渓亭に着くと、詩会を開いた。酒を酌み交わしながら、酔うほどに詩興も高まり、山陽もいつもより多弁でたくさんの詩を披露した。それに応えて、酒で頬を上気させた細香も流麗な筆で詩や画をしたためていく。

山陽が夢中になるのも無理からぬ。登々庵はふたりの熱気にあてられたように飲めない酒をひたすらあおった。今夜は渓亭に泊まるという二人を残して、彼は夜になって急に冷えこんできた道を嵯峨野の宿に帰っていった。

その翌々日、登々庵がなにげなく山陽の家を訪ねると、玄関先に妾の梨影がしょんぼり立っていた。聞けば山陽はまだ嵐山から戻っていないという。

その時不意に戸が開いて、爽やかな風とともに、女が笑いながらあらわれた。登々庵は、すんでのところで腰をぬかすところだった。

女はほっそりした肢体をややそらしながら、切れ長の悩まし気な眼差しで背後の山陽をふりかえると、白い喉をみせて笑った。

「あら、登々庵先生、いらしてらしたの」鈴をころがすような声は、あの細香女史である。

「おう、登々庵殿、はやいじゃないか」山陽がぬけぬけと言う。

驚いたのは梨影である。前だれを手でもみくしゃにして、それでも山陽の背後にまわると、羽織を脱がせる。

「いま帰った。変わったことはなかったか」

「あい、旦那はん」

細香はいっこうに動じない。梨影を見ても、古くからいる女中のように、

「先生のすすぎ湯は？」とがめるように言う。

「すんまへん」梨影はあわてて台所から盥(たらい)をもってきた。

さすがに山陽は照れくさそうに、

「そんなに汚れはおらんから、もういいよ」スタスタと座敷に行こうとする。

その山陽を追って、細香が颯爽と廊下を歩いていく。まるで山陽の女房になったような堂々たる態度に、女にはいささか鈍い彼も、ははんと顎をなでる。渓亭で、ふたりっきりの夜をすごせば、しかたのないことか。はじめて嵐山を散策した細香の楚々とした風情を思いだすと、女の変わり身の早さに驚かされる。

やれやれ、またやっかいなことにならねばいいが。

座敷に入ると、すかさず梨影が茶を運んできた。

「うまいな」山陽はせき込みながら言う。さすがに細香がいるのでぎこちない。

「先生、昨夜から考えておりました詩が浮かびましたわ。これから清書してまいります。文机、お借りしてもよろしい？」媚をふくんだ眼で山陽をじいっと見つめる。

「ああ、梨影、ご案内してあげなさい」

「りえ？　あら、どんな字？」

首筋まで赤らめた梨影にかわって登々庵が、手のひらに指でなぞってやった。

「まあ、とても気の利いた名前ですこと。お里はどちらですの？」

「はあ、近江どす。ほんとうはかなで、りえ、それを旦那はんが、むつかしゅう字を書いてくれはりましたの」

「まあ、さすが山陽先生ですわ。女中さんにまで風雅な名をおつけになって」

梨影がいたたまれずに廊下に飛びだすと、山陽があわてて後を追う。

その様子を、いぶかしげに見ていた細香が、はっとしたように登々庵に向きなおった。

「あのかた、ほんとうに女中さん？」

「えっ、お梨影さん、ですか。いや、その、なに」

不意をつかれて登々庵が目を白黒させ、しどろもどろになる。

「まさか、奥さま？　それとも」

「あっ、細香さん、ちょっと用事を思いだした」登々庵は腰をうかした。

その着物の裾をつかんで細香が金切り声をあげた。

「登々庵先生、正直におっしゃって。あのかたは先生のお妾さんでしょう?」

登々庵が黙っていると、細香は不意にうつむいた。それから顔をきっとあげると、かすかに唇をふるわせ、ひきつった笑いをにじませた。

「ただの女中さんなら、先生がわざわざ梨影なんて粋な名前つけませんわね。わたくしとしたことが、うかつでした。気がつきませんで」

気丈な女性だ。登々庵は驚嘆したように細香の美しい横顔に魅入った。だが女の膝に置かれた両手が、着物のあわせ目をきつく握りしめ、ぶるぶる震えているのを見ると、顔をそむけた。


それから四か月ほど経って、登々庵は梨影が妊娠したことを知らされた。広島の頼家にもさっそく手紙が届けられた。

それ以前の五月には、菅茶山が福山藩主より江戸出府を命じられ、しぶしぶ神辺を出立した。山陽は万全を期して茶山を迎えると、これまでの非礼を詫びて許しを請うた。

父春水は、とうとう山陽の帰省をみとめたのである。

八月になって、山陽は念願の帰郷の旅に出た。広島の屋敷では春水と叔父の杏坪が待ちかねていた。

梨影の妊娠のことである。父の春水は、妾を家に納れるなど、もってのほかである。妾には暇をだす。生まれてくる子には乳母をつければいい。かたくなに主張する春水に、末弟の杏坪は首を横にふった。貧乏儒者には乳母をつける余裕などない。妾でも、乳母がわりと考えたら、家に置いて世話させた方が経済的である。

妻のお静もうなずいた。山陽に異存などあろうはずもない。彼は若い梨影の肉体に日夜溺れていたから、むしろ狂喜した。

そうと決まれば早いほうがいい。その夜山陽は京の小石元瑞に、梨影を入籍するから、それなりの手はずを整えてくれ、と手紙を書いた。それから思いだしたように美濃の村瀬藤城にも、正式に妻帯する手紙を送った。藤城は細香と同郷だし、梨影の妊娠も伝えてあったから、彼なら誤解なく細香にも事実を伝えてくれる、そう考えたからだ。

山陽にとって、子を身ごもった梨影を妻にするのは、しごく当然だと思われる。それと細香への想いとは、なんら矛盾しない。

細香は貧乏儒者の女房にはふさわしくないが、詩会などでは立派に女主人として才能を発揮する。なにしろあの通り江馬蘭斎の秘蔵の娘だ。家事はすべて女中にまかせ、自分は好きな詩画にあけくれる。嵐山の渓亭でも、詩画のこととなると眼を輝かせて、熱に浮かされたように語りつくして、満足気であった。彼女の頭には、亭主の夕飯や風呂の支度など、これっぽっちも浮かばない。とても儒者の妻として家計をやりくりするなど、できそうにない。

そのてん梨影は貧しい育ちのせいか、一日中髪を振り乱して家の中をかけずりまわっている。とぼしい所帯をきりもりして、不意の客にもあわてず酒も肴もそれなりに整える。

つまり、内の女房と表の女主人、そりゃ一人で両方の才があれば、それにこしたことはない。だが、こうなった以上、山陽には自分の選択が最良のものと思われるのだ。

こうして山陽は、晴れやかな表情で広島の屋敷を発った。あとは尾道の橋本竹下の誘いをうけて、尾道へと足をのばすだけだ。

十五　終わった恋

尾道に近づくにつれ、山陽には不快なうわさが耳に入るようになった。

三年前、自分が京に呼び寄せながら結婚がかなわなかった平田玉蘊に、新しい恋人ができたということである。もっとも尾道では、京まで頼山陽という男を追いかけていき、フラれて帰ってきてからは、若い男に狂っている、といった性質の悪いものだった。

だが弟子の橋本竹下の屋敷に草鞋を脱ぎ、早々と熱い風呂にはいり、山海の珍味がならんだ豪華な料理に舌づつみをうちながら酒を飲むと、山陽の気分も晴れやかになっていった。

「先生、おめでとうございます」

「ふむ、親父も気難しゅうていかん」

山陽はぶっきらぼうに言ったが、表情は明るかった。

「これで安心して京での活動ができますね」

竹下は酒を注ぎながら、山陽の日焼けした横顔を見た。山陽が詩画料稼ぎのため美濃まで足をのばしていたことは知っている。山陽は鷹揚にうなずくと、頬をゆるめた。

「ところで先生、頼家との関係が良くなったからには、いよいよ身をかためられる、いつまでも独り身ではあらぬうわさをたてられかねません」

「うむ、そのことなら」

山陽は、言葉につまった。竹下には京でのこまごまとした事情は伝えていない。竹下はそんな師のためらいも、山陽の求愛を信じて上京した玉蘊をやむなく追い返したばつの悪さだと解釈した。山陽の盃に酒を注ぎながら、竹下は満面の笑みできりだした。

「玉蘊さんは今でも先生のことを想うておられます。尾道にはいつお出でかと、いつも気にかけておられる。玉蘊さんの気持ちはまことです」

山陽は、ぎくっと眉をつりあげ、思わず握っていた盃をおとした。竹下はすばやく山陽の着物をふくと、手代を呼んでかわりに浴衣を持ってこさせる。

急に酒がまずくなった。玉蘊のことは、正直いまだに心にひっかかっている。結婚の約束までしておきながら、とどのつまり彼女を切り捨てた。ひどい仕打ちをしたと非難されても仕方がない、そう悔やんで、内心忸怩(じくじ)たるものを抱えこんで、罪悪感にさえ苛まされてもいたからだ。

竹下も、師である山陽が急に青ざめ、押し黙ってしまったので、話題を翌日の詩画会にきりかえた。ようやく山陽の顔色も明るくなったが、その夜は山陽を中心に山陽の尾道の弟子らと飲み明かした。玉蘊には朝方、丁稚を使いにやっている。

玉蘊の家では、母のお峯がお庸の嫁ぎ先に泊りがけで出かけていた。玉蘊はさっきから庭先に出て、先だって山でつんできたりんどうの花を写生していた。陽ざしは真っすぐ降りてきているのに、空気は澄んで秋の気配がただよっていた。

そこに竹下からの使いがあらわれた。

山陽が久しぶりに広島への帰路、この尾道にも立ち寄られる。ひとつ尾道中の名士をあつめて、盛大な書画会を開こう。竹下の文も心なし弾んでいる。

玉蘊は軒下から薪を運んでくると、あわてて湯を沸かす。ひとりだけいた下男もとうに暇をだしていたから、家の仕事はもう手慣れたものになっている。

湯気のたつ風呂に入り、ゆったりと手足をのばすと、身体中の血がざわめいて、玉蘊はうっとりとまどろんだ。そうして洗いざらしの髪をすきながら、鏡台の前に座ると自然と口もとが緩んだ。

とうとう、山陽に会える！　玉蘊は鏡の中の顔に微笑んだ。ふっくらとした色白の肌が上気して、ほんのり薄紅色に染まっている。小さめの形のいい唇は自然の血の赤さで艶めいている。とても二十八には見えないわ。縁側で髪を乾かしながら、夜になるのを、ひたすら待った。

虚しく京を去ってから、もう三年の歳月が経っていた。その後の山陽のうわさはまちまちで、玉蘊の耳には、竹下や篠塾の木村鶴卿などの友人からの情報しか、それも切れ切れにしか伝わってこない。

それでも玉蘊は、この日を一日千秋の想いで待ちわびてきた。

庭先に目をやると、父が植えた蘇鉄の大ぶりの葉がおりからの風にゆったりと揺らいでいた。玉蘊はやわらかな瞼を閉じて、思いに耽った。

篠塾をでて京にのぼった夜、山陽は弟子の三省に、玉蘊もともに京に来てくれと甘く誘った。あるときは尾道の古寺まで会いにきて、愛をささやいた。あの時の山陽の激しい愛の言葉、その吐く息さえもが、いまだに玉蘊の身体じゅうに恋情の焔となって焼きついている。幾たび眠れぬ夜に悶えたろう。情欲のあまりの熱さに危うく悲鳴をあげそうになる。その夢にまで見た山陽が、今宵こそ自分の前に、その凛々しい姿をあらわしてくれる。

夜になるのが、ただ、ただ待ち遠しい。

ようやく陽が傾きかけた。すばやく髷を結い愛用の鏡に映すと、箪笥の引き出しを開ける。近ごろ仕立てたばかりの藍染の小紋を取りだすと、すばやく袖を通して姿見に写る姿を見やりながら、玉蘊は機嫌よく帯をぽん、ぽんと叩いた。

その時玄関先に白鶴鳴が勢いよくあらわれた。

鶴鳴は、玉蘊の真新しい小紋の裾の七宝模様が悩ましく揺れるのを、いぶかしげに見つめて、

「どこかに出かけるの？」と、口を尖らせた。

「ちょっと竹下さんの屋敷に、急な詩画会なの」

玉蘊は鶴鳴をおしのけ、急いで外にでようとする。その前に鶴鳴が立ちはだかる。

「なら、わたしも行こう。竹下さんともだいぶご無沙汰しているし、挨拶がわりに出かけよう」

「でも、呼ばれているのはあたしだけ、ひとりで大丈夫よ」

「ふうん、けど夜道はあぶないよ」

「ほんとうに心配なくてよ、それに今夜は遠くからお客様がおみえで、内輪だけの集まりなの」

「へえ、だれだろう？　遠くからの客人って……」

鶴鳴はなおも疑わし気に、玉蘊のめずらしく華やいだ装いをながめまわしている。それには答えず

玉蘊は、鶴鳴の追及を拒むように外に飛びだしていた。

　提灯を片手に夜道を小走りに行くと、海辺から潮風がさっと吹きぬけて裾がまいあがる。玉蘊は髪の乱れを気づかいながら片手で後れ毛をなであげると、足をはやめた。

　右側一帯に御蔵所の高い塀が立ち並ぶ一角を過ぎると、まもなく奉行所の長い囲い塀があらわれた。このあたりはさすがに夜ともなると人もめったに通らない。もっとも左手には、寺の並ぶ山のすそ野にはりついたように町家筋がごちゃごちゃ並んではいるが、灯りもまばらで、すっかり陽が落ちた道は黒々としていた。

　海沿いの町家筋の道を足早に行くと、海風が急に強くなって、時たま突風が唸りをあげる。その時、路地裏からふらりと男があらわれた。玉蘊はぎくっと後ずさりし、にげようと身構える。男は酔っているのか千鳥足で、玉蘊とすれ違ってもそのまま路地の角をまがっていった。思い過ごしだった。そう思うと、びくびくおびえた自分がおかしかった。

　もともと港町の尾道には、見なれない船乗りらが一膳めし屋や酒場にたむろするのも珍しくはない。とくに西廻り航路の開通で尾道が北前船の寄港地になると、晩秋、初冬の尾道の色街は、管弦の音色にまじって飯盛り女たちの嬌声やら、荒くれた男たちでにぎわうのが習いだった。

　それも、まもなく初秋をむかえるこの頃では、海の男たちもまだ沖にでており、町は不気味なほど静まりかえっている。それだけに暗い夜道はどこもかしこも漆黒の闇で、遠く水平線を運航する船からの灯りが、それも時たま見えるだけだった。

　玉蘊はかすかに後悔した。鶴鳴が送ろうと言ってくれたのも、いつもの親切で、それを疎ましくはねつけたのも、自分の心の動きを知られたくなかったからだ。

鶴鳴の優しさも、今夜ばかりはうっとうしい。

玉蘊の手厳しい拒絶にあって、玄関先で茫然と立ちつくしていた鶴鳴の姿を思いだすと、彼女は自分の奥底にある秘密を嗅ぎあてられたような不快感に思わず顔をしかめた。

それも一瞬のこと、玉蘊は海からたえまなく吹いてくる潮風に全身をいたぶられながら、次第に激しくなる胸の鼓動を小気味よく聞いていた。そうして帯の間に手をやると、もう一年も前にきた山陽からの手紙のぬくもりに、満たされるのだった。

玉蘊は自分がたった一人で暗い夜道を歩いているのも忘れて、ひたすら山陽との再会に、自然と頬がゆるむのを陶然と感じていた。山陽から熱い手紙をもらったものの、自分はとうとう返事も書けなかった。それでも玉蘊は、信じた。あの山陽なら、どこにいても、自分の想いはとどいている。

遠くにぼんやりと竹下の屋敷の灯りが見えてきた。玉蘊はいま一度胸に手を押しあて、こみあげてくる歓喜の渦にあやうく涙をこぼしかかった。そうして今夜こそ、あたしは彼の熱いささやきに、うなずくのだ。

激情がこみあげた。その時不意に小石を踏んだか、前のめりにつんのめった。提灯の灯りをかざすと、草履の鼻緒がゆるんでいる。どうしょう、でもすげかえるまでもない。それより山陽は、首を長くしてあたしを待っている！　気持ちばかりが急いて足元がよれそうにおぼつかない。

玉蘊は、ようよう竹下の屋敷の門をくぐった。

むかえにでた下男に提灯をわたすと、広い庭を歩いていく。ようやく玄関口に着くと、顔なじみの女中があいそよく声をかけた。

「みなさん、玉蘊さんをお待ちかねですよ。さっきからもう、お酒をたっぷり召しあがられて」

「そうですか、それで、あの……」

「えっ、なんですの？　あら、そうでしたわ。山陽先生は昨夜からお泊りですのよ」

昨夜から？……それなら竹下は、どうしてすぐに呼んでくれなかったのだろう？

嫌な予感がする。でも、気のせいだわ。山陽は疲れていただけ、あたしをすぐにでも呼ばなかったのは、竹下の思いやり、そうにちがいない。

座敷の襖を開けると、山陽のきんきんした甲高い声が飛びこんできた。

「この絵は、女流ながら当代一、生半可の男など及ばない力量です」

山陽は、誰のことを話題にしているの、もしや、あたしが描いた絵に賛をいれようとしている……

その時、木村鶴卿がすばやく玉蘊を見つけて、手招いた。鶴卿は山陽が来ると知って、わざわざ簾塾から駆けつけたところだった。

玉蘊は座の中心にいる山陽に眼をやった。夢にまで見た山陽が、眼の前にいる。それだけで玉蘊の胸の鼓動は高鳴った。

だが、どうしたことか、山陽は座敷に入ってきた玉蘊に気づいていながら、まともに顔を見ることもなく、ほとんど眼もあわせようとしない。しかもその場の空気は急に冷えこんだように玉蘊にはどこかよそよそしく感じられた。

竹下が、そっと近寄ってきた。その時、山陽が玉蘊にくるりと背を向けたかたちでしゃがみこむと、行李の中から一枚の絵を取りだした。

「美濃の江馬蘭斎殿のご息女、細香女史の画、墨竹画です。どうです。うわさにたがわずたいしたものでしょう」

絵をのぞきこむように見ていた人たちの間から、ほうっというよどめきがあがり、まもなくため息に変わった。

「これが先生の新しいお弟子さんですか」

「さよう、美濃に旅したおり、見つけてまいった。墨竹画に堪能のみならず、その詩文におよんでは、まことに艶麗、その才たるや女流とはおもえん見事さでござる」早口でまくしたてると、山陽は盃をぐいっと飲みほした。それから矢立から筆を取りだすと、

「細香女史を憶う。露葉烟條に淡粧を想い……」詠いながら、さらさらと細香の画に題詩を書きつらね、どうだと言わんばかりに竹下に見せた。

「これは、竹下さんに贈ろう」

「これは、これは、ありがとうぞんじます」

竹下は嬉しそうに、山陽からおし抱くように受けとると、鶴卿にも見せた。

「先生、なにやら意味深長ではありませんか」

鶴卿が冷やかすように言うと、山陽はまじめくさって題詩の解釈をはじめた。

「諸君、この詩の意味はこうです」

……細香女史が描いた竹の画の、露にぬれた葉や烟にしなう小枝を見ると粧淡いあのひとを想う。人に誇ろうと何度行李を開けて眺めたことやら、そのたびに、彼女への愛しさで、胸がいっぱいになってしまう……

（「頼山陽書翰集」上巻）

ろうろうと謡いかける山陽の張りのある声に、鶴卿も竹下までもが、にやにや笑っている。一座の中からも、

「さすが先生、細香女史とは先生の新しいお弟子さんで、これまた先生の悩ましい詩までつけられて、きっと細香女史とはよほど美しゅうお方でしょうな」

「そりゃめったない掘り出しものさ。京の文学講席にも美しく才覚のある女性は多いけど、もっとも愛すべき雅やかな女性といったら、最愛風流、江馬細香、そのひとだね」

玉蘊の全身から血の気がさっとひいた。歯の根があわないほど、身体中に震えがきた。すかさずうなじを垂れた玉蘊の赤い牡丹のような唇がわなわな震えだし、ふっくらした美しい顔はみるみる蒼白になった。

その気配を察した木村鶴卿が、すかさず話題を変えようとしたが、まにあわなかった。

尾道の豪商亀山夢研がわけしり顔でこう切り出したのだ。

「そういえば玉蘊さんも京に出られたおり、玉潾和尚から磁盃をもとめられた。それも江馬蘭斎殿のご息女の絵づけされたものだったとか。たしか菅茶山先生も愛用されておられる」

「さよう、そのご息女こそ、わたしの女弟子、細香女史そのひとです」山陽が鼻をひくひくさせ自慢げに声をはりあげた。

さほど事情の知らない町衆たちは、山陽の即興詩も、新たな女弟子の話も、やんややんやと大うけにうけた。

竹下がそっと近づいて耳もとでささやいた。

「玉蘊さん、今夜の絵ですが……」

玉蘊ははっとした。山陽の自分をわざと無視したような態度は、ほとんど不可解だったけど、竹下の屋敷に招かれた目的ぐらい承知していた。どんな事態に直面しても、自分の仕事をおろそかにはできない。

真っ白な画布をとりだすと、玉蘊は用意していた画題を描きはじめた。

こうして無心で画布に向かって筆をはしらせていないと、ほんとうは気が違いそうだった。山陽への疑問やら、はては激しい憤りや叫びが、描いていないと、いましも喉元を突き破って氾濫しそうだった。

たしかに京で自分も細香の墨竹画を見た。全身が清らかな風につつまれたような爽快感にさえ見まわれて、そのあまりの見事さに、度肝をぬかれたこともたしかだった。

だが私も女流絵師だ。画に関しては決して引け目はとらない。

それより玉蘊の腑に落ちないのは、山陽の豹変（ひょうへん）ぶりだ。

もっとも山陽には、もともと他人の才能に触れるや、手放しで喜び、その才能を愛でる気質がある。

しかも山陽にあっては、賞賛は男のみならず女性にも平等にむけられる。開明的と言われる所以で、その気質を愛するものが山陽の魅力にとりつかれ、たちまち弟子入りするのも無理からぬことだった。だが、それにしても山陽の今夜の態度は、明らかに度が過ぎている。

いったい、山陽の身に何があったのだろう？　自分への想いを熱くささやいたあの人の心は、どこにいってしまったのだろうか？

鷺の絵を描く手が、不意に止まった。鷺……神辺の簾塾の柴門で見たたった一羽の不思議な鳥……、あれは孤独な自分だったのか、それともたった一人でも孤高に生きる山陽だったのか。知らず知らずに玉蘊の心の中では、山陽を象徴するものになっていた。

その不死鳥のような絵を、山陽のために披露するつもりだった。

だが、山陽はそんな玉蘊の心を知ってか、見知らぬ鳥のように遠くの大空に羽ばたいていってしまった。

このまま山陽へのもやもやした気持ちを押し殺して、絵を完成することが苦しなっていた。激しい憔悴のあまり頭がくらくら揺れて、たばねた髷がやたら重く首にのしかかる。

「玉蘊さん、ちょっと休んで、いっぱいやりましょう」

見かねた竹下が眼の前に盃を置いた。

玉蘊は寂し気に首を横に振った。その時襖が開いて、劉夢沢が顔を見せた。

「やあ、遅れてすまんです」言いながら腰を降ろすと、早くも注がれた酒を飲みほしている。それから玉蘊の画をのぞきこむと、

「鷺の絵ですか、凛としてたった一羽、虚空を見ている、あいかわらず達者だが、どこか悲しげな眼をしておる」

　首をひねる劉夢沢に、瞼まで赤くした木村鶴卿があわてて言った。

「そりゃ玉蘊さんといえば、あでやかな牡丹でしょう。艶やかで美しい牡丹のような女性だから」

「それはそうだが、玉蘊さんといえば牡丹だけではない。彼女をみくびってもらっちゃ困るよ。中国の蜀の英雄三傑、関羽、張飛、孔明を描いた絵など、雄渾で、英雄たちの表情も豊かである。誰が女人の筆だと思うだろう」劉夢沢も負けじと声をあげる。

「夢沢さん、そんなことは百も承知ですよ。蜀の三傑の画を見られた山陽先生も、玉蘊さんのあのきゃしゃな指から描く三傑の筆先は、まるで裂けんばかりだとおっしゃっているほどですから」鶴卿が得意そうに鼻をぴくりと動かし山陽を横目で見た。

　この場の雰囲気をはらはら見まもっていた竹下が、ほっとしたように山陽の盃に酒を満たしながら耳もとでささやいた。

「そうそう、山陽先生、玉蘊さんの絵、久々にごらんになっていかがでしょう。なかなか、精進の跡も見られますよね」

　ところが山陽は、むっつり腕組みをしたまま玉蘊の絵を見ようともしない。しかたなく竹下が、「先生、さあ、もう一杯」と山陽の盃に酒を注ごうとすると、その手をはらいのけ、やおら山陽がキンキンした声をはりあげた。

「だが、いつまでも京の四条派ではねえ」あきらかに不満そうに唇をひんまげる。

「ですが、玉潾和尚様も、いってみれば四条派ですが」

言いかけて鶴卿ははっと口をつぐんだ。

そんなことは自分が言うまでもなく、山陽が一番分かっている。

玉蘊の絵を四条派と非難するなら、同じ玉潾の弟子である細香の墨竹画が四条派でないと誰がいえる。それを一方の玉蘊を非難し、もう一方の女を絶賛する。これはもう理屈なんかじゃない。山陽の心のなかの問題なのだ。なぜか、今宵の山陽は、玉蘊に手厳しい。

鶴卿は、さっきから凍りついたように身じろぎもせず、放心したように自分の絵を見ている玉蘊に、心から同情して無言で盃をかたむける。

竹下もまた、山陽の一方的ともいえる怒りの理不尽さに、あっけにとられていたが、昨夜飲み明かしたおりに山陽が語ったことを思うと、男としてはうなずくしかない。

山陽は、京で女中代わりに入れた妾が子を身ごもった。頼家では生まれてくる子は山陽が引き取るが、妾は実家に帰すしかない。父の春水は強硬に主張したが、結局は嫁として入籍することになった。さらには美濃の旅先で、美貌の女弟子に出会ってしまった。彼女は自分の呼びかけに応じてすぐさま上京してきた。山陽がいまはふっきれたように話すうち明け話に、竹下もしぶしぶうなずくしかない。しかも山陽は、どこで玉蘊のうわさを聞いたか、若い美男子が彼女につきまとっていると不機嫌そうに言った。

山陽も、男だ。かつて自分が結婚まで考えた玉蘊が、若い鶴鳴にちやほやされ、舞いあがっている。そう聞かされれば山陽の執拗な怒りも、あてつけも、彼の激しい嫉妬心からだと分かる。

だが玉蘊のいつもは花のように華やいでみえる顔が、蝋のように蒼白になっているのを見て、さすがに気の毒になった。それに座主として、このまま放っておくわけにもいかない。

竹下は何食わぬ顔で鶴卿に酒を注ぐと、如才なく話題を変えた。

「ところで、茶山先生はお変わりない？」

この場の状況にはらはらしていた鶴卿は、息を吹き返したように喋りだした。

「ええ、それはもう、都講に北條霞亭(かてい)先生を迎えられて、ひと安心されておられます。それに霞亭先生はこの十九日には姪のお敬さんと祝言をあげられる」

「ほう、霞亭がねえ、とうとう捕まったか」山陽が頓狂な声をはりあげた。

「なんのことです？」

「いや、こっちの話だ。茶山先生もやっと後継ぎが決まって何よりだ」

「ええ、霞亭先生は学識豊かな学者だし、塾生の評判もすこぶる良い」

「そりゃ霞亭は当代一の学者だ。神辺にはもったいないくらいの傑物さ。いや鶴卿、先生にはないしょだぞ」

「もちろんです。ですが、霞亭先生を神辺に寄こしたのは、ほかならぬ山陽先生だとうかがっておりますが」

山陽はそれにはこたえず、にやりと意味ありげに笑った。

霞亭と自分の人生は、たとえてみればまるで鬼ごっこするみたいにすれ違ってきた。山陽が叔父の杏坪につれられ江戸の昌平黌で学んでいたころ、霞亭は京の儒者皆川淇園(みながわきえん)の塾にいた。それが翌年霞亭は江戸に出て、昌平黌の教壇に立っていた山陽の父頼春水の指導を受けるや、霞亭は山陽の父に深く傾倒してしまった。春水もまた国の牢屋にいる馬鹿息子と同じ年のこの秀才に注目し、羨望を禁じ得なかったという。

「だがね、まさか霞亭が茶山先生の強引さに押し切られるなんて、予想外の事態だからな」

「そういえば、私も聞いたことがあります。霞亭先生は昌平黌を卒業された後、岩城侯に召し抱えられるはずだったと」

鶴卿が徳利をもって山陽の盃に注ぎながら、興味深そうに言った。

「まあ、あの男の天才は誰もが認めておる。だけど行動はいささか不可解、だって五万石の小藩に仕えるのが嫌だったのか、嵯峨野に隠棲したんだよ。ところがある時私が茶山先生の話をすると、すぐさま神辺にたずねて、一目で気にいられてしまった。都講など断りゃすむものを、あの男は嫁まであてがわれて、今頃じゃさぞ後悔しておろう」

鶴卿は苦笑いしたが、不思議なことに霞亭は一向に後悔などしていないようなのだ。出戻り娘だの山陽はぼろくそに言うが、霞亭にあっては、どうでもいいことらしく、涼しい顔で塾生に講義をしている。これにはさすがの鶴卿も首をひねるばかりだが。

玉蘊は座の中でさっきから自分の殻に閉じこもっていた。みなが玉蘊に気づかって、つぎつぎと話題を変えていくのも、いつもなら嬉しく思うのに、いまはただ負担でしかなかった。

彼女にとって三年ぶりに再会した山陽は、かつて玉蘊に甘い言葉でささやいた、その人ではなかった。最初のうちこそ山陽は照れもあって、わざとよそよそしくふるまっている、そうがって見もしたが、彼は演技などではなく、本気で新しい女弟子にのぼせあがっている。

玉蘊には、山陽の冷たさが細香という美貌の女への恋心にあることを、今さらながら思い知らされた。そうして山陽ほどの男でも、三年もの間会わずにいたら、よういに他の女に心を奪われる。ひとの心とはかように醒めやすいものか、思ってもみなかった自分の浅はかさに、傷ついた。だがそう思うそばから、玉蘊にははじめて恋した山陽を、非情な男と切って捨てることもできないでいる。

ただ、自分は世間知らずの愚かな女であった。時は確実に移りいく。永遠に形を変えないものなど、この世には存在しないのかもしれない。ましてや人の心など、はかなくも移ろいやすく、とらえようもないものなのに。

そう思うと、玉蘊は、山陽の愛を手づかみで奪い取った細香という女に、こらえようのない憎しみと嫉妬を覚えた。それも一年前に父の春水が広島への帰郷を許さなかったせいで、山陽が美濃に書画料稼ぎの旅に出たからだと思うと、ここでも運命が自分には味方しなかった、そう思えて切なくもなる。

八年越しの山陽への想いも、虚しく終わった。

玉蘊は描いた絵を竹下にわたすと、すべるように座敷をでた。

京で時節が整わず、山陽が勘当を解かれた後も、広島への帰郷を禁止され会う機会を奪われた。歯車が後ずさりして歩みを止めたとしたら、これ以上前に進むこともかなわないのだろうか。

それにしても悔やまれるのは、自分のあやふやさである。京でも山陽の本心を確かめることなく、むしろ諦めて、おめおめと尾道に帰ってきてしまった。それからの苦痛の三年間、どんな誹謗中傷にも耐えてこられたのは、ただ山陽に愛されている、その自信だけだったのに。

木村鶴卿や劉夢沢が、蒼い顔をして虚ろな眼をした玉蘊を案じて、玄関口まで見送ってくれた。

「ひとりでも帰れますわ」

玉蘊は提灯を握りしめると、暗闇の中を駆けだした。走っていないと錯乱しそうだ。しばらく小走りに行くと、息があがった。左手に潮の音が海鳴りのように聞こえる。走りながら、裾を乱しながら、玉蘊は暗闇に吠えるように叫ぶ。

「あんな男、あんな卑劣な男だったなんて、ちっとも知らなかった。金輪際思いだすのも、嫌だ。顔を見るのも、ごめんだわ」

眼の前が突然ふきだした涙で曇って、なんども転びそうになる。それでも玉蘊は声にならない叫びをあげ、気が触れたように駆けている。胸の鼓動が高鳴って破裂しそうだ。

いつしか浜辺に出ていた。海は漆黒の闇におおわれ、月がわずかに光を投げかけていた。涙で濡れた顔で仰ぎ見ると、憎いはずの山陽の顔が、大写しであらわれた。

あのひとは、無邪気にも笑っている……。もう二度と会うものか、怒りのあまり殺しても飽き足らないとまで憎悪しているのに。そう激しく憎めば憎むほど、恋しさがつのる。彼の愛を得られるなら、どんなことをしてもいいとさえ思われる。

そうだわ、彼はただ惑わされている。あの美濃の才女に眼をくらまされている。たしか細香って言っていたわ。たった数回だけ美濃で会っただけなのに、山陽の気をひこうとわざわざ京まで出てくるなんて、とんだ恥知らずの女じゃないの。ええ、墨竹画に巧みですって、女ながらも漢詩文を詠むですって。そうよ、山陽は目新しいものが好き、だから初めての女に、いいように惑わされているだけだわ。

そう思うそばからも、京の玉潾和尚のもとで手にした細香の磁盃の見事さを思いだすと、彼女の溢れんばかりの才能に激しい妬みさえおぼえて、身も心もちぎれんばかりに苦しくなり、はては悔しさのあまり、きっと食いしばった歯の間から嗚咽が悲鳴のように漏れてでる。

涙を袖でぬぐったその拍子に、小石を踏んだか、あやうく提灯を落としそうになって足もとがよれた。そのとたん、玉緼は激しく前かがみにつんのめって、膝をついた。見ると草履の片方の鼻緒が、切れていた。

玉蘊は涙の筋で頬にはりついた後れ毛を手のひらでぬぐうと、鼻緒の切れた草履を片手に暗い夜道をとぼとぼと歩きだした。

月が、その背を追いかけるように照らしていく。

どのくらい歩いたか、玉蘊は強い潮の匂いにはっと我に返った。

唸るような波の音がして、見あげると漆黒の闇に、雲間からすっかり姿をあらわした月が、海に光を落としこんでいた。

いつの間にか手にしたはずの提灯も片方の草履さえなくなって、波が玉蘊の足元を濡らしていた。真新しい足袋が海水に濡れて重たくなって、踏ん張っていないと波にさらわれそうだ。

玉蘊は、ゆっくりと波打ち際から離れた。くるりと海に背を向けると、潮騒の音がたえまなく追いかけて、彼女は両手で耳をふさいだ。幼いころから耳になじんだ瀬戸海のやわらかな海鳴りの音でさえ、今の彼女には錐のように突き刺さってくる。

　涙はとうに枯れはてて、玉蘊は海水をたっぷり吸った足袋のまま、重たい足を引きずるように歩きだした。やがて町家の灯りがちらほらと眼に映るようになると、玉蘊は歯を食いしばって小走りに駆けだした。

　家の中は、ぼんやりと灯りがひとつ燈っていた。戸口に立つと、妹のお庸が飛びだしてきた。

「姉さん、鶴鳴さんと会わなかった?」

「なんのこと?　彼に何かあったの?」

「伊勢のお義母さまがご病気だとか、ついさっき報せがあったそうなの。それで姉さんの帰りも待たずに伊勢に旅立ったの。あたしは明日朝一番の船に乗ったらとすすめたけど、彼はそれでは間に合わない。歩いてでも伊勢に戻ると……」

　伊勢までの道のり、こんな夜中に歩いても、仕方がないだろうに。お庸のいうとおり明日朝一番の船で行った方がはるかに速い。それに彼は義母とはうまくいっていなかった。それなのに、病の報せに彼は玉蘊にも知らせず旅立った。

　玉蘊には鶴鳴の金切り声が今でも耳にはりついている。

　山陽に会うために、いつも以上に派手目の着物に身をつつみ、濃いめの化粧をした玉蘊を見て、鶴鳴は自暴自棄になったように泣きわめいだ。

　鶴鳴は、いまごろどんな気持ちをかかえて、伊勢への旅路を辿っていることだろう。

　彼は、もう玉蘊のもとに戻らない覚悟ででていったのだろうか?

玉蘊は、大きく息を吸いこんだ。山陽の朗々と詩を詠う姿が、暗い夜道をひたすら歩く鶴鳴の背中までが、彼女の視界から遠ざかっていく。

「姉さん、ともかく足をすすいで」お庸が金盥に水を運んできた。

「お庸、もういいから寝て。母さんが心配するわ」

玉蘊は廊下に立つと雨戸を閉めようと庭先に眼をやった。

暗い庭に父がこよなく愛した蘇鉄（そてつ）が、月の光の中にぼんやり姿を見せていた。

遠くから波の音が絶え間なく響いてくる。玉蘊はさみしく微笑んだ。

人も時も、一度去ったものは二度と戻らない。

それでも変わりないものは、豊饒な瀬戸内の海であり、湾全体を囲んだような四方の山々、その中腹に建つおびただしい寺であり、商家や町家、そこに暮らす人々なのだ。

私に絵を描く喜びを教えてくれた父が眠るところ、これからは母と妹を養って生きていく私のかけがえのない故郷……。

玉蘊のまなじりから、一筋の熱い涙が、不意にこぼれ落ちた。

十六　遠来の客

鶴鳴が尾道を去って一か月ばかりが過ぎた。母のお峯には、鶴鳴が伊勢に帰ってしまったことが信じられない。

そんなある日、竹下の屋敷の丁稚が駆けこんできた。山陽の友人である古賀穀堂（こくどう）が、たった今佐賀からやって来た。今夜は彼のために宴をはるから、玉蘊にも参加するようにとのことだ。

古賀穀堂は儒学者として高名な古賀精里（せいり）の長男である。精里は山陽の父春水とは若いころからの親友同士だった。ともに学者二世として似たような境遇にある二人はウマの合う友人でもあった。穀堂は、佐賀と江戸を往復する藩主の供をして、しばしば尾道にも立ち寄って、玉蘊とも顔なじみだった。

鶴鳴が玉蘊のもとを去って伊勢に帰った。うわさはまたたくまに尾道中の格好の話題になっていた。母のお峯も妹のお庸までもが外出をためらった。

玉蘊だけは橋本竹下や亀山夢研らの屋敷に招かれる機会があると、これまで通り画布と絵具をかかえてでかけていった。絵師を生業としている以上、玉蘊には当然すぎることだったが、その気丈さが逆に男を手玉にとる性悪女のように陰口をたたかれる。

さすがの玉蘊も最近は外出するのも気が滅入りがちだったが、竹下からの伝言を聞くと、ぱっと表情を明るくした。

古賀穀堂とは何度も会っている。山陽より二歳年長だが佐賀藩士というより、ずっとくだけた性格で、佐賀と江戸を何度も往復しているせいか、話題も豊富で機知に富んでいた。玉蘊はすばやく着替えると、画布と絵具を用意して竹下の屋敷に急いだ。陽はまだ高いけど、穀堂に早く会いたい気持ちが勝った。

座敷の襖を開けると、すでに祝宴は始まっていた。

正面の穀堂が真っ先に見つけて声をかけた。

「やあ、玉蘊さん、ひさしぶりですな」

穀堂は佐賀からの道中のせいか、赤銅色に日焼けした顔をくしゃくしゃに、白い歯を見せて笑った。

「いつ見ても麗しい女性だ、あなたが描く牡丹の花のように」

首筋まで赤らめた玉蘊の白くてほっそりした指を見ながら、

「牡丹の花の絵、今日はその細くしなやかな指で描いてください」

言いながら穀堂はさすがに照れくさそうに頭をかいた。

一座の亀山夢研が、冷やかすように両手を打ってはやしたてる。夢研は竹下に並ぶ尾道の豪商ながら、簾塾の菅茶山に師事していた。

玉蘊はこの場の暖かな雰囲気にいやされる思いだった。山陽との仲がこわれて玉蘊母娘がすごすご故郷に舞い戻ったことも、年下の鶴鳴との浮名までも、尾道の豪商たち、それも気の置けない文人仲間はみな知っている。だが一人としてそのことを口にしない。それればかりか、以前にもまして絵の注文をくれる。

久々に遠い佐賀からの客人ということで、竹下、亀山夢研をはじめ北村夢嶽、岡田陶然らの山陽の弟子たちも勢ぞろいしている。誰もかれもが玉蘊には温かい眼差しを向けて盃をあおっている。

玉蘊は画布をひろげた。幼かった玉蘊が初めて描いたのも、庭に咲く牡丹の花だった。父の五峯はその絵を見て眼をみはった。自分がどんなに努力してもなり得なかった絵師の道を、この幼い娘は華奢な指でまるで魔術を操るようにたくみに描ききる。素描のたくみさもさることながら、彩色にいたっては、絵は一段と現実味をおびて鮮やかさを増すのだ。

「やはり、牡丹は玉蘊さん、そのものです」

いつの間にか穀堂が背後に居て、顎をなでながら眼を細めていた。

穀堂は、玉蘊と山陽との仲を知っている。それもなぜか結ばれなかった。そればかりか玉蘊に対するあらぬ非難や中傷が、まことしやかにささやかれているというではないか。

穀堂も、山陽と似ていささか激情家だ。山陽が玉蘊に結婚の申し込みをしたことも知っていた。それだけに男として山陽の玉蘊に対する態度には納得がいかない。そこを正そうにも京はあまりにも遠い。

描きなれた絵でも、玉蘊は決しておろそかにはしない。絵はおのれ自身であり、命そのものだった。

穀堂は仕上がった玉蘊の絵を満足気にながめると、竹下の眼の前で賛を入れた。

どうして君の家に、この牡丹を移し植えないのか……

竹下はその意味に気づくとにやりと笑ったが、穀堂はすましたもので、

「これでよし、山陽のやつめ、あのたおやかな玉蘊女史を泣かすとは、灸をすえてやらねばなるまい」

自分のたくらみにほくそ笑むと、竹下に指示して京の山陽のもとに送らせた。

穀堂にしたらほんの冗談のつもりだったが、穀堂の賛のはいった玉蘊の絵を受け取った山陽は、顔面蒼白になり眉を吊りあげた。

山陽には、玉蘊上京のきっかけをつくったのも自分だし、それを破らざるを得なかった事情もいわば自分の一方的だったことで、玉蘊を辱めたことに内心では激しく悔いていた。痛いところを突かれた。それも親友の穀堂に。

山陽は怒りに任せて返事を書こうと文机に座った。


……この牡丹は一度雨に濡れてしまった。その紅はとり乱れて、もう鑑賞には値しない……


山陽はこう書いて、筆を置いた。まてよ、穀堂はあれで案外生真面目なところがある。長年の友情を考えたら、こうもあけすけに怒りをぶちまけると、本気で絶交騒ぎになりかねない。そうだ、橋本竹下ならこれくらいの戯れ言、冗談と受けながす。それに商人だもの、多少の融通は効くもんだ。

山陽は自分のたくらみにうなずくと、竹下に手紙を送った。

一方、古賀穀堂に牡丹の絵を渡した玉蘊は、酒の酔いもあって興奮した面持ちで家に帰った。蘇鉄の大ぶりの葉を眺めながら玄関の戸を押し開けると、母のお峯の笑い声にまじって、鶴鳴のはりのある声がひときわ大きく聞こえてきた。

「霞日をたれぞ往て見よ鯨島……、尾道　白鶴鳴、尾道の俳諧集『やまかずら』に、とうとう載りましたよ。わたしの俳句が」

玉蘊が座敷に入っていくと、

「お豊さん、おや今夜は着飾って、どちらのお座敷に呼ばれたのかな」

噴きだしそうに口もとに笑いをにじませ、からかった。玉蘊は思わず声を荒げて、

「鶴鳴さん、それより今までどこにいらしたの？　伊勢のお義母さまのご病気はどうでしたの？」畳みかけるように言った。

「いまもお母さんに言っていたところですよ。実家は伊勢でも大手の薬種商、どんな煎じ薬でも手に入る。それに義母の病など口実、ほんとうはあたしに義弟の説教をしてほしかっただけ。義弟は廓の女郎にいれあげて、大枚二百両もつぎこんだとか。でもこればっかりはお釈迦様でも馬に念仏でしょうね。道楽は言ってみれば、男の性、そうそう京の大儒者先生も放蕩ではその道の達人でしたよね」

「そうさ、頼家の放蕩息子のことなんぞ、こちらからお断りだよ」

酒が入っているのか母のお峯がしれっと相づちを打つ。

「まあまあ、お母さん、せっかくわたしの俳句が載ったんだ。お豊さんも喜んでくれていますよ」

突然帰ってきた鶴鳴はまったくといって屈託もない。むしろ堂々としている。山陽とのことも、彼

は毒舌をまじえて皮肉るが、どこかふっきれたように表情は明るい。

玉藴は鶴鳴の俳句が載っている『やまかずら』の冊子を手にすると、さすがに胸が熱くなった。鶴鳴は若いなりに俳人として精進している、それなのに、自分は彼の努力にも気づかず、勝手に伊勢に帰ったことに傷ついていた。

「嫌だな、せっかく帰ってきたのに。それより明日、お豊さん、一緒に浜に出てみませんか。あなたは絵を描き、かたわらではあたしが句を詠む。これぞ文人同士の醍醐味です。ではお豊さん、約束しましたよ」

鶴鳴は胸をそらすと、玉藴にも意味ありげに笑ってみせ、離れ屋に戻っていった。

「お豊……、良かったねえ、鶴鳴さんもだいぶ男らしくなりなさった。おまえと浜辺で過ごそうなんて、きっとだれ彼に、自分たちの仲睦まじいところを見せつけたいんだよ。若いって、うらやましいね」

涙声で母が言うのを聞きながら、玉藴も帯をほどいた。疲れていたこともあったが、鶴鳴の若々しい姿を久々に見て、なぜか緊張が緩むのを心地よく感じていた。

翌朝、玉藴がまどろんでいると、鶴鳴にゆり起こされた。

「浜辺で、谷文晁ばりの写生画、ひとつ試みてください」

大人びたことを言うこと、玉藴は苦笑しながらもこみあげてくる喜びをかみしめている。

「浜辺の漁師や働くおかみさん、走りまわる子どもら、これって狩野派でも描いているのよ」

「だけど、狩野派は粉本（ふんぽん）ですよ。谷文晁の写生画は、実際に浜辺で写生して描く。これが新しい写実画です」

玉蘊は噴きだした。しばらく見ないうちに大人びた。

玉蘊も久々に弾んだ声で画帳と絵筆を握りしめると、縁側を降り立った。

父が植えた蘇鉄の葉が、おりからの陽ざしを浴びて鮮やかさを増していた。


そのころ京では、山陽が新年早々届いたばかりの尾道の橋本竹下からの手紙を読みながら、しきりと首をひねっている。昨年の暮に、怒りに任せて書き送った手紙などとうに忘れていたからだ。竹下は律儀に新年の挨拶を述べた後、最近の玉蘊の様子を伝えてきた。

伊勢に帰ったはずの白鶴鳴が、再び尾道に舞い戻った。いまでは玉蘊の家に転がりこんで玉蘊が絵を描くかたわら、自分も俳諧を詠み、その甲斐もあってか、尾道の俳諧集にも彼の句が載った。

山陽はそこまで読むと、手紙をくしゃくしゃに丸め、いきなり屑箱に投げつけた。眼は吊りあがり、蒼白になった唇がわなわな震えている。

あの破廉恥な男め！　いままた尾道に戻って玉蘊のまわりをうろついて、隙あらばと狙っている。不愉快を通り越して、山陽は青筋立てて怒り狂う。

そうして山陽は激情のまま、竹下に返事を書くと、ようやく溜飲（りゅういん）をさげた。


……舞い狂う蝶、たわむれて慎みのない蜂のような鶴鳴が、花房を狼藉したんだ。そんな鶴鳴に一生を台無しにされた玉蘊は、可哀そうだね。

山陽の手紙を読んで、さすがに竹下は苦笑した。山陽の怒りの凄まじさに、あきれもする。それも男同士、腹を割っての話だからと、気にもとめずにそのままにしておいた。

だがここまで玉蘊をくさすのも、山陽の胸の底にはいまだ玉蘊への忘れがたい想いがある。そうでなければ、これほど嫉妬心をむきだしにすることもあるまい。

惚れた女を若い男に寝取られた。世間では良くあることだが、山陽ほどの一代の英傑でも、男と女のかかわりでは、こうも単純に激情をあらわにするものか。

竹下は笑ってすませたが、後世、これらのやりとりが、なぜか独り歩きして、玉蘊への誹謗中傷となって、長年彼女を苦しめることになった。うわさは、またたくまに故郷の尾道の巷に流れていく。

……玉蘊という女は、京まで男を追いかけていったが、男に相手にもされずに、フラれてすごすごと舞い戻った、等々……。

非難の渦は故郷の尾道にとどまらずに備後一帯にまで広まっていったようだ。

十七　岩城島

　夏が近づいた。海沿いの町とはいえ暑苦しい毎日が続くようになると、お峯が真っ先に音をあげた。ちょうどそのころ、お峯の遠縁にあたる岩城(いわぎ)島の青木屋から法事の報せが届いた。ちょうどいい、とばかりにお峯は玉蘊にも手紙を見せて言った。

「ねえ、お豊、いい機会じゃないか。鶴鳴さんをお誘いして岩城島に行こうじゃないか。だって私の病のことを考えたら、生半可な医者よりずっと役にたつし」

「でも、坊がおりますわ」

　玉蘊は生まれたばかりのお庸の子を早くも養子に迎えていた。

「そうさねえ、でも坊はまだ乳離れもしていない。ここはお庸にまかせて預かってもらおう」

お峯は一度言いだしたら後には引かない。母の気性を知っているだけに、玉蘊は後の言葉をのみこんだ。ここ尾道では、いまだ玉蘊は町中の好奇な視線を一身に浴びている。

　京まで男を追いかけフラれて帰ってきた女……この浮名もいまだ完全には消えていないのに、最近では若い年下の美男子に惚れて男狂いしている、など、耳をふさぎたくなるほどの悪質なうわさに苦しめられている。

だが鶴鳴はお峯からその話を聞くや、飛びあがって喜んだ。彼は岩城島がどこにあるのか知らなかったが、玉蘊と見知らぬ島で暮らせるとあって、眼を輝かせたのだ。

岩城島は瀬戸内海の芸予(げいよ)諸島の一つで、本土と四国のちょうど中間に位置する。母の遠縁にあたる青木屋は、この頃には塩田の経営やら廻船業などで島代官の異名をとるほど繁盛していた。

船に乗って岩城島に着くと、お峯はさっそく親戚の家をたずねてまわった。その間ふたりは久々にひとの眼を気にすることもなく、のびやかに島のあちこちをめぐっては絵を描いたり、俳句を詠んだりした。

時おりすれちがう島の人が頭をさげて笑いながら通り過ぎる。なかには、「あれ、お豊ちゃんでねえだか。すっかりきれいになって」など立ちどまって、懐かしそうに眼を細めて、ついでに美しい鶴鳴をまぶしげに見あげて、首をふりふり立ち去るのだった。

「子どものころ、といっても十二、三だったかしら。妹とこの島で絵を描いていたの。だから島の人たちとはほとんどが顔見知りなの」

「それで誰もかれもが親しげなんだね。でも島っていうから、ちっぽけな所を想像していたけど、思ったより広いね。それに瀬戸内海に面しているせいか、自然もおだやかだし、のんびりした風情で、人間もすれてはいない。純粋無垢……、まるであなたのようだ。いいな、いつかこんな土地で暮らすのも悪くはない」

鶴鳴はひとり言ちすると、思わず顔を赤らめた玉蘊を悩まし気に見つめた。

「でも、あなたが傍にいなくちゃ、この島だって退屈地獄になりかねない」

鶴鳴は海に向かって叫ぶように言うと、腰の矢立から筆をとった。

「ちょっと紙をかして、わたしも描いてみたくなった」

ふたりはその場に腰を降ろすと、しばらく黙りこくっていた。墨の匂いが風にのって玉蘊の気持ちをくすぐる。

「これって……、三十六歌仙の小野小町？」

「さすが、よく分かりましたね」

「絶世の美人なのに顔が描かれていない。藤原信実の絵だったかしら？」

「小町はあまりの美人だったから顔が描けなかった、いやじっさいの彼女は醜女、ゆえに顔のない姿になった……」

玉蘊は筆を置いた鶴鳴の墨の絵を見て、思わずふきだした。小町の長い黒髪はどこかばらばらで、豪華な十二単の衣装もギクシャクと奇矯な形をしている。

まるで子どもが描くいたずらな絵みたいだわ。玉蘊は笑いをかみ殺しながら、鶴鳴の鼻筋のとおった横顔を見た。

「絵と俳諧って、意外にも通じるものがある。俳諧の軽みや洒脱、それって絵では大胆で斬新な意匠ってことだ。形なんて変でもいい。おおまかでも破格の奔放さが視覚を楽しませてくれる。絵はなんといっても構図の妙ですよ」

そうしてあっけにとられている玉蘊の眼の前に、一枚の絵を広げて見せた。彼女が以前描いた、紅葉狩図の下絵である。

「どうしてあなたがこれを？」

「あなたの絵の中ではこれが一番好きだ。盛装して紅葉狩りを楽しむ女性たちの姿が、すべて後ろ向きで描かれている。そのため、女性たちのうなじや赤子を背負った横顔に、行楽のうきうきした気分が見事なまでに表現されている。こうしてみると、天はあなたに豊かな天分をあたえた。美の化身、それに絵を描く白くしなやかなその指……」

玉蘊は首筋まで赤くなりながら、そっと立ちあがると眼の前の海を見つめた。

鶴鳴の激しい視線が背中から突きささるように、熱い。恥ずかしさより自分の中でも好きな作品を褒められて、内心では誇らしくさえあった。

いつもは注文主の意向をうけて題材も選ぶのに、この絵だけは特別な指定もなかったから、彼女の中では冒険し、挑戦もした意欲作でもあった。牡丹や鶴、吉兆図もむろん悪くない。ただ絵師としてはおのれの興趣のおもむくまま、奔放に手がけてみたい。たとえその結果が破綻したとしても、形がなさなくなったとしても、その先に何かが見えてくる。

玉蘊は、近頃ではとみに注文主の依頼で描かされる絵というものに、飽き足らなさを感じていた。もっと自身の内から湧きあがる本能の叫びのような、魂ごと鷲づかみされそうな絵を手がけてみたい。そんな内心の欲望に飢えてもいた。

玉蘊は、鶴鳴の顔をまじまじと見つめた。髭剃りをした痕の頬がおりからの夕陽に照らされ、いっそう青々として、どこか大人びた精悍な印象を刻んでいる。

玉蘊は黙って海に眼をやると、ほほ笑んだ。この若者も、いつか大成して自分のもとから去っていく。不意にそんな予感に襲われたとき、寒気を感じて肩をぶるっと震わせた。

鶴鳴がすばやく羽織を脱いで、玉蘊の背後にまわる。羽織をかけながら彼は玉蘊の身体を両腕でひしと抱きしめた。男の、意外にも強い体臭に、玉蘊は呼吸を荒くした。

陽だまりとはいえ、晩春の海はまだ波濤も高く荒れていた。波のうねりが耳底にたえまなく響いて、やがて玉蘊の意識に絡みついてきた。熱い命の滴りが、湧きあがる歓喜のよろこびが、波の音にのって怒涛のように押し寄せてきた。


年が明けた文化十三（一八一六）年の一月十一日、玉蘊と鶴鳴はそろって神辺の道を歩いていた。六十九歳と高齢になったにもかかわらず、茶山は血色のいい顔をして二人を迎えた。

「夫婦（めおと）になったか」

茶山の遠慮のない視線を浴びると、玉蘊はさすがに身を固くした。それから横に座った鶴鳴に眼をやると、

「亭主の白鶴鳴にございます。俳句と画を多少嗜（たしな）んでおります。以後お見知りおきくださいますよう」

すかさず鶴鳴の凛とはった声がした。

茶山は表情を変えずにうなずくと、お敬が煎れた茶をすすめる。

玉蘊はほっとしたように湯飲みを手にする。鶴鳴もそつのない様子で澄ましこんでいる。

新年の挨拶と、結婚の報告をすませると、ふたりは早々に簾塾の門の前にでた。

お敬がなにか言いながら、駆けてくる。この前会った時よりまたも肥ったようで、追いついてもぜ

いぜい息をきらして、おまけに顔中にびっしり汗をかいている。

「お豊ちゃん、待って、どうしてそんなに急いでいるの。これ暮に家でついた餅なの。おば様に持っていってね」

「まあ、ありがとう」

お辞儀をして立ち去ろうとすると、お敬が玉蘊の袖を引いて、背伸びしながら耳もとでささやいた。

「すっごい美男子ねえ。うらやましいわ」

「お敬ちゃんだって、お婿さんは偉い学者さんですって」

「ううん、学者なんて真面目だけが取り柄だもの、それより若くて美男子の鶴鳴さんの方がずっといい。あのくそ面白くもない山陽さんなんて、目じゃないわねえ」

お敬はそう言うと、いまいちど鶴鳴の顔を見つめて、顔を赤らめた。それから玉蘊に手をふると、重たげな腰をゆさって簾塾の前の野菜畑を突っ切っていった。

帰り道、鶴鳴は機嫌が悪かった。黙りこくっている。

「どうしたの？　茶山先生はもともと無口なの。悪気はないわ」

それでも鶴鳴は憮然とだんまりを決めこんでいる。玉蘊には鶴鳴の怒りの原因が分からない。しかたなく、

「懐かしいわ。神辺の宿であたしたちは出会ったのね」振り返って笑いかけると、

「失敬な、わたしと山陽とかいう男を比べるなんぞ、そもそも山陽とは女たらし、放蕩で身を持ち崩し、あげく廃嫡された。つまり武士の身分まで剥奪された、破廉恥な男です。そんな恥知らずな男と

一緒にするなんて」

鶴鳴はいきなりその場に立ちどまると、こめかみに青筋をたてて叫んだ。

玉蘊はあっけにとられて鶴鳴を見あげた。お敬がささやいたことに本気で怒りを爆発させている。それも、山陽という過去の男のことで、嫉妬にかられている。

なんとも返事のしようもない。玉蘊は今さらながら鶴鳴の色白の頬がひくつくのを見ながらため息をはいた。無言で行き過ぎようとする玉蘊の腕を、鶴鳴が思いっきり引っ張った。

思わず顔をしかめた玉蘊に、

「お豊、いまでもあの男が忘れられないのか！」詰問するように両肩を強くつかんだ。

「なにをなさるの。お腹の子にさわるじゃないの」

さすがに鶴鳴も手を離した。唇は蒼白で、ぶるぶる震えている。

「お敬さんは冗談で言ったのよ。それがそんなに気にさわって？」

「気にしているのはお豊のほうじゃないか。あたしという男がいながら、いつだって上の空じゃないか。そんなにあの放蕩児が忘れられないのか」

「なにを言うの。いまさらあなた以外に誰がいるっていうの。茶山先生にだって、ちゃんとあたしたちの結婚認めてくださったし」

たしかに世間体をはばかって式も披露宴もあげなかった。それも鶴鳴が故郷の伊勢からは誰も祝いにかけつけない、おれは天涯孤独の身なんだ、と自虐的に叫んだからで、あらためて祝言のことを口にしなかったのは母や玉蘊が気づかったからだ。

それ以上何も言うこともない。玉蘊は無意識に腹に手をやると、歩きだした。すると、突然鶴鳴が追いすがって、背後から玉蘊の身体に手をまわすと、おいおい泣きだした。

「お豊、あたしが悪かった。あの男に嫉妬した。それでつい逆上した。許しておくれ」

「分かっている。だからもう泣かないで」

鶴鳴は涙を手でふりはらうと、白い歯をみせて笑った。その笑顔に、玉蘊はうなずき返した。若い鶴鳴の激しい嫉妬心も嫌ではなかった。それだけ自分が大事にされている、そう思うとお敬ではないが、こんな美しい若者に惚れられていることに、女としての自信さえ感じられるのだ。

その夜玉蘊が鷺の絵を描いていると、鶴鳴がやって来た。

「鷺が一羽とは寂しすぎる。そうだ、水鶏（くいな）を添えてみたら」

昼間のいさかいなどすっかり忘れたように、行燈の灯りごしに玉蘊の顔を見て言った。

「水鶏？　ずいぶんと地味な鳥ね」玉蘊は首をかしげる。

「だって、以前神辺の水辺にもいた鳥だよ。神辺はあたしたちの縁結びの土地だし」

玉蘊は微笑んだ。鶴鳴らしい発想が、若者らしく新鮮でもある。

その夜一晩かけて玉蘊は鷺のかたわらに水鶏の絵を描いた。朝方、鶴鳴が眼をこすりながら座敷に入ってきた。画紙の横でうたたねをしていた玉蘊を見ると、おどろいたように叫んだ。

「お豊、だめじゃないか、身重の身体で一晩中根をつめちゃ」

「えっ？　あら、もう朝なの、早いわね」玉蘊は鬢の乱れをかきあげながら照れ笑いした。

「強情なんだから、分かっているね。あたしたちの子なんだから、大事にしておくれ」

玉蘊はあやうくふきだしそうになった。優しい心根の若者だと思っていたが、意外にも子煩悩なのか、生まれてくる子の誕生を指おり数えて楽しみにしている。

鶴鳴に誘われるように寝床に入ると、玉蘊は朝陽をまぶたに感じながらも、まもなく眠りについた。


夢の中で玉蘊は神辺の簾塾の宿舎の屋根を見あげていた。

あの鳥は、いったい何だったのだろう？　鶴鳴は、言下に笑いとばした。

「鷺ですよ。嫌だな、よく見かける鷺、ここいらの水辺にもたくさん見かける鳥なのに……、もしや眼がかすんだの」

鷺なら、見まちがうはずもない。よく見なれた鳥だから。

首をかしげながら玉蘊は簾塾の柴門をくぐる。講堂の先にある広い濡れ縁に出ると、男がひとり後ろ向きに座っていた。竹藪から風が吹きわたって、わさわさと音をたてる。

月が浩々とあたりの闇を照らしている。玉蘊はすり足でそっと男の背後にたたずむ。

声をかけようと身体をかがめたとき、男の快活な笑い声に眼が醒めた。

「そこに居る　鷺をねぶらす　水鶏かな。どうです、この絵に賛をいれてやりましたよ」

座敷の縁側に、鶴鳴とお峯が話しこんでいた。

「さすが鶴鳴さんだこと、お豊の絵に賛を入れるなど、気が利いているねえ」

母のお峯がはしゃいだ声をあげて、娘のような華やいだ笑顔を見せている。

「どれ、どれ、鷺をねぶらすクイナですって、ちょっと意味深長かしら」

妹のお庸だ。今年二歳になる新介をつれてきているのだろうか。

「おや、鷺は鶴鳴さんかい？　となるとクイナは……、あらいやだよ、どうやらすっかりお邪魔したみたいだね」

玉蘊は重たい瞼をようよう開ける。縁側から陽ざしがさしこんでいる。

その時けたたましい赤子の泣き声がした。新介が、火がついたように泣いている。母のお峯とお庸が同時に立ちあがり、そそくさと隣の部屋に駆けこんだ。

「お豊、眼が醒めた？」

鶴鳴が座敷に入ってきた。それから玉蘊の絵をもってくると、自慢げに見せた。

鶴鳴の賛が入っている。玉蘊はうなずきながらも、さっき見た夢のことを考えていた。

背を向けた男の逞しい背中、あれは山陽だ。忘れたはずの男がまたもや夢の中にあらわれる。だが、自分の中では山陽とのことは、すべてが終わったことでしかない。

昨年九月には広島にある頼家の三男、杏坪の屋敷に招かれた。山陽の父春水と母のお静までが座敷にはいて、尾道からやって来た玉蘊に餞別の宴をもよおしてくれた。

山陽の両親も、叔父の杏坪も、山陽のことには触れずに、ただ酒を酌み交わし、詩を詠みあって和やかな交流をともにした。

それだけで、玉蘊にはすべてが分かった。結婚を誓いながらも果たせなかった山陽の非礼を詫びようと、頼家の人々が玉蘊との餞別の盃をかわしたことも。

もっとも山陽は、このことを死ぬまで知らなかったようだ。その後も春水や杏坪が玉蘊の絵を買い求め、諸国の文人仲間に紹介したことさえ。それが頼家としては精いっぱいの玉蘊への罪滅ぼしであったことも。

　玉蘊は、事態の推移をもはや冷静に受けとめざるを得なかった。頼家を辞して、尾道への帰路、彼女は自分の胸にそう言い聞かせた。山陽の父春水も叔父の杏坪、さらには母のお静さえも、無言だが穏やかな風情で玉蘊に礼をつくそうとつとめた。

　正直山陽を諦めるには、未練がありすぎる。だが頼家では、子をなした山陽の妾を正式に妻と認め、家にいれたとも聞く。

　終わってみれば、すべてはまぼろしのような儚い夢でしかなかった。

　二十一歳ではじめて山陽の早熟すぎる詩人の魂に触れて、その甘美な告白に酔い、一生をともに歩もうと誓いあった。山陽が簾塾の都講（とこう）になった時、広い濡れ縁で彼が語る夢のような話に胸を打たれた。

「お豊、いや章（あや）さん、人間の幸せって、何だと思う。人間はもともと自由に生きるべきなんだ。藩だの身分などに縛られずに、個人として自分がやりたい道を歩むのが本来の姿なんだ」

　たしかにこの人のこれまでの人生は、広島藩という枠内にとらわれずに、自分が本来やりたいと思うことのために京に出奔し、武士としては屈辱的な幽閉に追いこまれた。しかも頼家の家督を継ぐことも許されずに頼家を廃嫡された。満身創痍（まんしんそうい）の身になりながらも、彼はまだおのれの夢を語ろうとしている。

「章さん、わたしの望みは日本の新しい歴史書、それも源平以来徳川幕府三代までの武家の歴史を著すことです。実際今の徳川幕府は様々な問題を抱えています。上に立つ者が民衆の暮らしより、自らの体制の維持に汲々として、本来やるべきまつりごとを怠っている。私は歴史書を自分なりに書くことで、それらの弊害が何によるのか、我々日本人がいま何を為すべきか、明らかにしたい。そのためには京、大坂、江戸、三都のいずれかに打って出て、『日本外史』の著書を世の中に著す。そうして私の文才で後世に名を残すことです」

たしかに時代は将軍徳川家斉の江戸を中心とした退廃と享楽の大御所時代でもあった。家斉が在位したのは、天明から寛政、享和、文化、文政、天保とおよそ五十年にも及ぶ。将軍家が湯水のごとく富を消費する一方で、農村ではあいつぐ不作や飢饉にみまわれ一揆が頻発、江戸では米や物価がはねあがり、その日の糧にも困る民衆の不満が高まっているという。

もっとも初めて山陽から話を聞かされた玉蘊には、山陽の激越すぎる言葉も、言わんとすることも、最初のうちはよく分からなかった。福岡屋の惣領娘として蝶よ花よと育てられた身には、山陽の説く幕政への批判も、個人としての自由も、はじめて耳にする異国の言葉のように難解に思われた。

武家は藩主に仕えて、商人は商いに精をだす。農民はいくら富農でも侍にはなれない。そして福岡屋の惣領娘として生まれたからには、暖簾を守り、生涯母を養っていく。

それがこれまで玉蘊が教えられてきた封建制の儒教の教えであった。

それを山陽は頭から否定する。

「それじゃ、章さんは、いつも絵を描くとき、福岡屋の看板を背中にしょって、描いているのかな」

山陽は玉蘊がおずおずたずねると、からかうように言ったものだ。

玉蘊は真っ赤になった。こんな意地悪な山陽のもとから、一刻も早く逃れたい。

でもひとりになると、玉蘊は山陽の言葉を何度もかみしめた。

幼いころからただ父の喜ぶ顔が見たくて、ひたすら絵筆をふるってきた。そのうち絵を描くこと自体が内心の喜びになってきた。一日でも絵を描かないと、味気ない、物足りない。もっといえば生きている実感がまるでわかないのだ。

父が死ぬと、絵を描くことが生業(なりわい)になった。武士が藩主に仕えるように、商人がそろばん勘定するように、絵を描くこと自体、母や妹を養うための手段となったのだ。

だが、ほんとうにそれだけだろうか。金を得るためだけに自分は絵を描いているのだろうか。たしかに稼いだ金で米や味噌を買う。一家が暮らしていけるのも、自分が描いた絵を買い求める人々がいるからだ。

だが絵に向き合っている間、玉蘊はむしろ何も考えてはいない。何ものにもとらわれずに、その精神は純粋に絵のなかにある。これが山陽の説く精神の自由というなら、絵師にとって何より大事なものだ。一椀の米のため、いやいや描かされる絵には、おのれの魂がない。もっといえば、創造には精神の自由が不可欠なのだ。

かつての福岡屋の暖簾も、母や妹を養うことさえ、絵と向き合っているうちは、すべて意識から消えている。絵は描きたい対象と自身との精神の闘いそのもので、何ものかに束縛されていては、表現すらできない。心が何かにとらわれていたら、その描く絵も邪念そのもので、自分ばかりか見る人をも愚弄するというものだ。

幼かったころは絵を描くこと、それだけで嬉しかった。庭に咲く草花や牡丹の花を写生して、父の満足そうな顔を見るのがよろこびだった。何ものにも束縛されず、邪念もわかない。つまり、精神の自由ということは、こういうことなのかもしれない。

玉蘊には山陽の口から飛び出す言葉の数々に、自分なりの真実をみつけた。

「そうです。章さん、あなたの精神の自由さがなければ、絵はあなた自身のものではなくなる」

それゆえ創造するには自由が必要なのだ。それも何ものにもとらわれない、精神の自由で、それこそ人間が人間である所以なのです。ひとは本来自由に生きるべきなのです。山陽が熱く語る言葉に、玉蘊は山陽との未来を重ねた。彼と生涯かけて自分の夢を追い続けたい。そうしていつか、おのれ自身の絵を創造するのだ。

それは山陽がかたった新しい時代への一歩を、彼とともに生きていこう、その共感でもあったのだ。だからこそ、山陽が簾塾を脱出し京に走った報せを受け取ると、玉蘊は全身の血が泡立つほどの興奮に襲われた。とうとう山陽はおのれの信念のため、事を決行した。

一家をあげてまで京にのぼったのも、生まれて初めて愛した男の火を吐くように言葉が、自分が生きていくうえで最も大切なことだと、気づかされたことでもあった。

いつか時代が新しくなって、山陽がいうようにあらゆる人々が個人として平等に尊重され、生きられる。そんな夢のような世の中が、もうすぐそばまでやって来ている。

詩人である山陽から繰り返し血を吐くように聞かされると、真実そんな世の中が、時代の足音が、玉蘊にも聞こえてくるのだった。

だがそれも、今となっては虚しいばかりだ。たとえどんなに好きあっても、ただ時節が整わずに、生涯を別々に暮らさざるを得ない、そんな男と女の生きざまもあることを、玉蘊は砂を噛むような味気無さのなかで、いやおうなしに知らされた。

それでも忘れたはずの山陽が、夢の中にまであらわれた……、ということは、自分にとって山陽は、これからも永遠に忘れ得ぬ存在として生き続けることになるのだろうか。

だが、そう思うそばから、玉蘊は悲しく首を横にふる。

すべては、過ぎた歳月の秘めごと、いつまでもそのことに執着してばかりでは、とうてい未来に向かってその一歩を踏み出すことはできない。

ひとは、過去の追憶だけでは生きられない。だが、自分がとことん愛しぬいた男であれば、たとえ未来永劫、永遠に交わることができない人生でも、いつの日かたがいに愛した日々を懐かしく思いだすこともあろう。

それでも彼の生き方は、かつて自分に熱く説いた、自由に生きたいとする願望そのもので、時代に逆らうぶん、苦難に満ちたものだ。そうまでして己の思想にこだわる山陽という男に翻弄されもしたが、今となってはむしろ彼との出会い、その斬新な思想、生き方までが、興味深く、面白くさえ感じられてならない。

それにいまの自分には、鶴鳴という自分を命がけで愛してくれる男がいる。しかも腹の中にはその男の赤子が、脈々と命を育んでいる。

それが現実なのだ。自分にとっては、生きる希望そのものなのだ。

玉蘊は想いをふりきるように、布団から抜けだすと廊下にでた。鶴鳴がすかさず座布団をもって、

「お豊、身体を冷やすのが一番悪いのだよ」そう言いながら、あてがってくれる。

お庸がよちよち歩きする幼子を横抱きにかかえて縁側にやって来た。

「新介は二つにもなって、まだ乳がほしいのよ」笑いながら前襟をはだけて、大きな乳房をふくませた。

「おや、もう寝てしまった」のぞきこんでいた鶴鳴が、新介の真っ赤なほっぺを指で突っつく。

「ほんに、鶴鳴さんは子煩悩だねえ。お豊の子が生まれたら、どうなることやら」

母のお峯が笑いながら言うのを、玉蘊はふたたび襲ってきた睡魔のなかで、うっとりと聞いていた。

十八　悲しき軍鶏図

年が明けて文化十四年（一八一七）六月のこと、竹下が屋敷に戻ると玉蘊が座敷で待っていた。竹下を見ると、ほっとしたように笑顔を見せて、

「新作ですの」

玉蘊が華奢な指で覆ってあった布をとると、あらわれたのは六曲二双の屏風図である。

「ほう、これは見事な屏風絵だ」

竹下は眼をこらして見つめた。玉蘊は鶴の絵を好んで描いている。いつもは丹頂鶴が一羽、せいぜい二羽のつがいの絵が多い。だが、この絵にはほのかに朱を帯びた足の鍋鶴と今にも舞い降りそうな墨色の足をした丹頂鶴が交互に描かれている。しかも左端には二羽の鍋鶴がうずくまっている。さらにその落款印は「平田氏」「豊印」とあった。

山陽がつけた「章」ではなく、本名の「豊」にもどっている。

玉蘊の想いがつたわる屏風絵に、竹下も顔をほころばせた。

この今にも舞い降りそうな丹頂鶴は、おそらく伊勢から尾道に居を移した鶴鳴をあらわし、朱を帯びた足の鍋鶴は玉蘊ということか。さらに左手にうずくまる鍋鶴は玉蘊の養子の新介と新たに生まれ

た赤子の姿か……、いずれにしても屏風絵には静謐さの中にも仲睦まじく家族でよりそう情愛が色濃く漂っている。

鶴鳴と所帯をもって、玉蘊がようやくあたりまえの夫婦の安らぎと幸福感を味わっている、そんな気分すら感じられる絵だった。

「精進されましたな」竹下は屏風絵を見ながら、快活に言った。

「ありがとうぞんじます」

軽く頭をさげた玉蘊の頰に鬢のほつれ毛がはりついて、やつれてみえるものの、三十路を越えたのに、いまだ匂いたつ花のような艶やかさのある玉蘊の顔には、満ち足りた充実感さえ漂っている。

平田家にとって玉蘊が子をみごもったことは、母のお峯を狂喜させた。なにより夫である鶴鳴がこれで尾道に骨をうずめてくれる、その期待感に興奮させられもした。早くから妹の子を養子にむかえていたが、お峯にとっては玉蘊の血筋をひいた孫の誕生であり、それこそが死んだ夫五峯の宿願でもあったのだ。これからはいっかいの木綿問屋、酒造業の福岡屋ではなく、絵師平田玉蘊の家系として、尾道でも名の通る一家を築きあげるのだ。

お峯の期待どおり文化十三年の秋の終わりには、玉蘊は難産のすえ赤子を産んだ。

お峯から赤子をわたされると、鶴鳴はぼろぼろと涙をこぼして、玉蘊の枕もとにくるなり、「お豊、わたしたちの子だ。男の子だよ」泣きはらした顔をくしゃくしゃにしながら、産着にくるまれた赤子を見せた。

「きれいな顔立ちをしている。鶴鳴さんにそっくりだよ」

母のお峯も涙をぬぐいながら、玉蘊にささやく。

妹のお庸も、玉蘊の養子にした三歳になる新介を連れてやって来ていた。のちに玉甫と呼ばれるこの子は、めずらしそうに赤子のまわりを飛び跳ねて、その都度お庸に叱られた。父親の大原吉右衛門が見かねて、男の子を庭に連れだすが、「坊のおとうとだ！」とますますはしゃいで裸足のまま座敷にあがりこむ。それを追いかけるお庸と吉右衛門夫婦のにぎやかなありさまに、玉蘊はふとまぶたを熱くした。

父が死んでからというもの、心ないうわさや中傷を浴びながらも、ひたすら絵を描いて、母を養う人生をまっとうしようと歯をくいしばって耐えてきた。その生き方に何の疑問もためらいもなかったといえば、うそになる。

とりわけ山陽が京にでてからは、思うにまかせぬことばかりの連続に、いっそわが身ひとつでも彼のもとに駆けていきたい、それが許されるなら……と、激しく悶えて幾たび眠れぬ夜を過ごしたものか……。

それもすべて過ぎてしまえば夢のようにしか思われない。終わってみれば、あの時のあの地獄のような苦しみは何だったのだろう。こうしてまがりなりにも所帯を持って、子にも恵まれた。これ以上の幸せなど、あろうはずもない。

「坊は、大きゅうなりましたかな」

竹下の声に、玉蘊は現実にひきもどされた。

「ええ、近ごろでは、つたい歩きするようになって、ちっとも目が離せません」

「ほう、まだ一歳にもならんでしょうが」

「そろそろ十か月、よう乳も飲んでくれます」

近ごろでは乳がはって痛いほどだ。早く帰って坊に飲ませなければ。玉蘊は盛りあがった胸もとに手をやりながら、はにかむように微笑んだ。

「早いもんやな。それはそうと、鶴鳴さんはよほど赤子がお好きなようですな。先だっても、坊を背負子に乗せて、千光寺山に登ったそうじゃありませんか」

狭い尾道では、はやくもうわさがとびかっている。

かつて美男子の鶴鳴に夢中になっていた娘たちも、今では漁師や商家の女房となり赤子を背中にしょって気ぜわしく働いている。その眼に、赤子を背負子に乗せた鶴鳴が、尾道のいたるところに出没し、浜辺や小高い山々で赤子をあやす姿は、羨望やら嫉妬の念をかきたてるには充分だった。

やれやれ、どこにいってもうわさはついてまわる。竹下は首をふりながらも、言った。

「それはそうと、玉蘊さん、これはたいそうな力作だから、ひとつ奮発しておきますよ」

玉蘊は頭をさげた。いつもながら竹下は自分の絵を破格の値で買い取ってくれる。一家の主としてはありがたいことだ。

「それと、ご亭主の薬種商の問屋株のことだが、いろいろその筋にあたってみましたが、どうもかんばしくありません」

竹下がいうのに、尾道で薬種商を商うには、それなりの問屋株を所持する必要がある。

「伊勢の店の支店あつかいでもご無理でしょうか」

「いろいろ町の年寄衆とも協議しましたが、薬種商自体が少ないこともあって、いいあんばいに事がすすみません」

玉蘊は肩をおとした。

所帯を持って赤子も産まれた。だが鶴鳴の仕事がみつからず、一家の家計の重みはまるまる玉蘊の肩にのしかかってくる。

鶴鳴は、のんきに、

「なに、金ならいつだって伊勢の実家から用立てできますから」笑ってこたえるが、一度として伊勢の家から金が送られたことはない。

「まあ、鶴鳴さんも俳諧師としては尾道の句集にも載ったほどだし、いずれ宴席がかからんでもない」

竹下が気の毒そうに言うのを、玉蘊は身を縮めて聞いた。

「それより、尾道の町衆もお待ちかねや。そろそろ本格的に絵を描かれては」

竹下が誘うように言うのも、子を産んでからというもの、玉蘊は家で絵を描くことはあっても、以前のように富豪や文人らの集う宴席で、絵を描くことも少なくなっていたからだ。

「この鶴図のような屏風絵の大作を仕上げられた。腕は鈍るどころか、子をなされて深みが増した。玉蘊さん、これからも頼みましたよ」

玉蘊は竹下の声に励まされるように座敷をでた。

豪壮な屋敷の門をでると、西陽が強く当たって汗ばむほどだった。幼なじみの竹下には何もかも見抜かれている。

たしかに子ができて、鶴鳴は変わった。もともと鶴鳴は、玉蘊が町の富豪や文人らに招かれ、宴席で絵を描くことに強い嫌悪感をいだいていた。それが近頃では一層ひどくなった。外出する玉蘊を見ると、

「お豊、我が子を置いてまで、そんなに金持ちの屋敷に行きたいのか」目くじらたてて露骨に嫌味を言うようになっていた。

考えてみれば鶴鳴の気持ちも分からないではない。

いつまでたっても彼は伊勢からきた俳諧師であり、尾道の俳諧誌に彼の句がのったからといって、宴席をもうけてくれるほどの酔狂な金持ちもいない。もともと俳諧師としてとびぬけた才能もなく、ただ鋭い感受性をもてあましていた鶴鳴にとって、いつまでたってもよそ者でしかない自分の立場に、いいようのない苛立ちをおぼえていた。

竹下はその間の事情を分かっていて、鶴鳴がこの尾道でも安定した生業ができるよう、薬種商の問屋株のことやら、俳諧師として席をもうけさせようと、骨を折ってくれる。

だがかんじんの鶴鳴は、そんな周囲のやきもきにもとんと無頓着で、近ごろではさすがに玉蘊の母親のお峯をも不安がらせている。

それでも赤ん坊を心底可愛がってくれる鶴鳴の存在は、玉蘊には頼もしかった。それに釣りが得意の彼は、沖まで船を漕ぎだしてその日の漁の魚をはこんでくる。台所で鮮やかな包丁さばきをみせる彼の姿に、さすがのお峯も眼をほそめる。

誰にでも取柄はあるものだし、そのうち金がたまったら、薬種商の問屋株でも手に入れて、店を開いたら鶴鳴も落ち着くかもしれない。

竹下からたっぷり金子を得て気持ちが大きくなったこともあり、玉蘊は弾んだ気持ちで浜の魚河岸に立ち寄った。今朝から鶴鳴は、めずらしくも尾道の俳諧師仲間の句会に招かれて、漁には出ていない。

目についた大きな鯛を見つめていると、漁師が近寄ってきて、今朝がた水揚げしたばかりだと胸をはった。そろそろ赤子にも鍋にいれた野菜と鯛を食べさせてあげよう、そう思うと、玉蘊は一刻も早く赤子の顔をみたくなった。

蘇鉄の硬い葉をかきわけ玄関の引き戸を開けると、家の中がやけに静まりかえっている。嫌な胸騒ぎがする。玉蘊が廊下を滑るようにいくと、妹のお庸が座敷の中から飛び出してきた。

「姉さん！　いま呼びにやるところだったの、坊が、坊が……」

「どうかしたの？」

「お豊、こんな時間まで、いったいどこで何をしていたんだ！」

鶴鳴の金切り声が悲鳴のように耳に突き刺さる。

「坊が急に高い熱をだして、乳を吐いたの。すぐにお医者様に来てもらったんだけど、ようすを見ようと今かえられたところなの」

妹のお庸の言葉をさえぎるように、鶴鳴の冷ややかな声がした。

「さっきまで眼をむいて引きつけていた。お豊、おまえは母親だろう。なんだって分からなかったんだ。こんなとき、絵を売って歩いている場合か！」

「まあまあ鶴鳴さん、お医者様も言ってなさる。今年の流行り病の特徴は、赤ん坊が急に発熱し、引きつけ騒ぎを起こすって。でも薬を飲んで安静にしていれば明日の朝には熱も下がって回復に向かうだろうって」

さすがに母のお峯がとりなすように言うが、いきりたって眼をつりあげた鶴鳴には焼け石に水だ。

「お豊には赤ん坊の命より、自分の絵のほうが大事なんだ！ 竹下の屋敷で何を長話していたんだ？ おおかた、あの山陽とかいう男のことか」

吐き捨てるように言うと、血相変えて外に飛びだしていった。

玉蘊はその夜一睡もせずに看病した。金盥に水をはり、手ぬぐいで何度も頭を冷やしているが、熱は一向に下がるようすもない。小さな唇を開けたまま、次第に呼吸が荒くなる。ふたたび痙攣が起こって、まもなくぐったりした。

「お庸、お願い、ようすがおかしいわ。こんな夜中だけど、すぐにお医者様をお呼びして！」

悲鳴をあげる玉蘊の声に、お庸の亭主の吉右衛門があわただしく外に飛びだしていった。

十か月の短い命だった。

菩提寺の持光寺に眠る我が子の霊に、玉蘊はいつまでも手をあわせていた。その小さな命を自分はとうとう守ってやれなかった。いくら悔いても、詫びても、我が子は戻ってはこない。悲しみのあまり、さすがの玉蘊も絵筆を握ることもままならず、部屋にこもったまま泣き明かした。母のお峯も寝ついてしまった。

鶴鳴もまた、あの夜赤子の様子を見に一旦は家に戻ったものの、その死を知らされると、一瞬眼を吊りあげ、死んだわが子の姿をぼう然と見つめていたが、やがて両手の拳をきつく握りしめ、全身をがたがた震わせながら、赤子の枕元で身をよじって泣き喚いていた。ひとしきり号泣すると、お峯や玉蘊が引き留める間もなく、外に飛びだしていった。

それっきり、鶴鳴が二度と尾道にあらわれることはなかった。

子煩悩で優しい気性の鶴鳴だからこそ、子を亡くしたこの地で平静をよそおいながら暮らしていくことに、耐えられなかったのだろうか……。

玉蘊は、ふたたび独りぼっちになった。

一歳の誕生日も待たずに亡くなってしまったわが子を想うと、身を切られるような痛みに夜もろくすっぽ眠れない。絵筆を握るどころか、雨戸も閉めきって、ひたすら自分を責めつづけた。

子をなしても、自分は絵にかかわって、我が子の異変に気づけなかった。幼子を亡くしたのも、もしやその絵師の業（ごう）のせいだろうか。

鶴鳴が言ったように、自分は母親失格だった。

だが、そうやっていくら自分を責めても、失ったわが子の命は戻らない。それこそ時を巻き戻すことなどできないように。

妹のお庸が心配して日に何度もようすを見にくる。食事も喉に通らない玉蘊を見ると、枕元に粥を鍋いっぱいに作って帰っていく。母のお峯はお庸の亭主が家に連れ帰って世話をしていたから、玉蘊はたったひとり座敷にこもっていた。

　そんな玉蘊を案じたのは橋本竹下だけではなかった。亀山夢研から山陽の弟子たちまで、玉蘊の絵を好んで買い求めてくれる尾道の商人たちまでが、いつまでも家に閉じこもったままの玉蘊を真剣に心配した。

　ある日のこと、橋本竹下は所用で浄土寺を訪ねた。庫裡（くり）から住職があらわれて、寺の衝立に誰か絵を描いてくれないかと、相談を持ちかけた。むろん住職には竹下の返事など分かっている。

　竹下はさっそくその足で玉蘊の家に向かった。戸口から家の中に入ると酸えたにおいが充満して、思わずむっとさせられた。こんなことははじめてだった。きれい好きな玉蘊にしてはめずらしい。竹下は暗闇の中で声をかけながら、雨戸を思いっきり開けた。

　風が吹きわたり、陽ざしが障子越しにさしこんできた。

　玉蘊はまぶしさに眼を細めた。枕元に座った竹下の顔を見ても、ただぼんやりと再び眼を閉じる。落ちくぼんだ目のまわりには黒いクマが出ていた。

「お豊さん、もう起きられるかな」

　竹下の声に、玉蘊がうっすらと眼を開けた。竹下はそんな玉蘊を気の毒そうに見やって浄土寺の住職からの依頼を話した。

「題材は自由でいい、しかも期日も特にない。どうだい、いい話じゃないか」

　玉蘊の眼が一瞬光を帯びた。その表情を見逃さずに、

「お願いしましたよ、お豊さん」竹下が快活に言った。

玉蘊は、竹下の声に全身をぴくっと震わせた。まるで雷に打たれたように首をすくめると、寝床から起きあがった。乱れた着物の前をあわてて手でかきあわせて羽織をはおると、その場に座っててていねいに頭を下げる。

竹下は、玉蘊のげっそりやつれた顔を今一度見ると、そのまま縁側から庭先に降りた。

「また近いうちに来ますから」

竹下は笑いながら玉蘊に言うと、蘇鉄の葉をかいくぐるように立ち去っていく。子どものころから三歳年下の竹下は弟みたいな存在だった。だが去っていく竹下の背は、どこか父の五峯をおもわせる逞しくも暖かなぬくもりがあった。

ぼんやりと庭を見ていた玉蘊は、不意に騒がしい物音に耳をすませた。蘇鉄の葉の陰から羽ばたく音がして、小さな鳥が空に飛びたった。

玉蘊は懐かしいものでも見るように、小鳥が飛んでいった空を見あげる。

その時玉蘊の耳に、「お豊、なにをしている？」懐かしい声がひびいてきた。

玉蘊はぎくっと身体をふるわせた。

遠い昔、聞きなれた父の声……蘇鉄の大きな葉の陰から顔だけぬっと突きだした父五峯が、あのころのままの笑顔で、自分を手招いている……。

「父さま」玉蘊は声にならない悲鳴をあげながら、父にむしゃぶりつく。蘇鉄の葉が顔をなぶるように揺らぐ。

あのころのままだ。幼かった日々、玉蘊と妹のお庸は父とかくれんぼうして遊んだ。蘇鉄の葉に隠れて息をのむ姉妹を父の五峯が探しまわる。姉妹が息をひそめていると、放し飼いの鶏がせわしなく歩きまわって、姉妹の隠れている足元にやって来る。「しっ、しっ」と追いたてても鶏は騒ぎまわる。父五峯の笑い声が庭中にひびきわたる。

父はたくさんの鶏を放し飼いにしていた。毎朝産んだばかりの卵が食卓にのっていないと機嫌が悪かった。ほかに一つだけ離れた鶏舎に軍鶏(しゃも)がいた。雄で気性が荒く、軍鶏を庭に出すときは、ほかの鶏たちはすべて鶏舎に追いこまれた。当初は雌とのつがいだったそうだが、買って早々に雌は死んだという。

一羽だけになった雄の軍鶏だが、いつも悠然と長い首をのばして庭を闊歩していた。その姿は鶏の王者のように堂々として風格があった。軍鶏は闘鶏用に飼うものだが、父は一度として戦わせなかった。ただ庭を、我が物顔で悠然と歩く姿を見ているだけで満足だった。あるとき玉蘊がそのわけを聞くと、

「軍鶏はな、群れない、孤高だ」そう言って眼を細めた。

忘れたはずの過去の記憶が鮮やかによみがえる。父が亡くなると軍鶏もいつしかいなくなった。ただ蘇鉄だけが、残った。

玉蘊はふらふらとようやく庭に降りたつと、空を見あげた。

梅雨の合間をぬうように、いつしか雲間をぬって陽ざしがまっすぐ降りそそいで、蘇鉄の大きな葉を照らしていた。父がこよなく愛した蘇鉄、その心根に応えるかのような鶴鳴のはじけるような笑い

声が耳もとに焼きついている。

「お豊、蘇鉄が植わったこの土地こそが、私たちの《鳳尾蕉軒(ほうびしょうけん)》、お豊とあたしと坊の終(つい)の棲家(すみか)だからね」

鶴鳴は、生まれてまもない赤子を空に向かって高々ともち上げると、晴れやかな声で言った。なぜか鶴鳴は、蘇鉄の漢名が鳳尾蕉だということを知っていた。玉蘊が不思議がって、どこで知ったのか誰から聞いたのかとたずねても、ただ自慢げに胸をそらせて笑っていただけだった。そういえば鶴鳴のことはよく知らないことも多い。夫婦(めおと)としてはまだまだこれからなのに、おたがいをさらけだしてもいないのに、彼は何もいわずに、この町を出ていってしまった。

いまごろ鶴鳴は、あの白く流れる雲のように、いずこの土地を旅しているのだろうか。

俳諧師として旅から旅をさすらいながら、どんな句を詠んでいるのだろう。

彼にとっては、この尾道も、しょせん行きずりの漂泊先の、見知らぬ他国であったのだろうか……。

玉蘊の喉もとを不意に熱いものがこみあげて、食いしばった歯の間から嗚咽がひとしきり漏れた。

翌日玉蘊は写生帖と筆をもって浄土寺に出かけた。

住職は竹下からいろいろ聞いていたのか、すぐさま玉蘊を衝立のある場所に案内した。

「ほんとうに何を描いてもよろしいのでしょうか」

「玉蘊さんにはこれまでも蔓薔薇(つるばら)や山桜を描いてもらっております。ですがこの度はひとつ気のすむよう、気ままに描いてくだされ」

住職は、痛ましげな眼で玉蘊を見ると、何度もうなずいてみせた。

衝立の丈を測りながら玉蘊は久しぶりに胸をはずませた。ここ一月ばかりは絵筆も握っていない。おまけに住職は画題に注文もつけなかった。それに衝立は思ったより小ぶりである。ちょっとした冒険もできそうだ。

海沿いの道を、玉蘊はゆったりと歩いていた。部屋に閉じこもっていた間に、季節は変わっていた。太陽は瀬戸内の海をばら色に染めあげ輝いている。潮風が絶え間なく吹きわたり、後れ毛が頬をなぶる。

あたりまえの女の幸せを願ったはずなのに、そのささやかな望みでさえ、玉蘊の身体をすりぬけていった。わが子を亡くしたことも、今となっては諦めるしかない。

そう、時を巻き戻すことができないように、失われた命はもはや永遠の不死鳥となり、鳳凰のように天に捧げられたのだ。

庭を悠然と歩く軍鶏の孤高の姿が、若くして世を去った父の姿にかさなった。それは一歳の誕生日も待たずに死んでしまった、あまりにも儚いわが子の命を思いださせた。

橋本竹下のもとに、浄土寺の住職から使いが来た。玉蘊の衝立の絵ができたので、ついでの折にでも見に来るようにとのことだった。

玉蘊はこれまでどんな画題でも器用に描く。どの絵も注文主の依頼に的確に描いてきた。それだけに今回は画題も自由とあって、内心では楽しみでもあった。

わが子を失ったばかりか、夫である鶴鳴にも去られた玉蘊の心中をおもんばかると、胸が張り裂けそうに傷む。それだけに、衝立の絵に興味がそそられた。

住職は穏やかな表情で竹下を衝立の場所に案内したが、

「そりゃ玉蘊さんの絵ですから……」いつになく歯切れが悪い。

渡り廊下を歩いて衝立の前に立つと、竹下は顎を引いた。

「珍しい趣向です。軍鶏図とは……。きょうび、こんなんが流行っておりますかな」

住職は首をひねりながら足音も立てずに立ち去った。

竹下は衝立の前に胡坐をかいた。

画の中央に一羽の軍鶏が描かれている。背景の竹藪は北風が強く吹いているのか、しなって、軍鶏のやや貧弱な羽が揺らいでいる。だが軍鶏は逞しい足で岩の上に鋭い爪をたてあたかも逆風に立ち向かうかのように、虚空をにらんでいる。

背景は華麗な金箔がほどこされているだけに、軍鶏の悲し気な眼がかえって哀切な印象をつのらせる。

軍鶏の眼は、玉蘊自身のものだ。深い悲しみと絶望の淵をさまよう孤独な眼、それでいてどんな逆風にも負けてなるものか、これからはたった一人でも生きていく、生き抜いて絵を描いていく、という彼女自身の悲痛な叫び、決意が聞こえてくるようだ。

頼山陽に深く心酔していた竹下にとって、山陽が玉蘊との結婚のため彼女を京に呼び寄せた事実は何にもまして喜ばしいことだった。福岡屋の惣領娘として華やかに育てられた玉蘊は、幼いころから竹下には憧れの的でもあったのだ。

それも橋本家の養子となり今では自分の屋敷にも招くほどの豪商にもなった。だが幼いころ憧れた少女の面ざしは、大人になった今でも強烈に竹下の胸に焼きついている。

それも時がなぜか味方せずに、山陽とは別れ別れの人生を歩まざるを得なかった。さらに追い打ちをかけるような玉蘊への心ない誹謗中傷、彼女はそれらに黙って耐えた。その無念はいかばかりか。さらに鶴鳴と所帯をもち、子までもうけながら愛息に先立たれる悲運にみまわれた。夫である鶴鳴も去っていった。ひとり残された玉蘊のその悲しみ、孤独は、想像を絶するものだ。

それだけに玉蘊が一風変わった軍鶏図を描いたことは、竹下には一筋の光明にも思われた。絵は過去との決別であり、これからはたったひとりでも孤独な戦いを始める、その覚悟とも思われる。

強い女性だ。竹下は舌を巻く思いで、軍鶏図を見つめた。これまでは福岡屋の暖簾が彼女を守ってきた。これからは本物の女絵師として、彼女は絵をたつきに世の中の荒波にも立ち向かっていくのだろう。内心の悲痛な思いにも耐えて、絵にまい進することで精神の自由を得ようとしているかのようだ。

十九　新たな挑戦

　庭先では養子の新介が蝶をおいかけている。妹のお庸に似て優しい顔立ちの新介はどこか動作も鈍く、じきに飽きたのか、網をほうりだして縁側にひっくり返っている。

「新介、お絵かきでもしないこと？」お庸が気を引くように誘うが、聞こえないふりをして、返事もしない。

「どれ、まんじゅうでも食べようか」母のお峯が言うと、新介がむっくり起きあがる。

「この子はどうやら三原家の血筋をひいたのかえ」お峯は不安そうに顔をくもらせる。

「いやだ、お母さま、新介はまだ七歳、いくら三原の子でも芸能三昧でもありませんわ。いつか姉さんの跡を継ぐ立派な絵師になりますから、ねえお姉さま」

お庸は姉に同意をもとめて、ふきだした。玉蘊はさっきから文机に向かって、何やら熱心に読みふけっている。お庸は姉の背後にまわると、のぞきこんだ。

「あら、お姉さま、その巻物、竹下さんがわざわざ長崎から取り寄せたという画集？」

　玉蘊は嬉しそうにうなずくと、お庸にも見せた。

「これが清国の女性画家、馬江香（ばこうこう）の花卉（かき）の巻き物なの」

「どれどれ」母のお峯までのぞきこむ。

「新介、おまえも見てごらん。いつかお前も尾道一の絵師になって、平田の家名をあげるのだよ」

「いやなお母さま、言われなくても新介は立派な絵師になりますわ」

おとなしい気性のお庸も子をもてば強くなる。特に新介を産んでからは母にも平然と逆らうようになった。亭主の三原家はもともと芸事が得意で、派手な衣装を身にまとい神楽舞いやら舞踊、長唄と趣味人でも知られている。母のお峯の死んだ夫も芸能には目がなく、彼が舞うと神の子のようだとうわさされたが、絵はまるで駄目だった。だから七歳にもなって絵筆を持つことも嫌がる孫には、ほとほと手を焼いていた。お豊もお庸も、七歳の時には庭先の草花を写生し、父を喜ばせたものなのに。

玉蘊はふたたび画集に眼をやった。

同じ草花を描いた馬江香の絵には、これまで習ってきた京の四条派の画風とも何かが違って感じられる。それは墨竹画の大家である京の画僧の玉潾の絵とも、画題は同じなのに、何か違うのだ。

玉蘊は、ここ数日は熱心に馬江香の画集を粉本に、ひたすら習作にはげんでいた。これまでの自分の絵の修行を、問いなおす意味でもあった。

絵はたしかに技術も必要だ。だがいくら技巧に長けていても、爽やかな風が吹きぬけるような絵でなくては、見ているものに何ら感動をあたえない。いくら対象を上手にとらえたからといって、そこに甘んじて己の表現方法のみに卓越してみても、世間でいう「絵図」でしかない。絵にとって何より大事なのは、画家の精神の自由で、それが感じられない絵は俗画でしかない。

玉蘊は孤独な中でも、精神の自由とはいかなることか、ひたすら画を通して模索し続けていた。そうでもしないと死んだわが子にもうしわけない、自分が生かされていることのまことの意味がない、とまで思いつめてもいた。そうして自分自身をぎりぎりの限界まで追いこむことで、出口のない闇から必死に脱出しようともがき続けていた。

そんな時、橋本竹下が財力にまかせて長崎から清国の女性絵師として人気を博している馬江香の画集を取り寄せてくれた。竹下は何ら解説もくわえず、ただ馬江香の花卉の巻き物を渡してくれたのだ。

馬江香は若くして夫を亡くし、それからは貧しい一家を絵筆一本で支えた節女として讃えられている。

生い立ちも境遇にも魅かれたが、玉蘊が馬江香の絵を通して感じたのは、対象を的確にとらえる技法の確かさにもまして、絵を見ていると何とはなしに絵の中に入りこんで、安らぎや爽やかな風に吹かれているような感動に全身をあらわれるような爽快感をおぼえるのだ。その絵に抱かれると、これまでの傷が癒される、さらには生きる勇気さえ湧いてくる。それほど馬江香の絵には、ひとの様々な境遇によりそう暖かさが感じられた。

不思議な体験だった。わが子を亡くした傷の痛みは、ふとした拍子にも玉蘊をおそい、その度に彼女は手傷を負った瀕死の獣のように、怯えて、呻(うめ)くのだった。

それが、馬江香の絵を見つめているうちに、いつしか彼女自身が絵に同化して、牡丹や野の百合の花の精になったような、まるで自身が自然と一体化したような、清らかな気持ちになれるのだ。

玉蘊は、これまで京の円山、四条派と呼ばれる呉春らの絵の師匠から、写実に瀟洒な風合いをとりこんだ絵をひたすら描いてきた。それはそれで優れた技法だが、絵が人の心を打つためには、それだけでは物足りない。もっと何かが必要なのだ。

馬江香の花卉の巻きものをひもとき、ひたすら習作に明け暮れるうち、玉蘊にはある時、すやすやと眠るわが子の夢を見た。乳をふくませ、赤いほっぺたを指でそっとつっつく、その一片の花びらのような愛らしさに、満たされてまどろむ至福の時の流れ……、永遠にこの瞬間が続いてほしい、この幸せが逃げていかないように……。

玉蘊は絵筆をなめながら、絹の画布にすばやく素描する。

そう、たしかに画は生きている。一花一葉にまで、生きた血が通っている。馬江香の絵を、人々が争って買い求めるのは、生きる歓びを、安らぎを求める人々の心からの願いが、絵自体につまっているからだ。馬江香の悲しみにも負けない自立心の潔さから、人々は生きる勇気をもらうのだ。

絵は、人が生きるためにはなくてはならないものだ。どんな苦難にあっても潔く前を向いて歩み続ける、その絵師の精神の逞しさから、絵を見た人間もまた、励まされるのだ。

絵は表現的技巧の長けた商品であってはならない。

生きるために人々が必要なのは、どんな苦境にあっても、それすら乗り越えて生きていこうと気力をふりしぼる健気さであり、それが見る人間に、爽やかな感動を与えるのだ。

絵は装飾であり煌びやかでなくてはならない。そんな時代の絵もあった。だが時代は確実に移ろう。人間も新しい精神の息吹を求めている。

山陽は、時代に先駆けて人間の個人としての自由な生き方を鮮明に表明し、みずからその苦難な生き方を貫こうとしている。玉蘊が山陽に魅かれたのも、その精神の自由の尊さである。絵も、個人の精神的自由がなければ、たんに粉本の世界に逆行しかねない。

狩野派の絵師が手本を粉本として代々絵の世界を牽引してきた。だが時代はもはやそれを許さないばかりか、京の円山応挙、呉春の四条派すら乗り越えられようとしている。それに南画という新たな絵画の創造性は、これまで以上に絵師の大胆な精神性がもとめられている。

玉蘊は習作として扇面に絵を描いた。竹下の屋敷に持っていくと、

「ほう、これはなかなかだ。明日には山陽先生が尾道にもまいられる。その時賛をいただこう」

竹下は眼を輝かした。

それから竹下は、山陽が父春水の三回忌をすませて、九州への西遊の旅を終えて、今は広島の実家にいると伝えてくれた。

「先生も気力、体力みなぎって、なんと西遊は三百二十二日にも及んだ。各地で文士仲間と詩会を開き、大盛況だったということです。広島の実家をでられて、母上をお連れして京に帰る、さしずめ花見でもされるのでしょうな」

竹下は色艶のいい顔をほころばせて、玉蘊の扇の絵を今一度見やった。

玉蘊は静かに微笑むと、頭をさげた。以前なら山陽が来ると聞いただけで、胸があわだったのに。

山陽は日焼けした顔で意気揚々とあらわれた。尾道では竹下以下の詩友らが備後国今津まで山陽母子を見送った。

「先生、九州旅行はなごうございましたな」竹下が笑顔で言うのを、

「まず長崎では清国の江芸閣と丸山花月楼にのぼった。妓楼の袖笑と同衾をすすめられたが、家には愛妻がおり断った」

山陽は鼻息も荒くこういうと、顔をくしゃくしゃにして笑った。

江芸閣は清国の商人だが、書画をたしなみ詩文にも秀でていた。たびたび長崎にも滞在し、長崎遊学中の日本人は彼と詩文をかわすのを光栄に思っていた。

のちに山陽は江芸閣に細香女史を紹介し、詩の贈答をはじめさせたほどだ。

山陽の旅の話に竹下らも眼を輝かせている。

山陽は長崎から天草島に渡り、「天草洋に泊す」を詠み、山国谷を「耶馬渓」とよんだ。

それに先立ち豊後国の岡に親友の田能村竹田を訪ねる。一泊の予定がなんと六日にもおよび山陽は連日酒を酌み交わしては詩を詠み、画論を論じあった。

山陽は精力的に九州各地に足を延ばした。壮年期にあった山陽は各地で詩画会をもよおし、予想外の実入りもあって、懐もうるおった。

機嫌のいい山陽を見て竹下が懐中から扇を取りだした。

「ところで先生、この扇絵に賛を入れてもらえませんか」

「うむ」

山陽は眼をみはった。母のお静がのぞきこんで、

「なんや玉蘊さんの絵かいな。どれどれ」しばらく扇を見つめていたが、

「旦那様がまだ元気だったころ、玉蘊さんの絵を時々買うては江戸や大坂の友人たちに送ってはりま

したわ。でもこの絵は、なんというか心境の変化でっしゃろか、えろう画風が変わって……」母のお静は扇を山陽に返しながら、懐かしそうに言った。

山陽も内心では玉蘊の絵の変化に舌をまいていた。従来の四条派の画風から明らかに山陽ごのみに変わってきている。田能村竹田や浦上春琴らも目指している南画風なのである。

「だがこの程度の南画であれば、美濃の江馬細香殿のほうがよほど巧みに描く」

山陽がぶっきらぼうに言うのを、

「なんや、その江馬細香ってのは誰や？」すかさず母のお静がたずねる。

「いや、私の女弟子で、美濃は大垣に住むおかたです。いずれ母上にもご紹介いたしましょう」

とっさのことで山陽は顔を赤らめ、しどろもどろに言った。母子のやりとりを内心おかしく聞いていた竹下が、

「八年前、玉蘊さん母娘が京に出たとき、細香殿の磁盃を土産物に買ってこられた。それほど細香さんは京では知られた才女です」まことしやかに助け船をだす。

山陽でも、母には話していないこともあるようだ。妾の梨影を妻にめとりながら、細香とも女弟子として情をかわしている。母には正直に打ち明けていないのだろう。

山陽は憮然とした表情で竹下が差し出した玉蘊の扇に賛を入れた。酒の酔いもあり、一気に書くも、これくらいの絵であれば、予の弟子の細香女史の墨竹の画のほうが、よほど優れている。近頃では京の画僧である玉潾の画風を脱し、中国の息斉や仲昭の画風を学んでいる、と余計なことまで書かずにはいられなかった。竹下は笑いをかみ殺しながらも、

「清国の女流画家、馬江香の画集を長崎から購入して渡してやりました。玉蘊さんもそれを粉本に学ばれたようです」

竹下が扇をもらいながら、山陽の耳もとでささやいた。

おおかたそんなところだろう。山陽は自分でなく竹下が玉蘊に配慮して画集を買い与えたことにまで、嫉妬せざるを得ない。

山陽の脳裏に、九州旅行の途中に豊後国の岡に田能村竹田を訪ねた記憶がよみがえった。

年長の親友である竹田とは五年ぶりの再会であり、終日酒を飲み明かした。その際、山陽は苦し気に胸の裡を打ち明けた。

玉蘊上京の原因が山陽との約束事であり、それを守れなかったいきさつが山陽にあったことで、自分は玉蘊の真心を裏切ってしまった、そのことを一日として忘れたことはなかったと、重い口で語った。

憫れむべし、憫れむべし。実にこれ人生の一大苦みなり。

竹田は可哀そうにと玉蘊に同情する一方で、しきりと後悔する山陽をもなぐさめた。

その苦い記憶が今さらのように甦った。

竹下に頼まれ玉蘊の扇に賛を入れたが、思わず細香の方が優れていると子どもじみたことを書いてしまった。竹下はにやにや笑うばかりで何も言わなかったが、それも山陽の根深い嫉妬心のあらわれだと、その大仏のような笑顔は語っている。

そのとおりだ。山陽は自分の手の届かないところで玉蘊が成長していくのが我慢ならないのだ。あの才女の細香でさえ、詩画の指導を山陽に楚々と請うのに、いくら竹下が金にあかせて長崎から馬江香の画集をとりよせ玉蘊にも見せたにせよ、彼女が独自に新境地を手探りでも開拓していくのが、どうにも許せない。竹田にも本心を吐露したが、玉蘊は本来自分が妻にする女だった。手塩にかけて、女絵師としてゆるぎない力を発揮させる。それができるのは、ただ自分だけのはずだった。

だが玉蘊は、たとえ竹下が手を貸したとはいえ、これまでのおのれの観念さえ打破して、新しい価値観を創造して挑戦している。それも、みずから自習して絵の新境地を理解し、表現する孤独な道を、ひたすら歩み続けている。山陽は内心玉蘊の孤軍奮闘ぶりに眼をみはる思いで感動すら覚えたが、素直に認めることもできないでいた。

それに自分の女弟子の細香女史は頻繁に京にもやって来て、教えを請う謙虚な女性だ。だが玉蘊は、あれ以来頑として上京してこない。尾道から絵を売りに広島あたりまで足を延ばすことがあっても、山陽の真塾を訪ねようともしない。

それもこれも、あの美男子の俳諧師のせいだ。だが玉蘊もついていない。生まれたばかりのわが子には先立たれ、美男子もどこかに行ってしまったとか。

山陽はそう思うと、気をとりなおして母のお静を京の家に連れて行った。

そうだ。花見は盛大にしよう。美濃の細香女史も呼ぼう。嵐山での細香との甘美な夜が悩ましくよみがえる。登々庵に連絡をつけねば……、そう思って山陽は暗澹（あんたん）たる気持ちにおそわれた。

登々庵は、彼の九州旅行の帰りを待たずに死んだのだ。

二十　古鏡によせる詩

母のお峯が陽だまりの縁側に出て髪をすいている。かれこれ六十に手が届く年になったのに、お峯の艶やかな黒髪には白髪の一本も見あたらない。お峯はすばやく髷を結いあげると、無意識に棚に目をやった。そこには父の五峯が蒐集した銅製の古鏡が何枚もおかれてある。

父が亡くなった時、福岡屋の財産の処分にやって来た古物商が、青銅の鏡に高い値をつけた。お峯は思いきって処分をしようと話はすすんだ。

だが玉蘊は猛反対した。父がこよなく愛していた鏡である。いまは錆もでて顔や姿を映すのには心もとない。それでも父の大切にしていた大切な形見である。

「お豊が言い張ってくれたおかげで、こうして古鏡が残ったんだね。これを見ると。きまってあの人を想いだすよ」

庭先で鉢植えの蘭の花を写生していた玉蘊が、振り向きながら母の言葉にうなずきかえす。古鏡は、今では幸せだった娘時代を思い出す象徴のようにもなっていたからだ。

とりわけわが子を幼くして亡くしてからは、玉蘊は人目もはばからずに日に何度も古鏡を手にとっては、とりたてて顔を写すわけでもなく、鏡に向かって微笑み返すのが日課ともなっていた。

その時、庭に出てきたお峯が頓狂な声をあげた。

「お豊！……まあ、なんてことだろう。髪に、白いものが混じっている」

「えっ？」

「いや、何でもない。このごろ、とんと眼が悪くなってねえ」

お峯があわてて座敷に駆けこむのを見て、

「いやなお母さま、何なの、驚かないから、はっきりとおっしゃって」

「ちかごろ針に糸をとおすのもやっとなの。ほんに年はとりたくない」

お峯はぶつぶつ言いながら玄関先に降りたった。そこへ妹のお庸がやって来た。

「あら、お母さま、どこかへお出かけですの？」

「うん、いや、ちょうどお前の家に行くところだった」

しどろもどろの母に笑いかけながら、お庸はすばやく茶をいれると、庭先に降りたった。

「お庸、私の髪、どこか変かしら？」

お庸は玉蘊の後ろにまわると、

「よく結えているわ。……あらっ、でもこの白いの、もしや白髪？……」

居間で茶を飲んでいたお峯が、むせったように咳払いする。

「白髪！……」玉蘊はけげんそうにつぶやく。

いくらなんでも白髪は早すぎる。まだ四十になったばかりだし。

「でもお姉さま、ほんの二、三本よ。ほら」

言いながらお庸がすばやく玉蘊の後ろ髪から白髪を抜いてみせた。

惨めだった。自分が女でなくなったような気分におそわれる。

「お父さんも豊かな黒髪がご自慢だったけど、早くに白髪がでてござった。おまえも似たのかもしれないねえ」

お峯の慰めるような声が背後から聞こえてくる。

「そうよ、お姉さまの髪はたっぷりあって、髷を結ってもたわわで見事でしたもの」

そんなことがあってか、玉蘊を訪ねた人々の間から、誰ともなくまことしやかなうわさが尾道中にでまわって、やがて京の山陽のもとにまで伝わった。

「なんと哀れなことよ。蝶よ花よと大事に育てられた娘時代の幸せな思い出を、古鏡を見ながら夢見て、日々の寂しさを紛らわせているなど、あまりにも玉蘊が気の毒だ」

まる一年ばかりの九州西遊の旅を終え、母のお静と三か月ばかりも京で豪遊し、一旦は広島に帰った山陽だが、その年の五月には再び尾道に立ち寄っている。

九州では田能村竹田にはからずも本音をもらして、玉蘊を傷つけたことを心底悔いていた。その玉蘊が、初めての子を失い、夫からも去られた傷心を癒すため、娘時代の古鏡を毎日ながめて過ごしているというではないか。

情に熱い山陽は、かっと頭に血がのぼるのを感じた。

かつて自分が結婚まで考えたあの玉蘊が苦しんでいる。今度こそ、彼女の力になって、支えてあげたいものだ。有言実行を信条にしている山陽には、若い日に玉蘊に誓った結婚の約束を果たせなかった。そのため玉蘊があらぬうわさにさらされ、地獄のような辛い日々を送ってきた。それだけでも惨いのに、いまは子を亡くしたばかりか、夫にも去られ、正真正銘ひとりぼっちになって呻いている。

今ならこの私でも、玉蘊を励まし力になってやれるかもしれない。

山陽はようやく京での暮らしが安定し、これまでの借家を引き払った。新しく借りあげた三本木町の水西荘に移り住んだが、これまでの借家とはちがって、土地こそ借地だが家の建築には多額な金を費やした。山陽はここに母のお静をむかえ面目も果たしたのだ。

尾道が近づくにつれ、山陽の気分も高揚してきた。玉蘊のおどろく顔が浮かぶ。色白の頬がみるみるばら色に上気して、華奢で麗しい姿が今にも崩れ落ちそうになる。

玉蘊との悩ましい想いに山陽の胸も熱く燃えあがった。海にそって長く伸びた寺院の坂を登っていくと、古寺が見えてきた。しかとは思いだせないが古寺の門の前に立つと、本堂に灯りがかすかに燈っていた。次の瞬間山陽は、めまいに襲われた。

あの時の、あの寺だ。

頭の中が真っ白になった。胸の動悸がやたら早くなり、悩ましい記憶がよみがえる。

「玉蘊さん、いや章(あや)さん」

神辺の菅茶山の簾塾を秘かに抜けだして、あの日山陽は寺に駆けつけた。数日前に弟子の三省に文を届けさせてあった。だが実際に玉蘊があらわれるか、半信半疑だった。

その時障子が細く開いて、玉蘊の白い顔があらわれた。山陽を見ると、みるみる顔を赤らめ、恥じらうようにうなじをたれた。

「まことにお目にかかれるとは……」

「まもなく京にのぼる。章さんをお連れしたい」

喉がからからで山陽は自分でも何を言ったか覚えていない。ただ山陽の言葉に、玉蘊が弾かれたように涼し気な眼を大きくみはって、みるみる涙ぐんだ。山陽はたまらず玉蘊の身体をひしと抱きよせていた。雛のように柔らかな身体が小刻みに震えている。

「きっと、きっと、章さんを幸せにしてみせます」

山陽は、古寺の門前にしばらくたたずんでいた。往時の記憶が鮮やかに脳裏にひろがる。山陽は深々とため息をはいた。

あれからもう十年の歳月が経っていた。あの後まもなく山陽は神辺を出奔し京にでた。自分の求愛を信じた玉蘊もただちに京にのぼってきた。

だが今思いだすのも腹立たしいが、当時の山陽は結婚どころではなく、広島藩儒の父春水の怒りをかい、また簾塾の菅茶山の不興もあって、大坂に一時身を隠す騒ぎだった。

そんな山陽側の事情も分からず、玉蘊母娘はすごすごと尾道に帰っていったのだ。

罪なことをしてしまった。

それからの山陽は仕出かした罪の深さに悔恨の日々を送った。それなのに、故郷に戻った玉蘊をまっていたのは、あらぬうわさや非難の数々だった。

京まで男を追いかけフラれてすごすごと舞い戻った女とか、散々の中傷をあびせられ、立つ瀬もなかったほどだった、とも聞く。

だが、玉蘊は一切言い訳も弁明もしなかったという。男の竹下でさえ根も葉もないうわさの数々に、心底うんざりとしたというのに。それでも玉蘊はあらゆる中傷にもよく耐えた。そればかりか一層絵に精進することで、母親を養いながらも、画境を切り開いてきた。

思えば女の身で、どれほど辛かったことだろう。

山陽は、玉蘊の置かれた立場を自分なりに分かっているつもりだった。

だが、あらためて尾道の橋本竹下から送られた手紙を読むと、山陽は激しく衝撃を受けた。

近ごろの玉蘊さんは画境にも著しい進歩がみられ、山陽先生がよしとされる文人画への試みもあります。ですが、絵を描く合間に玉蘊さんは、古い青銅の鏡を日に何度かとりだして、自分の顔をうつすでもなく、ぼんやりと手で撫でたりしている。

おそらく子を亡くし、頼りとする夫にも去られた独り身のわびしさを、まぎらせているのでしょうか。

うわさでは無論知っていた。だが竹下から面と向かって言われると全身に震えがきた。

あの気丈な玉蘊が、じつは独り身の寂しさにうちひしがれて、かつて父親が愛用していた青銅の古鏡を日に何度も取りだし愛玩している。

古鏡……、覚えている。彼女が幸福な娘時代、父親が愛用してさかんに手入れしていた青銅の古鏡、いつか玉蘊から聞いた記憶がある。

(父は、縁側でいつも愛用の青銅の鏡を磨いていましたの)

古鏡……、そういえば玉蘊は父親の話をするとき、決まって鏡のことを持ち出した。山陽の胸に、当時玉蘊とかわした何気ないやりとりまで鮮明に思い出された。玉蘊は、そんな古い鏡に慰みを求めるほど追い詰められているのだろうか。幸福だった娘時代の象徴のような青銅の古鏡を日に何度も撫でまわすとは、よほどのことだ。

そう思うと、山陽は居ても立ってもいられない。

口では自分の女弟子の江馬細香の方がずっと才長けている、など公言してはばからないのに、内心では玉蘊が不幸になるのを黙ってほうってはおけない。

母のお静を広島におくった帰り道、山陽は慌ただしく尾道にやって来たのだった。

だが、かつての古寺の懐かしい門の前にたつと、広島を発ったころの高揚した気分もなえてきた。

あの時の約束を、自分はとうとう果たせなかった。

彼女に一生の傷を負わせたのは、他ならぬ自分なのだ。いまさら玉蘊に甘い同情の声をかけたとして、聡明な彼女がのこのこあらわれるとも思えない。それに玉蘊はいまではちょっとした名の売れた絵師だ。それも身近にろくな師匠もいないのに、清国の南画集を粉本に、独自の境地を習得しようとしている。

山陽は古寺の門にくるりと背を向けた。急に激しい疲労感におそわれた。

しばらく歩いていくと、遠くに橋本竹下の豪壮な屋敷が見えてきた。竹下以下、山陽の門弟にいたることごとくが、律儀に門の前まで出迎えている。

その時、にわかに空が暗くなり、おびただしい黒雲がはしるようにあらわれた。

山陽が傘をあげて不安そうに空をあおぐと、じきに大粒の雨が地面をたたきつけるように降ってきた。

竹下の屋敷の者数人が傘をもって、すばやく駆けてくる。

「先生、熱っい風呂がわいております」

竹下は、転がるように駆けこんだ山陽の身体に大判の手ぬぐいをあてがうと、すばやく彼を風呂場に案内した。

五右衛門風呂につかると足元の窯の熱さに飛びあがった。それも慣れて、山陽は手足をのばした。湯舟で顔をすすぐと、なぜか涙が溢れた。

座敷に入ると、竹下が呼び集めた尾道の文人たちが一斉に山陽を見た。いつもながら山海の珍味が盛られた豪勢な宴席である。

竹下が如才なく酒を注ぐと、座はじきに陽気になった。

酒に弱い山陽だが、この日は注がれるままに盃をあけた。

しばらくして山陽は墨と硯を用意させ、玉蘊のためだと客人にはわざわざことわりながら、さらさらと七言絶句を作った。


女玉蘊の為に其の弆（きょ）する所の古鏡に題す

背丈緑繍雑珠斑

背丈緑繍珠斑（りょくしゅうしゅはん）を雑（まじ）う

猶覚銅光照膽寒　なお覚ゆ銅光　膽（たん）を照らして寒きを
一段傷心誰得識　一段の傷心　誰か識るを得ん
凝塵影裡舞孤鸞　凝塵（ぎょうじん）影裡　孤鸞（こらん）舞う
（「頼山陽全集」詩集）

（鏡の裏の模様には緑と朱の錆が混じってはいるが、なお銅鏡の光が心を照らすと寒々とした思いが浮かびあがる。さらに傷ついたあなたの心を誰が知っているだろう。塵の積もった孤鸞が舞っている）

鸞は中国の想像上の鳥で、鶏に似て羽の色は赤に五色が混じり、しかも五色の声をもつという。華やかな鳥だがここでは玉蘊の孤独を著す鳥として使われている。

竹下は、山陽が即興でうたった詩をうやうやしく押し抱くように受け取ると、宴席で何度も声をはりあげ吟じた。すっかり酔いのまわった宴席では、あちらこちらからどよめきの声があがった。

玉蘊を呼ばずによかった。

竹下は、山陽の詩は玉蘊の傷心を癒すだろうか、考えながら今さらながら苦い酒を飲みほした。

「いつもながら先生の詩には、なんかこう胸が熱くなりますがな」

亀山夢研の低いがよく通る声がひびく。

「そういや、玉蘊女史は近ごろ元気がない」

「そや、あの美男子がいなくなったからだって」

「まあまあ、いくら玉蘊さんが才長けても、美男子にはもっと若い女子のほうが、よろしいのとちがいますか」

「そりゃ女子は若い方がよろしい。うちの古女房の顔など見ても嬉しくもないわ」

山陽はむっつり盃をかさねている。胸によほどのわだかまりがあるのか、竹下はさすがに不安にかられた。すると山陽が急に眼を輝かせて膝を打った。その音があまりにもおおきかったので、一座が急にしいんと静まりかえった。

「竹下、いいことを思いついた。私の長年来の友人たちに、玉蘊の為に古鏡によせた詩文を募るのだ。どうだ、いい考えだろう」

大声で言うと、山陽はたちまち陽気になった。さっきまで通夜の席にいるような山陽の消沈した姿を案じていた竹下も、ほっとしたように手をぽんぽんと叩いて、追加の酒や肴を運ばせた。

その夜、山陽は自分の親しい友人たちに手紙を書いた。玉蘊の孤独を慰めようと、彼女が長年手元に置いて愛用してきた古鏡を題目に、それぞれ詩文を詠んで送ってほしいと頼みこんだのだ。その呼びかけにこたえて、長崎からは江芸閣、岡藩の田能村竹田等そうそうたる文人たちが、玉蘊に詩文を送ってくるようになった。

玉蘊は、不思議だった。急に多くの人々から、自分が愛用している古鏡によせての詩文が送られてくるようになったからだ。戸惑いながらも、一方では彼らの存在に励まされる喜びを感じ始めてもいた。

真っ先に贈られたのは山陽の叔父杏坪からの「古鏡歌」の長編古詩である。若かったあのころ、山陽への想いに悶々としていた玉蘊の心の裡を、なぜか杏坪だけは察してくれていた。ひとたび読むなり、玉蘊は朝の光の中を駆けだしていた。

眼の前の瀬戸内の海は太陽の光を浴びて、まるで金粉をちりばめたように燦然と輝いていた。その妖しいまでの陽光の中で、玉蘊は胸にしまった杏坪の詩文を開いて、読み耽った。

（お金持ちのお嬢さんとしてもてはやされて育った玉蘊だが、いまは母を守って絵を描いて暮らしをなりたたせている。その名声は四方に馳せるまでになっている。

誰があのような白くてきゃしゃな手から力強い絵を描いて、老硬たちを驚かすなんて想像するだろうか。天はあの人から産を奪いはしたが、かわりに輝くばかりの才能をあたえた。日々、細い筆をなめて絹に美しい絵を描き、母には朝な夕なに美味をすすめ、冬は暖かく夏は涼しくと細やかに気を配る。この優れた才能の持ち主に相応しいつれあいがいないというのは嘆かわしい。誰か仲人があらわれて婚礼を整えてくれればよいのに、金のかんざしも銀のこうがいも欲しがりはしない。ひとり古鏡を撫でて清らかな日をおくっている。古鏡は珍しいものではあるが、くすんで曇っているので、朝の光のさす窓辺でその美しく化粧した顔を映す役にはたたない。

たおやかな姿の心やさしい人が鏡を得、それを大切にして、人々に題詠歌をもとめた。私も古鏡歌をつくったところ、歌の一節が自ずと口を衝いて出たので、それをあなたの頼みに応えたものとしよう。

鏡よ鏡、もし霊あるならば、あなたのために災いを除き幸せをもたらしておくれ）

浜辺で読んだ杏坪の詩文は、玉蘊の胸に暖かい血潮をそそぎこんでくれた。

杏坪は頼春水の末弟で、春水の峻厳さはなく、かといって春風のようなとらえどころのない温厚な人柄でもなく、酸いも甘いも知り尽くした苦労人の味を知り得た人物だった。

病弱な妻の看護にあけくれ、その死後にはのち添えとして妾を家に入れている。だから京の山陽の妾が子を身ごもった時、妾でも妻として家に納れて子を育てさせよと強く主張し、渋る春水を説得している。

その後も、玉蘊は明るい陽光のさしこむ座敷の簾の陰の文机で、送られてきた詩文のひとつ、ひとつをていねいに読みながら、かの地の文人たちに心から感謝した。だがどの文人たちも、山陽の手紙には触れていなかった。

そんなとき、山陽の叔父の頼春風が死んだ。

姫路に滞在中の山陽は直ちに竹原に向かう。途中に尾道の橋本竹下の屋敷に泊まると、翌日には頼家の菩提寺である竹原の照蓮寺に墓参した。

あれからもう十八年の歳月が経ったか。

春風の墓に詣でて、山陽は感慨深げに眼を細めた。

玉蘊と初めて会ったのも春風の春風館であった。彼女は妹と船でやって来ていた。二十一歳の玉蘊は匂いたつような美しさで、山陽は一目見るなり息をのんだ。その夜は遅くまで詩や歌をつくりながら、山陽の視線は松樹の絵を描く玉蘊ただひとりに注がれた。

翌日の照蓮寺の詩会でも、玉蘊と玉葆の姉妹は招かれて、それぞれ得意の画を披露した。この日の山陽はまた、牡丹の花を描く玉蘊に釘付けにされた。たちまち詩文をつくる。

(一点の塵もついていない清らかな気品は、まさに仙女、この世のものとは思えない美しさだ。この人が、こんなあでやかな牡丹を描くなんて、こんなに才能豊かな女性が、この世に存在するなんて、知らなかったなあ)

往時のため息までが聞こえてくる。

父五峯のすすめで玉蘊が春風館に頼春風を訪れたのも儒学、詩文を学ぶためだった。頼春水と杏坪が広島藩に召し抱えられても、春風は家業の紺屋を続けるかたわら、儒学、医学を教える春風館をつくり近隣の商人や富農の息子らに教授してきた。思えば商人であった頼家と木綿問屋の平田家をつないだのも、春風だった。

その新興木綿問屋の福岡屋も五峯の代で終わりをつげた。歌舞や絵に狂って商いをないがしろにした五峯の才覚のなさばかりとはいえず、北前船の寄港でにぎわった尾道にも、このころには竹原や忠海(ただのうみ)、御手洗(みたらい)がより自由に商いのできる町として尾道の貿易圏に侵入してきていた。古くからの豪商にかわって、橋本竹下ら新興商人らが台頭してきた。

その叔父である頼春風の死は、山陽にこらえようのない悲しみをあたえた。それは初めて見初めた玉蘊とのままならぬ恋の終焉をも思わせた。

玉蘊との約束をはたせず、虚しく別れた若き日の悔恨でもあった。

山陽は以前にもまして諸国の友たちに、古鏡を見て孤独を癒している玉蘊への詩の贈答を切々と手紙で頼みこんだ。

そのせいか、玉蘊の日常は少しばかりあわただしくなった。手紙は京、大坂のみならず江戸ばかりか、九州の名もしらぬところからも送られて、彼らは玉蘊の古鏡に寄せる歌と題して、詠んできた。どうして会ったこともないこれらの人々が詩を詠んで送ってくれたのだろう？　初めのうちこそ不審にも思って首を傾げたものだが、やがて慣れてきた。そうしてある時は旅の途中だと断りながら、著名な文人が尾道にも立ち寄り、詩文をさしだすのだった。


そんななか、その日も玉蘊が絵を描き終えて、茶を飲んでいると、橋本竹下がじきじきに玉蘊を誘いにきた。

「いや今夜は珍客のおでましで、どうしても玉蘊さんにはお越し願いたい」

竹下がきっぱりと言う。どうでも断ってもらっては困る、と珍しく強い口調である。

「どなたなの？」

「まあ来てみれば分かります」

竹下は着替えをすませるあいだ、庭先を行ったり来たりして落ち着かない。

「お待たせ、でも一体どなたがお見えなのかしら」

「いや、山陽先生とは馬が合わない御仁です。玉蘊さんとはたしか初めて会うのかな」

「いやな竹下さん、そんなにおこまりなの」

座敷に入ると、待っていたのは儒学者の中島棕隠(そういん)であった。京で一度だけ会ったことがある。

「たしか京では山陽先生と隣り合わせに住まわれておいでだったとか」

竹下も、この珍客に遠慮がちである。

「さよう」棕隠はにやりと笑うと、玉蘊を見ると、手招いた。

「相も変わらず美しい女性やな」

言うなり玉蘊に盃をもたせて、

「ささ、まずは一献」と、風流人を絵にかいたような雅な手つきで、酒をそそいだ。

「ありがとう存じます」玉蘊が盃をかえすと、すかさず、

「玉蘊さんの家には代々めずらしい古鏡があるとお聞きする」

玉蘊がけげんそうにうなずくと、

「美人が古鏡をながめている図はまこと詩になる。ひとつ私の作を、ごらんにいれよう」

玉蘊は戸惑いながらも色紙を受け取った。雅な色紙に書かれた文字は達筆で、しかもどことなく垢ぬけてみえる。さらにその詩を詠むと、玉蘊はみるみる顔を赤らめた。

玉蘊女史に贈る
苦楽何須竟倚人　苦楽何ぞ用いんや　ついに人に倚(よ)るを

煙雲供養足娯親
可憐長抱青銅古
不照容華独自珍

煙雲供養親を娯しますに足る
憐れむべし　長く青銅の古きを抱き
容華を照らさず独り自ら珍とす
（「金帚集」）

（苦楽は人によりすがって生きるという必要がどうしてありましょう。苦しみも楽しみもその人の気持しだいなのですから。玉蘊は画をもって親を娯しませているのです。ただ胸を打たれるのは、長い間あの青銅の古い鏡を胸に抱きつづけて、自分の美しい顔を照らしてみもしないで大事に持っていたことです）

女だって、一生を人によりすがって生きなきゃいかんわけはないさ。玉蘊はちゃんと絵をたつきにして親孝行しているじゃないか。

玉蘊から色紙を手渡された橋本竹下が、艶のある声で朗読した。

集まった尾道の文人仲間もおもわずため息をもらしたほど、詩文は見事だった。

玉蘊は自分がこうまで褒められて、照れくさいやら恥ずかしいやら、身の置き所にこまって、膝をもじもじさせた。

棕隠は儒学者ながら京でも粋人と評判の男である。山陽とは隣同士に住みながら、犬猿の仲でも有名だ。その男が、なんと山陽以上に玉蘊を、画をたつきに親に孝行する、真に自立した女性として、時代に先駆けして生きる玉蘊に最大限の賛辞をあたえている。

　山陽と棕隠との仲を知っている尾道の文人たちは、それだけに面白がって、やんややんやと喝采をあびせた。


　その前後して、九州からは山陽の親友の田能村竹田が神辺の菅茶山を訪れ、尾道まで足をのばして橋本竹下の別邸に滞在した。山陽の無二の親友とあって、竹下ら尾道の山陽の弟子やら豪商らがこぞって集まり、数日かけての宴会となった。

　身体のどこか弱げな竹田も、連日の宴席にもかかわらず、頼まれれば得意の画を描き、賛を入れた。

　玉蘊も息を弾ませて駆けつけた。山陽との恋の行き違いを知っている竹田は始終玉蘊には優しかった。玉蘊もまた、どこか山陽と匂いの似通った竹田に、懐かしさやら胸のときめきすら覚えて、心をうちとけあった。

「私がいま一番惹かれているのは黄公望（こうこうぼう）の画法です」

「先生、それはどういうことですか」竹下が遠慮がちにたずねる。

「黄公望の色の美しさを大切にする形、それ墨線は細線を基本として、淡墨から濃墨、焦墨へと積み、重ねて描く。浅稜山水の画法に強くその基礎を置いていることは明白であります」

　盃から酒をなめるように飲む竹田は、そういうとにやりと笑って玉蘊を見た。

　どうだね、分かるかい、そう山陽にためされているような目つきである。

　玉蘊は息を深々と吸いこむと眼を閉じて、竹田の言葉を胸の裡で繰り返した。数秒の沈黙が永遠の時のように感じられる。

「絵は形を似せることではなく、大切なのは気韻……」

竹田が顎をつるりと撫でた。満面の笑みである。

「さすがです。あなたの絵には、まさにそれがある」

玉蘊は微かに安堵すると、竹田の顔を見た。竹田の眼が笑っている。

初めて会うのに、竹田の表情はどこか懐かしげである。いぶかしさに小首をひねると、

「以前、京でお会いしましたね」竹田が小声でささやいた。

「えっ？……京で」

京にのぼったのは後にも先にも一度だけである。おどろきのあまり眼を大きくみはった玉蘊に、

「西本願寺の御影堂……」

「あっ、あの時の……」

竹田はうなずくと、静かに酒をすすった。

「あなたは昔も今も、変わらない。尾道に咲く花、穏やかな瀬戸内の豊饒な海に抱かれ大輪の花を咲かせる女性だ」

玉蘊は首筋まで赤くなった。それでも竹田に言われると自信がわいてくる。素直に喜べる自分がおかしかった。

玉蘊も頬を染めながら酒を飲んだ。しばらくして、竹田が玉蘊の盃に酒を注ぎながら、

「そうそう、神辺では菅茶山先生と詩を詠みあいましたよ」穏やかに言った。

玉蘊は竹田に微笑み返した。菅茶山からも当然のように古鏡を題に詩文がおくられていたからだ。

「もっとも、茶山先生は山陽が詠んだ古鏡の詩に痛烈なことを言ってなさる」

竹田は意味ありげに眼を細めると、

「孤は孤ならず。孤ならんや、孤ならんや簾…そうおおせだ」

「なんです、それは」竹下が口をはさんだ。

これは論語の擁也（ようや）篇の（子曰く、觚（こ）は觚ならず。觚ならんや、觚ならんや）にかけて、みかけの（孤）とは違うと揶揄（やゆ）しているのだ。竹田が笑いながら言うのを、

「ますます分かりません。ひとつ解説してください」

「なに、かんたんだ。玉蘊女史の心の中には、山陽が心配するような未練は、もはやない」

「えっ、まことですか？」竹下が頓狂な声をはりあげた。

座が一瞬静まり返り、ささやきあう声がして、まもなく一座から笑い声があがった。

「茶山先生はあいかわらず山陽殿には辛辣（しんらつ）だな」

竹田はとぼけた表情で、

「茶山先生は、いまだに山陽殿への怒りを解いておられぬようだ」と言い添えた。

竹下は、うなずいた。

茶山はこのころ焦心していた。せっかく塾長にすえた北條霞亭が福山藩に出士することになったからだ。藩は霞亭の才能に目をつけ、福山藩の儒官に任命したのだ。

霞亭はやがて藩主の供をして江戸にでる。茶山が歯がみして悔しがろうと、手の届かぬ存在になる。

その茶山にしても、その二年後にまさか霞亭が江戸で急死しようとは知らぬことであった。時に霞亭、四十四歳の若さであった。

竹下の邸からの帰り道、玉蘊は火照った顔に風をあてるように、海岸沿いの道を歩いていた。田能村竹田に会ったことも、彼とかわした絵画への造詣も、玉蘊には新たな刺激となっていた。彼の言った新たな絵画論をもう何べんも反芻（はんすう）しながら、玉蘊は全身にみなぎる興奮を心地よく感じていた。

瀬戸内の海からは、早くも初秋をおもわせる涼風が吹いてくる。

その風にのって、夜になっても荷下ろしする人足たちの荒くれた声が、遠くから聞こえてくる。これらもやがては冬ともなると、北前船の寄港地の尾道とで閑散となる。このひと時の賑わいこそ尾道の繁栄でもあるのだ。

玉蘊はこれまでも花鳥図のほかにも中国の故事を題材に「蜀三傑図」や「唐美人図」など、多彩な画題を描きこなしてきた。なかには田能村竹田ら南画風の画人らが、「絵図」と一段低く見下す円山、四条派の写実画も多くあった。さらには尾道の豪商橋本竹下が財力にものいわせて長崎から直接送らせた清人画家たちの画集を粉本に、玉蘊は習作に励んでもきた。

それに稀にだが、遠い九州の地から田能村竹田のような当代一の南画家を迎えて、絵を語りあう機会にも恵まれる。玉蘊は満たされた思いに頬を赤らめながら家路へと急いだ。

二十一　菅茶山の死

文政十年（一八二七）夏、菅茶山が八十歳の生涯を終えた。

姪のお敬から茶山の危篤の報せを受け取るや、玉蘊は直ちに神辺に向かった。

だが、時すでに遅く、茶山は帰らぬ人となっていた。

昨年、茶山は後妻の宣を亡くしている。かつて養子に迎えようとした北條霞亭にも去られて、その後は宣の甥の門田朴斎を養子にしていた。だが茶山は、突然朴斎を離縁し、お敬の死んだ息子万年の忘れ形見の自牧斎を新たに養子にした。

後妻の宣が死んだとはいえ、八十歳にもなった茶山の決断には誰もが驚いた。茶山に何があったのか、さすがに尾道の豪商橋本竹下や亀山夢研らも眉をひそめた。玉蘊も秘かに胸を痛めたひとりだった。

その茶山はしばらくの間は病床に臥せっていた。尾道に住む山陽の弟子の宮原節庵（せつあん）は、たびたび茶山を見舞っている。おそらく京の頼山陽が、節庵にいいふくめて茶山のようすを逐一知らせるよう指示していたのだろう。

だが茶山の危篤の報は、尾道にも突然知らされた。

お敬が気丈にも泊まっていくようにすすめてくれたが、玉蘊は茶山の位牌に線香をたむけると、肩を落として簾塾の柴門をでた。

茶山は八十歳になりながらも自分の後継者に四苦八苦した。茶山の無念を思うと胸がしめつけられる。若くして父を亡くしてから、玉蘊にとって茶山は実の父とも慕う大切な存在だった。

しかも茶山は、生涯神辺の地にいながら当代一の詩人と敬われてきた。だが絵だけは苦手で描かなかった。茶山は玉蘊の絵を好んで、自らの賛を入れては諸国の文人仲間に送ってくれた。そのため玉蘊の絵は、遠く江戸から九州の地まで広がって、各地の文人たちから賞賛を得るまでになっていた。

それればかりか、茶山が簾塾の都講に期待した頼山陽が神辺を嫌って京にのぼったとき、その山陽の呼びかけに玉蘊までもが駆けのぼった時にも、茶山は内心の腹立たしさを押し殺して、玉蘊には何一つ非難がましいことも口にしなかった。

さらに、京での山陽との結婚がすすまぬまま故郷に戻ってきた玉蘊が、あらぬ非難や中傷の渦にさらされたときも、茶山は一切黙したまま、玉蘊を見る眼はむしろ暖かかった。

簾塾の柴門の前で、玉蘊は深々と頭をさげた。その時、遠くから手を振って近づいてくる人影がある。年の頃四十代の半ばか、壮年の堂々たる体躯の男である。

「失礼ですが、玉蘊さんじゃありませんか？」

男は医者風に髪の毛を後ろで一つに結わえて、広い額には汗を浮かべていた。玉蘊がうなずくと、男は白い歯をみせて微笑した。

「玉蘊さん、お久しぶりです。わたくし、新宮涼庭（しんぐうりょうてい）です。簾塾で山陽先生に教えていただいたあの時の涼庭です」

玉蘊は眼をこらした。どこかで見たような、それでいて、それが何時のことだったか、はっきりしない。

「さよう、忘れておられるのも無理もありません。最後に会ったのは、たしか二十年もの昔のこと、尾道の橋本竹下さんの屋敷で、あなたは妹の玉葆さんと絵を描いてくれた」

真剣そうな男の眼が光っている。その利発そうな眼差しに、玉蘊ははっとした。

「あの時の、あの新宮涼庭さん！　ええ、たしかに竹下さんの屋敷でお会いしましたわ。まあ、見ちがえましたわ、すっかり貫禄がついて」

「お敬さんから、たった今しがたあなたが帰られたと聞いて、急いで後を追ってきたところです。それにしても、玉蘊さんは相変わらず足が速い」

涼庭は丹後国の医者の長男に生まれた。だが父の放蕩のため苦学して医術を学び、二十四歳の時に蘭方医学修養のため長崎に行った。その途中、神辺の菅茶山をたずねて山陽にも会って、その豊かな学識に魅かれ直ちに私淑、その二日後に、涼庭は橋本竹下の屋敷を訪れている。

「尾道にもかようなたおやかで美しい女性絵師がいるということ、玉蘊さん、玉葆さん姉妹にお会いしたことは、まるで昨日のことのように覚えております。あのおりの蘭竹の画、今でも持っておりますよ。その筆には勢いがあり、清嫣（せいえん）愛すべし、あでやかで愛すべき絵でした」

涼庭は往時を懐かしむように眼を遠くに泳がせた。あの時は師となった山陽があまりにも玉蘊にのぼせあがって、初対面の涼庭にまでのろけたから、つい好奇心でのこのこ尾道までやって来た。うわ

さにたがわず麗しい姉妹で、山陽ならずとも夢中になろう、と納得したものである。玉蘊の胸にも懐かしさがこみあげたか、

「そんなこともありましたわ。あのころは誰もかれもが若くて……」

妹のお庸が涼庭に一目ぼれしたことまで、思いだされた。

「とうとう茶山先生も亡くなられてしまわれた。急いで駆けつけたがとうとう死に目にも会えなかった。山陽先生もまもなく京を発たれて神辺にまいられるということですが、さぞやがっかりされるでしょう」

涼庭は昔からはっきりものを言う好青年だった。

「涼庭さんは今でも山陽さまとお親しいの」

「ええ、私も現在では京で順正書院という私塾を開いております」

「私塾というと？」

「正確には蘭方医として医術を教えております。山陽先生とは簾塾以来おつきあいをさせていただいております」

玉蘊は微笑みながらうなずいた。山陽は妙に魅力のある男だ。一度会って意気投合すると、どうやら生涯の友となるらしい。

「ところで玉蘊さん、これから何ぞご予定はおありか？」涼庭が気さくにたずねた。

「何もなかったら、ひとつ竹下の屋敷で一杯やりませんか。茶山先生の供養です」

それも悪くない。どうせ今夜は絵筆を握る気にもなれない。玉蘊は涼庭の快活さに救われたように

うなずいていた。

まもなく二人は竹下の屋敷の別邸にたどりついた。涼庭の頬のそり残した髭の跡が妙に青々としている。そういえば若かった涼庭も、濃い髭をもてあましていたと気づくと、玉蘊は噴きだしそうになった。

「ところで玉葆さんは、今でもお変わりない？　あいかわらず絵を描いておられますか」

「ええ、もちろんですわ。涼庭さんが尾道においでと知っていたら、すぐにでも飛んでまいりましたのに」

「ほんとですか。玉葆さんにも会いたかったな」涼庭も満更でないようだ。

竹下は玄関先にまで出迎えていた。涼庭のあとから玉蘊の姿を見つけると、

「これは手まわしがいい。いま玉蘊さんの家に下男を走らせるところでした」笑いながら長い廊下を歩いて、奥まった座敷の襖を開けた。

部屋の中には山陽の弟子の宮原節庵があぐらをかいて、手酌で酒を飲んでいた。すでに相当飲んでいるのか酒気をおびた顔が赤黒く光っていた。涼庭を見るなり、

「これは新宮先生、お先にちょうだいしております」

よろけながらも座布団をすべり降り、頭をさげた。

「さっきも玉蘊さんと話していたのですが、今夜は我々だけで茶山先生を弔いたい。先生をしのんで、夜通しでも盃をあけようと言っていたところです」

「というと、山陽先生もお越しになるのですか」節庵が背筋をはって律儀にたずねた。

「いや、先生からは何の連絡を受けてはおりません。もっとも先生は神出鬼没だから、ひょっこり顔をだされるかもしれませんが」

竹下が玉蘊を見て、笑いながら言った。

「そうでした。山陽先生は二年前に叔父の頼春風殿を亡くされましたが」

節庵が唐突にしゃべりだした。

「あの時だって山陽先生は、はたで見るのも辛いくらい憔悴されておられた。だがその行動たるや、この尾道で一泊されて、すぐに竹原の頼家の菩提寺の照蓮寺に墓参して、すぐさま広島のご実家に草鞋を脱がれたものの、その六日後には京の家に戻られた。まさに天狗のような身軽さでござった」

竹下と涼庭が同時に噴きだした。玉蘊も笑いをかみ殺している。

山陽ならやりかねない。誰もが山陽の気短な性格を知りぬいている。

「そのせわしない折でした。尾道に立ち寄られた山陽先生が、我が渡橋家にも一泊されたのは」

その話は玉蘊も聞いている。

「実はその時、運よく九州旅行から帰宅途中の梁川星巌ご夫婦も我が家に宿をとられておられたから、山陽先生は大喜び、その夜は盛大な酒盛りとなり、明け方まで飲み明かしたものです」

「それは初耳だ。山陽先生も水臭い」涼庭が真顔で口を尖らせたから、竹下がにやりと頬をゆるませた。

「まあ、山陽先生たってのお願いだと、口止めさせられましたから」

節庵が頭をかきながら情けない顔をしたので、涼庭も笑いながら、

「節庵殿、冗談ですよ」とりなすように酒を注いだ。

「実は、その夜のことです。山陽先生が梁川星巌ご夫婦に頭をさげて頼んでおられた。なんと、この玉蘊女史が独り身の寂しさをまぎらわすため、日夜古鏡をながめておられる。ひとつ彼女を励ますため、玉蘊女史の愛用する古鏡によせて、めいめいが詩文を詠んで、彼女に届けてやってほしい。その切々たる頼みには誰もが胸を打たれる思いでした」

感激屋の節庵は喋りながらも感情を高ぶらせたか、目じりには涙さえ浮かべている。

竹下と涼庭は同時に顔を見わせると、玉蘊の方をそっと盗み見た。

玉蘊はさすがに戸惑ったような表情を浮かべていた。

やっぱりそういうことだったのか。

近ごろやけに訪れる人々が増えた。しかも見も知らぬ人からの便りもあって、内心ではいぶかしくも思っていた。

不思議なこともあるものだ。どうして自分が独り身の侘しさから、幸福だった娘時代に愛用していた古鏡を見ながら、自らを慰めているなど分かったのだろうか。

それも、ようやく腑におちた。あの山陽が、自分を憐れんで仕掛けたということではないか。

「節庵殿、少々飲みすぎですぞ」竹下が、さすがにたしなめるように、きっぱりと言う。

だが酒量のあがった節庵にはそんな竹下の配慮も耳に入らないのか、

「山陽先生は根っから人をその気にさせる天才だ。謹厳な星巌先生ですら感動をおぼえられたか、涙ぐんでしきりとうなずいておられたのですから」言いながらも感極まったようすで、目じりの涙を手の甲でぬぐっている。

最初の驚きが過ぎると、玉蘊の気持ちにも余裕がでてきた。

諸国から文人だという高名な人々がわざわざ尾道を訪れて、旅の途中に立ち寄ったとことわりながら、詩文を詠んで去っていった。または遠方からも、顔も見知らぬ高名な文人たちから、詩文を贈られたりもする。

それもこれも、山陽がこの自分を励まし、慰めるため、諸国の文人仲間に檄を飛ばしたからだと、今にして思えば納得のいくことだった。

竹下も涼庭も、わざと知らぬふりをしているが、その表情には扱いかねている様子がありありだ。節庵はまたもや都合よく酔いつぶれていた。

玉蘊は、そんな竹下や涼庭の気づかいにも感謝したが、しこたま飲んだ酒の酔いもあってか、どことなく放埒（ほうらつ）な気分にもなっていた。

あの山陽なら、やりかねない。いかにも山陽らしい。

それにしても何という斬新な試みだろう。諸国の自分の文人仲間に、尾道の女絵師、玉蘊の愛用する古鏡によせて、詩文を詠んで送ってほしい。こんな粋な計らいは、山陽ならではの斬新な企画である。玉蘊は腹の底から笑いだしたくなった。

山陽に、まんまとしてやられた。それでも玉蘊には山陽の発想の新鮮さ、その呼びかけの面白さに、彼の底知れぬ豊かな才能を見るおもいだった。

そんな男と、かつては愛をささやく仲でもあったと思うと、今さらながら身体中の血が騒いで熱くもなる。同時に失ったものの価値の大きさを、まざまざと知らされる羽目ともなり、玉蘊は無意識に形のいい唇をきつく噛みしめていた。


そういえば、詩人として名高い梁川星巌夫婦が渡橋忠良家に一泊したあと、急に橋本竹下の屋敷に宿を移したのも、さらには玉蘊が真っ先に呼ばれたのも、今になっては納得できる。

あの夜、竹下の丁稚が息をきらして駆けこんできた。

遠来からの客人が立ち寄ったから玉蘊姉妹に直ちに来るようにとの伝言だった。

ふたりは支度も早々に竹下の屋敷に向かった。

座敷の襖を開けると、尾道中の文化人が顔をそろえて待っていた。

正面の席には、三十代とおぼしき痩せた男と、若い女がならんで座っていた。

「梁川星巌先生と奥さまです」

竹下が恭しく紹介すると、一座の間からどっと歓声があがった。

星巌は美濃の生まれで当時でも著名な詩人だった。

年のころは玉蘊とおなじころか鋭い眼をして周囲を威圧していたが、隣に座る妻の紅蘭（こうらん）を見る眼は優しかった。紅蘭はまだ二十歳そこそこの若さで、星巌に詩を習っていたところ見初められて十七歳で妻となった。以来星巌とは諸国を放浪して歩いているという。

「お若い奥方様でおられますな」竹下はほうっとため息をはきながら、うらやまし気にいう。

「そや、そや、美しゅうお方や。それがなんで旅から旅をして諸国を歩きなさる?」

「決まっているがや。ご亭主の星厳先生とご一緒やからな」

集まった尾道の詩友らが羨望やら多少の嫉妬をあらわにいうのを玉蘊も可笑しそうに聞いていたが、なるほど見れば見るほど紅蘭はあどけない。

「あの奥方は、あれで詩文も作るが画も達者だとか」竹下が客人に聞こえないよう、玉蘊に耳打ちする。

やがて宴もたけなわになったころ、星厳が一座を見まわして声をはりあげた。

玉蘊と玉葆の画に賛をいれた詩文をろうろうと詠みあげたのだ。

久しぶりの宴席で妹の玉葆は気が高ぶっていたのか、はやくも眼に涙をためて時おり鼻をすすりあげている。

「お姉さま……、さすが星厳先生はおうわさのとおり、唐の李白にちなんで日本の李白といわれるように見事な詩文ですわ」

玉蘊はうなずいた。

星厳は山陽と出会うとたちまち意気投合して、夜通し酒を酌み交わし、詩を詠みあって語らいあったという。その様子を妻の紅蘭は誇らしそうな眼でじいっと見つめて、ひとりでに微笑んでいたという。

「お似合いのご夫婦ですわね。でも年は十五も離れておられるとか、それで紅蘭様はあんなにお若いのね」玉葆はうらやましそうに耳もとでつぶやく。

その紅蘭が酒のお銚子をもって玉蘊の前につきだした。

「山陽先生からおうわさはお聞きしております。画を描かれるとか」

玉蘊も盃を返しながら、すでにたっぷり酒を飲んだらしく頬を赤らめた紅蘭にたずねた。

「星厳先生とは諸国を旅されておられるとか、決まったお家はないのですか」

紅蘭は眼を大きくみはると、荒い息を肩でした。

「先生は旅をするごとに詩興がわく、そうもうされて」

二十歳の若さでは惚れた男との旅もいっこうに苦にならないのか、にこにこ笑っている。

そんな自由な生き方をさりげなく口にする紅蘭に、玉蘊はある種の感動すらおぼえた。時代は確実に変わろうとしている。山陽が求めたのも、そんな自由な生き方だったのかもしれない。

だが、自分には故郷に大切な母がいる。臨終の父に託されたたったひとりの母が……。自分には生まれてまもなく夭逝した姉がいたらしい。それだけに、母には自分を失うことが恐ろしいのだ。もう何べんとなく心の底で問いかけた。今さら母を悲しませてまで、自分は好いた男との道行を望んだりはしない。たとえこの先、山陽のような男と出会えなくとも、それも宿命として諦める勇気も、時に女には必要なのだから。

「赤子ができても、旅の空というのはどうかしら？　家が恋しくなりはしないかしら」

妹の玉葆は絵師の前に母の顔になっている。それからわが子を亡くした姉に気づくと、あわてて口をつぐんだ。

余談ながら梁川星厳は各地を放浪したあと、江戸で「玉池吟社（ぎょくちぎんしゃ）」をつくり名声を得た。ところが幕府を批判したかどで安政の大獄で捕縛されるところ、前日にコレラにかかりか死亡した。生きていたら山陽の三男の三樹三郎とともに、処刑されていたところだ。

紅蘭もまた安政の大獄で捕らえられたが翌年には出獄、京で女性のための私塾を開き、漢詩を教えて、絵を描いて生計をたてたという。

玉蘊の脳裏にあの時の梁川星巌夫婦の姿が鮮やかによみがえった。

「それもすべて山陽先生の暖かなご配慮のたまもの、いや先生の情の深さといったら、まさにこの国を思う義に通じるものがあります」

いつの間にかむっくり起きあがった節庵が、酒を一気にあおると、叫ぶように言った。

さすがに涼庭は大人だけに苦笑いしたまま酒をふくんで舌で転がしている。

若い日、山陽と玉蘊の間に何があったのか、若い節庵は誰からも知らされていないのか。それとも知ってはいるものの、過去はとうの昔の出来事であり、今さらどうなるものでもない、節庵なりの処世訓なのか。ただ節庵にとって師である山陽への傾倒ぶりだけは、金輪際変わるものでもないようなのだが。

玉蘊は、若い節庵の盃に、なみなみと酒を注いでやった。若さとは失ってその価値に気づくものかもしれない。節庵は気を良くした。眼を輝かして、ろれつのまわらない口調で玉蘊の耳につぶやいた。

「しかも、山陽先生は、私にこうもささやかれたのですよ」

玉蘊が首を傾けると、節庵は声をはりあげた。

「親父の肖像画、玉蘊さんに描いてもらいなさい、と」

「それで、渡橋忠良殿の肖像画を描かれたのですか」

涼庭が、感心したように玉蘊を見た。

肖像画を描く。それは玉蘊にとっても初めての挑戦だった。

もっとも四条派の呉春の師である円山応挙は、写実画の名手である。人体を描くのに、従来の画法では平面でとらえたものを、応挙は人物も風景も本来立体である、との認識から、それらを人の眼がどのように捉えているのか研究し、その感覚のまま平面化、絵画化する斬新な手法で独自の画風を確立した。そうして応挙は実際の人間を目の当たりに見て、骨格から皮膚の感触まで克明に描ききっている。

山陽は、長い間玉蘊の絵は円山、四条派で面白味がないと批判してきた。そればかりかこのごろ流行っている清国の文人画にならって、写実一辺倒の画風に一石を投じて、絵師の写意こそ妙味としている。

もっとも中国の文人と日本のそれとは趣を異にする。

中国にあっては国を憂えるあまり官職にもつかずに野に下っている人々を文人とするが、日本ではそれぞれの藩という枠内にとどまらずに、自由に外に出て、得意の詩文や書、さらには画をとおして真の交流をはかるというもので、なにより精神の自由こそが尊ばれた。だからその絵も従来の職業絵師の巧みさを軽蔑し、むしろ詩や書の余技として、その形も稚拙なものが喜ばれもした。

粉本ではなく、あくまで眼の前に生きた人間を座らせて、人物を描くという試みは、それ自体、以前からも試みられている。

長崎をとおして古くは清国から日本に来た沈南蘋がいたが、その多くは手本をもとに描いたものだった。その後あらわれた宋紫石にいたって、ようやく従来の南蘋派の画家とは違う、西洋画の写実感覚や、対象を観察し、描写しようとする強い姿勢をもつ独自の画境を得るに至っているのだが。

いずれにせよ、玉蘊の時代にも、従来の日本の絵画がややもすると、もののありさまを描きながらも、筆づかいの妙や、絵具の色、構図の美しさといった造詣的要素それ自体の魅力を作りだす作風への傾倒はあった。だが、玉蘊が師事した呉春らの四条派ともなると、むしろ簡潔で整然とした、一見そっけないほどの南画風描法の中に、応挙の写実表現を核に残して、筆線の一つひとつには、対象をありのままとらえる意識より、もはや抽象化された写実のみを閉じ込める、といった手法に変わってもきていた。

玉蘊は、それら流派にくわえて、自分なりに対象をどう描くか、模索し続けてきた。

だが眼の前に生の人間を座らせて、そのありのままの姿を描く。その新たな試みさえも、実は山陽の勧めであったとは、節庵に聞かされるまでは知らなかった。

山陽が自分の絵に、そこまで熱心だったという事実は、玉蘊にあらためて山陽の人間としての器の大きさを感じさせた。

「そうです。玉蘊女史は絵には堪能だが、いささか頑固でもある。せっかくの才能も、いつまでも京の円山、四条派では物足りない。そう言われて」節庵がもっともらしく言った。

「なるほど、それで粉本を脱して生の肖像画を注文された、この玉蘊さんに」

涼庭が、感心したように顎をなでながら玉蘊を見た。

「それもこれも、山陽先生にあっては、ただ玉蘊さんの絵のため、ですからね」

「だが、先生には失礼だが、こと画ともなると玉蘊さんの方が専門家だ。それにお父上の渡橋忠良殿の肖像画、先だって拝見する機会があったが、それは見事なものでした」

竹下が座をとりもつように節庵の盃になみなみと酒をつぎながら、玉蘊の顔をちらっと見やった。

「むろん、山陽先生の画は下手です。せいぜい九州に旅行されたとき描かれた耶馬渓(やばけい)の絵ぐらいでしょう。玉蘊さんのように専門性の高い絵は描けない。それでも私の言いたいのは、先生が玉蘊さんに寄せる情愛の深さなんです」

場が一瞬凍りついた。涼庭にいたっては、口にふくんだ酒を噴きだした。

節庵は、まったくといって動じない。

「もっとも先生は、女性にはことごとく優しい。妻の梨影夫人しかり、女弟子の細香女史、数えあげたら十本の指でも足りないくらいだ」

節庵はふうっと大きくため息を吐くと、ちょっと厠へと座敷をでていった。

「飲みすぎだな。節庵殿らしくもない」竹下が憮然とつぶやく。

その時涼庭が、玉蘊の盃に酒を注ぎながら、笑いながら聞いてきた。

「そういえば、妹の玉葆さん、今でも蘭や竹の画を描かれているの」

「玉葆さんは器用だから、何でも」竹下が後をひきとった。

「それは、それは何よりです」

「それに玉葆さんには、もう二十歳になる息子さんがおられる。玉甫さんといって、玉蘊さんの養子でもありますが」

「そんなに大きな息子さんがおられる、しかも玉蘊さんの後継ぎでもあるとは、平田家も万々歳だ」

涼庭は感嘆したように声をあげると、

「そうそう、はじめて茶山先生にお目にかかったとき、先生のまわりにはたえず春風が吹いているような穏やかさがありました」と、懐かしそうに眼を細めた。

「ところが、かの山陽先生はまるで対照的でした。初対面にもかかわらずが、毒舌を持って他を圧倒していた。例えば、もし肺や腑などの内臓が話すことができるなら、医者は真っ青になるだろう、など。当時私は真剣に医学を学んで長崎にまで修行におもむいた。そんな私に向かって、さような言葉を贈って、激励するなど、山陽先生だけです」

涼庭は書生時代に戻ったように、しきりに頭をかいた。

万事に強気で人を人ともおもわない、傍若無人な山陽なら平然と言うだろう。玉蘊もつられて噴きだしていた。

そこへ厠から戻ってきた節庵が、

「なにやらにぎやかでございますな。何の話です?」と話に割ってきた。

竹下が今一度若いころの山陽と涼庭の話をすると、顔をくしゃくしゃにして笑った。

「いかにも山陽先生らしい逸話です。それはそうと、すでにご存じだと思いますが、山陽先生の『日本外史』が、ついに松平定信候に献上されました」

「そうでしたか。いよいよ定信候に」竹下が感極まった声で言うと、

「白銀二十枚賜るも、序文は、当初林大学頭に頼むはずだったが、結局は定信候に依頼した。だが和文なのでいささかむくれておられました」

節庵はわけしり顔でいうと、冷めた盃をあおった。

「いかに不本意であられたか」

節庵は自分まで悔しそうに歯噛みした。ちなみに彼は尾道の山陽の弟子たちのあいだでも、その熱烈ぶりは群をぬいていた。それだけに山陽の無念さが伝わってくるようだった。

玉蘊が帰り支度をしていると、涼庭が玄関先までやって来た。

「今夜は泊まられるのでは？」

「母が案じますので、一足お先に帰らせていただきますわ」

「では送りましょう」

「でも……」

「少しだけです。この先玉蘊さんが、京に来られることもありますまい」

涼庭は下男から提灯をあずかると、玉蘊をふりかえりながら、ゆっくりと歩きだした。

「じつは、先だって小石元瑞殿と会いましてね。そこで私にも診立ててほしいと言われて」

な咳をしきりとされておられる。彼は近ごろ山陽先生がひどく痩せられた。それに嫌

玉蘊は足を止めた。それから息をつめて眼を大きくみはった。呼吸が無意識に荒くなる。

だが玉蘊は後の言葉をのみこんだ。涼庭も黙りこくったままである。

涼庭は国内でも著名な蘭方医になっていた。彼がはっきり言わないということは、山陽の身に、何かよからぬことが起こっている？

「山陽先生は稀代の豪傑です。ご自身の病のことでも、事実であるならば、何を告げられても動じないでありましょう」

玉蘊は立ち止まった。涼庭の眼が玉蘊を凝視している。

だが二人はそれ以上、言葉もかわすことはなかった。玉蘊の胸に黒いわだかまりが広がった。山陽はもしや不治の病に侵されているのではあるまいか？

だがそれを知っても、今の玉蘊にはおいそれと京に飛んでいくこともできない。ただ黙って、事態を見守るしか、道はないのだ。


その一年後の天保二年（一八三一）、江戸では白井華陽（かよう）が近世画人小伝「畫乗要略（がじょうようりゃく）」なる本を出版した。そのなかで、玉蘊はこう紹介されている。

女玉蘊
玉蘊、名は豊子。備後の人。八田古秀を師とし、山水人物花鳥を作く（えがく）。筆法勁秀（けいしゅう）、嫵媚（ぶび）を以って工（たくみ）と為さず。名　三備の間に著る（あらわる）。

玉蘊の筆つかいは、鋭く強く優れており、なまめかしく媚びた表現で作品を飾ることはなかった、と、評価されている。

これも菅茶山が玉蘊の画に賛をいれて遠い江戸の地の文人らに送ってくれた、そのおかげかもしれない。しかも、山陽がかつて玉蘊の「蜀三傑図」を見た時のおどろきが、そのまま伝わるような記事であった。

二十二　慈観寺の「桐鳳凰図（きりほうおうず）」

玉蘊は菩提寺の持光寺の長い石段を登っていた。父と息子が眠る墓の前で線香をたいて父の好きだった桔梗の花をそなえると、玉蘊は長いこと眼をとじて手をあわせていた。

菅茶山が死んで、二年後の天保三年秋には、頼山陽の死の報せが尾道の橋本竹下のもとに届いた。竹下が玉蘊の家にあたふたとやって来た。

「大変なことになりました。山陽先生が、亡くなられた！　ついさっき。京の小石元瑞殿から訃報が届いたばかりです」

玉蘊は、ちょうどその時、頼まれた襖絵にとりかかっていた。

竹下は、妹のお庸が運んできた水を一杯飲むと、へなへなとその場に座りこんでしまった。

「肺の病だったそうです。もうだいぶ前から悪かったようで、何度も喀血されておられたということです。元瑞殿も静養に努めるようすすめていたようですが、山陽先生はまったく逆で、自分の寿命のあるうちに、『日本外史』の姉妹編の『日本政記』を完成させねばならぬと、以前にもまして執筆に精を出されたそうです」

武家の通史の『日本外史』に対して、『日本政記』は天皇の事蹟を綴ったもので、両者があわさって日本の歴史は作られている。だから『日本政記』を未完のままにはできない、が山陽の言い分だった。

玉蘊は、竹下が興奮のあまり唾を飛ばし、顔を真っ赤にしながらまくしたてるのを、絵筆をかみながら、ただ黙って聞いていた。新宮涼庭から何も聞かされていなかったら、自分とて山陽の死の報せを平静で聞くことはできなかった。

予期はしていた。だが、こうも早いとは、玉蘊にも思ってもみなかったことだ。

玉蘊は秋から冬にかけて、来る日も来る日も襖絵に没頭した。ようやく完成したのは暮も押し迫った年の瀬で、比較的温暖な尾道でもめずらしいほど冷え込んだ、風の冷たい日だった。

完成した襖絵を見た尾道の文人衆は、はっと息をのんだ。

艶やかで華麗な色彩の画を得意とする玉蘊にはめずらしく、襖絵は白黒の古色蒼然とした「山水図」だった。しかもその落款には、平田玉蘊の署名に加えて、（章(あや)）と書かれてあった。（章）という名は、かつて山陽が玉蘊のために命名してくれたもので、これ以降、玉蘊の絵の落款にはきまって使われている。

墓前の線香の匂いが、否が応でも山陽を思いださせる。

その後も竹下のもとには山陽終焉にいたる壮絶な話が、山陽が命のつきる最期の瞬間まで己の『日本外史』『日本政記』の内容にこだわったことまで、まことしやかに伝わってきた。

そういえば、山陽の『日本外史』の本は、川越藩が出版にふみきったこともあり、日本中に爆発的にひろまった。山陽の卓抜した文章、歴史の場面がいまそこにあらわれたような臨場感あふれる表現の魅力、それらに鼓舞されるように、幕末の尊王攘夷にわく憂国の志士たちは、争って山陽の本を読み漁（あさ）った。

それはやがては二百六十年もの長きにわたった徳川幕府をも崩壊させ、新しい明治国家を成立せしめる一種の原動力にもなったようだが、むろん後日のことである。

それにしても、山陽の著作は、彼の死後は独り歩きしているようだ。

京から離れた尾道で、玉蘊は地下に眠る山陽がこのことを知ったら、さぞ苦笑しているかもしれないと、ときに弟子たちと酒を飲みながら思うのだった。

あれは山陽がまだ簾塾の都講だったときのこと、山陽と玉蘊は、広々とした濡れ縁で月を見ながら酒を飲んでいた。菅茶山は留守ということもあり、山陽もくつろいでいた。

そのとき山陽は、あたかも自問自答するかのように、こう述べた。

「日本は、天皇を中心にした国家であるべきか」

「それは天皇次第だよ。民衆のことを真に考える政治をすればいいが、そうでない場合はこまる。誰が上にたっても、人間が個人として、真にその自由な精神を尊重される世の中でなけりゃ、いけないんだ。そんな世の中は、遅かれ早かれ、きっと、やって来る」

玉蘊は、すっくり立ちあがると高い空を見あげた。さっきまで雲ひとつなかった空に、微かに黒雲がはしりだしている。その黒雲に逆らうように山陽のやや激越なキンキン声が四方の山々にこだまして、玉蘊の胸に熱い炎の塊を投げつけていった。

いまなら分かる。山陽の言葉の一つひとつに、真実があるということを。

武士といえども藩という枠内に閉じ込められ、生涯そのなかで生きることを余儀なくされる。その制約は、藩内に生きる町人や商人、はては土地にしばりつけられている農民にまで等しく及んでいる。さらに女としては結婚も家同士が決めること、本人の意志など二の次である。玉蘊はそうして生きることに、これまでは何の疑問も抱かなかった。

だが、山陽だけは違っていた。

彼は日本の、とりわけ源平以来の武士の歴史を、膨大な資料にあたり、自分なりに理解、解釈して、天性の詩人の躍動感あふれる文章で、『日本外史』なる著書に著した。

その真意は、今日徳川幕府が抱えている諸矛盾を、どうしたら解決できるだろうか。とりわけ幕藩体制の根幹をなす藩という存在、さらには個人を身分にしばりつけ支配する士農工商という身分制度のもつ弊害。山陽の考えでは、近い将来日本は変わる、いや変わらざるを得ないのだという。彼にはこうした時代の先が見えていたのだろうか。

玉蘊は眼を遠くに向けた。瀬戸内の海が町家の間から見える。その豊饒な波のうねりのなかから、山陽のはじけたような笑い顔が大写しであらわれた。彼は忠海の海で舩に乗って、しきりに玉蘊に叫んでいた。玉蘊もまた手を振って、山陽の呼びかけに身をのりだして応えようとしている。

山陽は、この大海原のような途方もない雄大な男だった。その議論は激越で、他の追従を許さない。その吐く言葉は、炎のようにたえず未来にむけて発せられていた。

玉蘊は突如襲ってきた激情に、あやうく翻弄されそうになる。だがそれも痛快だ。

山陽と語らった日々が、まるで昨日のように思いだされる。

ただ今なら、もっと山陽の心情が、考え方が、身に染みて分かる。

思えば長い歳月がかかった。ようやく愛した男の真の魂に触れて、その火傷しそうな情熱に自身も身をゆだねる、そんな幸福感に玉蘊は陶然とさせられた。

山陽を、ひとりの人間として、心底信頼できる、こんな喜びの日々を迎えられようとは、歳月は無駄には流れないようだ。年月を経て、分かりあえる男と女の真の情愛の潔さも、思えば粋なものかもしれない。

父とわが子が眠る墓に詣でながら、玉蘊は山陽との在りし日の夢のような思いでに、心から感謝し、頬をつたう涙をふりはらった。

その時、墓地のあちこちから、大勢の人の群れが玉蘊の方角に歩いてくるのが見えた。

誰だろう？

いぶかしげに首をひねる玉蘊の眼の前に、ボロ布を身に着けただけの乞食の群れが、よろよろと集まりだしたのだ。

寺の境内に、飢えた近在の百姓らがたむろして物乞いしている。出がけに妹のお庸が忠告してくれた。それを聞き流して玉蘊は墓参にやって来た。

愚かだった。悔やんでもどうにもならない。その間にも玉蘊のまわりには、飢えて手足も萎えた人々が、欠けた茶わんやつぶれた鍋などを差し出して、ぶつぶつ無心の声をあげる。押せばその場に倒れこみ、餓鬼のように死んでしまいそうな貧しき人々の群れ……。

はだけた胸の肋骨が浮き出て、まるで地獄絵さながらだ。

玉蘊は恐怖のあまり足がすくんで、助けを呼ぼうにも声がからからで、危うく倒れそうになった。

ただこのままでは彼等の群れに、取り囲まれ、下手すると踏みつぶされてしまうかもしれない。

玉蘊は後ずさりしながら、逃げ場を探そうと身構えた。

その時、耳をつんざくような呼子の笛が鳴った。

「おおい、炊き出しはこっちだぞ。早く集まれ」と、怒鳴り声がひびいてきた。

その声に、玉蘊のまわりに群がっていた飢えた百姓らの群れが次々と囲みを解き、一斉にぞろぞろと動き出した。

ほっとして声の方を見ると、竹下の店の使用人らが大釜を炊いて、大声で叫んでいた。

その時、寺の境内の奥から竹下が小走りにやって来た。玉蘊を見ると、

「玉蘊さん、だいじょうぶですか?」と、すばやく玉蘊の腕をつかむと、寺の庫裡に連れて行った。

「竹下さん、ありがとう。あなたがいなかったら……」恐怖のあまりひきつった眼から、あやうく涙がふきだしそうになる。

「玉蘊さん、彼らは近在の百姓です。みな食えなくなって、田畑を捨てて流れてきている」

話には、ちらほら聞いてもいた。だがはじめて群れをなした乞食たちの姿をまのあたりにすると、恐怖のあまりすくんでしまった。

寺の庫裡で小坊主が運んだ茶を飲むと、玉蘊もやっと息を吹き返した。

「それにしても、あなたは立派だわ」

竹下は難民救済事業の一環として、これまでも困窮者のために寺や町内の各所で炊き出しをしている。その話は聞いていたが現実にまのあたりにするのは初めてのことだった。

「それより玉蘊さん、すこし話があるのですが」

竹下は玉蘊の気持ちが落ち着いたところで、話をきりだした。

「玉蘊さん、私はこのたび慈観寺さんの本堂の再建をすることにしました。これも私の難民救済事業の一環です。飢えた人々に食を与えるのも大事だが、人心を救うには仏の力にすがるしかありません」

竹下はきっぱりと言いきった。

「そこで、玉蘊さん、あなたに本堂の襖絵を描いていただきたいと思うております」

「えっ、由緒ある慈観寺さんのご本堂の襖絵を、この私にまかせていただける、まことに？」

「もちろんです。慈観寺はここ尾道でも由緒ある寺です。そこの本堂の襖絵ともなれば、あなたほど、ふさわしいひとはおらん」

竹下はきっぱり言いきると、庫裡の障子を開けた。

「ごらんなさい。この尾道でさえ食いつめた農民らが大挙して流れこんでいる。なんでも江戸や大坂あたりでは、飢えた農民らの流入にくわえて、都市部でもその日の食う米にもこまった連中がいまや貧民となり、一部では暴徒化しているとうわさです」

竹下は商いをとおして諸国の情勢にもくわしい。

「ここ数年、飢饉や不作は全国的に起こって、お上もお手上げの状態です」

竹下はきっと眉を吊りあげると、声をひそめた。

「ここだけの話ですが、お江戸では、お上の無策をあざ笑うように連日のように米騒動が起こっているそうです」

「お江戸で？」

玉蘊は眉を曇らせた。

「ええ、私も以前山陽先生からお聞きしたことですが。なんでも飢饉や不作に乗じた悪徳商人が米を大量に買い占め、値を吊りあげている。幕府の役人も賄賂をもらって、見て見ぬふりをしているらしい。そこで飢えた江戸の町人らが、商人らの隠匿する米蔵を次々と襲撃しては、米俵を貧民らにあたえているということです」

「でも、江戸は将軍さまのお膝もとですのに」

「そうです。そこが問題だと、山陽先生も案じておられた」

「ではいずれ大坂や、京にまで」

火の粉は飛び散るというのだろうか？

玉蘊は声をひそめた。すると、竹下が断言するように言った。

「京には帝がおられます。それに京の人々は長い日本の歴史のなかで、何度も動乱を経験してきた。そのせいか、滅多なことでは動じない。もっともこれも山陽先生の受け売りですが」

竹下は照れたように頭をかいた。彼は山陽が死んだ今でも、彼の教えを忠実に守って生きている。

「山陽先生の『日本外史』は、いまや諸国の時代を憂うる人々の間で熱狂的に読まれているということです。先生は長年、自分は筆の力で世の中の不正をもただす、その覚悟に変わりはないとおっしゃっておられた。まさに時代は山陽先生の言われたようになりました」

玉蘊は微笑んだ。何時になっても山陽への信頼を失わない、そんな竹下の一本気がまぶしかった。

玉蘊は晴れやかな表情になると、胸をはった。

「慈観寺様のご本堂の襖絵、力いっぱいやらせていただきます」

竹下はなにも言わずにうなずいた。

「今のこの不安な世の中がどうなっていくのか、私には考えもおよばぬことです。それに私には絵を描くことしかできない。それでも私が描いた襖絵を見てくださった人々の心が、すこしでも生きることに励まされれば、絵師としてこれ以上の喜びはありません」

たしかに竹下のように、炊き出しや米や味噌、野菜等の供出で、直接難民らの命を救うことには及ばない。だが同じ時代を生きるものとして、それぞれが自分にできる力を発揮することで、ともに苦難を乗り越えて生き抜くことができたら、それこそ本望だろう。

自分には絵しかない。だからこそ、自分の絵を見てくれた人々が、すこしでも慰められ、励まされて、生きることを諦めない強い意思を持ってくれたら、絵師冥利につきる。

あの清国の女流絵師、馬江香の画集に、多くの民衆が励まされたように、これから描く慈観寺の本堂の襖絵は、その意味からも新たな挑戦でもあるのだ。

「それでこそ玉蘊さんだ。山陽先生は、かつてこうも申された。竹下、おまえは有能な商人だ。その意地にかけても、持てる財力をつぎこんでも、この矛盾に満ちた世の中を救済していくのだ。私はその言葉を肝に銘じて実行する。それこそが山陽先生の遺志でもあるのですから」

竹下は自問するように言葉をきった。山陽が死んだ直後はさすがの竹下も心底まいっていた。だが商いは一日として休むことも許されない。竹下も以前にもまして商いに精魂傾けた結果、一回りも二回りも逞しくなって玉蘊の前にあらわれた。

「これで私も、ぞんぶんに慈観寺の本堂の再建にうちこめます。だが冬場になったら大量の餓死者がでる。急がないと」

竹下は自分に言い聞かせるように唇をきつく結ぶと、玉蘊に軽く手をあげ、境内の炊き出し所にゆったりと歩いていった。


持光寺の長い階段を一歩一歩降りながら、玉蘊は満ち足りた気持ちで家路に急いだ。

さっきまで黒雲が異様な速さで走っていた空が、見あげると嘘のようになくなっている。空は青ざめたように広がり、夕方近くなって湿気を含んだ瀬戸内からの潮風でさえ心地よく感じられた。竹下の師の山陽を敬う心情に胸をうたれたが、一方では由緒ある寺院の本堂の襖絵を、この自分がまかされた、その喜びに、飛びあがりたいほどの興奮をおぼえていた。

思えば長い間、自分は絵を描いてきた。それも師匠が住む京にもたった一度出ただけで、あとはこの鄙びた尾道の地で、ひたすら自らの感性のみを頼りに、絵を描く修行にうちこんできた。それはあたかも真っ暗闇の洞窟の中で、手探りで錐をふるって何ものかを掘り当てる、そんな作業にも似て、孤独な闘いでもあったのだが。だが、そうまでして絵を描いてきたのは、絵をたつきに母親を養う、それだけのことではなかった。自分がこの孤独な作業を諦めなかったのは、一歩、一歩、掘り進めば、かならずや自身の鉱脈を掘りあてられる。それこそが自分の新しい絵、目指す絵画そのものなのだ。

寺の石段から見おろすと、瀬戸内の海が見渡せた。その豊饒な海に抱かれるように長く横たわるおびただしい商家や町家の家並み、かつて山陽との愛に傷つき尾道に戻った玉蘊に、あらんかぎりの非難や中傷を浴びせた故郷の町が、相も変わらず息づいていた。

家が近づいてくると、玉蘊は眼をそばめた。灯りがぼんやりと燈っている。

「お姉さま、あまりにお帰りが遅いので心配していましたのよ」

奥の台所から妹のお庸があらわれた。

「これからすぐにお夕飯の支度、しますから」

「お母さまは？」

「今夜も我が家に泊まられるわ」

「だったらお庸、私一人だけのお夕食、自分でなんとかしますから、わざわざ来なくてもよくってよ」

「そう思ったけど、お母さまがうるさくて。ひとりにしておくと、何にも食べないから、心配だってね」

お庸はそう言いながらも手際よく魚をさばいて食卓にのせた。米櫃から米をよそいながら、よく動

く眼をくるくるさせて、

「なに考えているの?」と、聞いてきた。

玉蘊が竹下からの依頼の襖絵の話をすると、びっくりしたように眼をみはった。

「お姉さま、すばらしいじゃありませんか。それに竹下さんはいつもながら偉い方ですわ」お庸は胸に手をあて、うっとりと夢見るような表情を浮かべて微笑んだ。

「お庸、死んだお父さまが待ち望んだ、平田家の総力あわせた襖絵を、完成させましょう。お庸、いいえ絵師の玉葆、それに養子の玉甫、これまで育ててきた弟子たちもいる」

「お姉さま、分かりましたわ。やりましょう。でも、どんな絵を?」

それにはこたえず玉蘊は、再び下絵を描く画紙に眼をおとした。

それを合図のようにお庸は足音をしのばせ、ひっそりと立ち去った。

いつもながら妹の気配りは嬉しかった。

そういえば、妹の息子の玉甫ははやくも二十二歳の若者になっていた。玉蘊の養子になったことでも分かるように、母のお峯はむろんだが平田家を知る誰もが玉蘊の後継者として玉甫には期待した。

だが、そんな玉甫は、幼いころから絵筆を握ることさえ嫌がって、舞いやそのころ江戸から流行ってきた三味線を好んで弾いた。母のお峯はがっかりして、養子縁組を解消しようとさえ言いだした。

それを押しとどめたのは実の母のお庸、玉葆そのひとであった。

その玉葆は、周囲の心配をよそに、絵筆を握らない玉甫の心にたえず向き合って、繊細すぎる彼の心のひだにわけいりつつ、気長に待った。そうして、たえず母と息子の触れ合いを欠かさなかったせいか、いつの日か、気づいてみれば玉甫は絵筆を握って、庭の牡丹の花を写生していたのだ。その筆は母の玉葆に似て繊細で、色彩の鮮やかさも母譲りであった。

玉蘊はいつも姉の陰に隠れて自分を主張しない、おとなしい玉葆のそんな子育てにむしろ舌をまいた。おっとりしているようでも、わが子にかける全幅の信頼、その成長を見守る根気の良さ、熱意にはほとほと感心させられた。

自分は生涯わが子の成長を見とどけることはできなかった。とうに見あげるほど背丈ののびた玉甫を見つめる玉葆のみちたりた表情を見ながら、玉蘊はその秘めた母の強さに胸をうたれた。玉葆の、その澄んだ眼は、どこか鳳凰の優しさと気高さ、母の慈愛そのものに玉蘊には思われた。

鳳凰は中国の伝説上の聖鳥である。その聖鳥は桐の木だけに棲むといわれる。

玉蘊の眼前に、金の雲に舞う純白の鳳凰が、鮮やかにあらわれた。その美しい眼はあたかも人間の母のような慈愛に満ちて、地上の生きとし生けるすべての生き物に平等に注がれている。

玉蘊は鳳凰を一気に描くと、深々と息を吸いこんだ。その鳳凰が棲むという桐の木には、淡紫色の花が咲き乱れて、鮮やかな緑の葉を広げている。

貧しき人々の救済のための寺の襖絵だから、母の慈愛そのものの鳳凰の姿はふさわしい。しかも鳳凰は桐の木だけを宿り木とするという。だが桐の木は地上高く葉をひろげ、生い茂るため、その可憐な花弁は地上の人々が眼にふれるのもむずかしいほど、つつましやかに咲いているのだ。まるで偉大な鳳凰をひっそりと、しかし力強く支えるように。

玉蘊はその日から真新しく建立された慈観寺に通うと、筆をなめながら絵筆をはしらせた。妹の玉葆と玉甫、さらには玉蘊が育てた弟子たちも、一心不乱に襖絵に取り組んだ。

二十三　雪中の松竹梅

慈観寺の「桐鳳凰図」の襖絵の成功は、尾道から備後一帯にまたたく間に広まった。それと同時に玉蘊の名声もいよいよ高まった。

久しぶりに座敷に御簾を垂れて、中国の「牡丹亭」の本を読んでいると、養子の玉甫が音もなくあらわれた。

「お義母さま、福善寺のご住職様からのお使いです」

福善寺は慈観寺からすぐ近くにある寺である。玉蘊は玉甫をともない、さっそく福善寺に向かった。庫裡に通されると、住職と檀家総代の吉井藤三郎がいた。

吉井は橋本竹下とならぶ尾道きっての豪商である。温厚で実直な人柄どおり、商いにも手堅い一面、菅茶山に詩文を習うなど、学芸にも秀でていた。ただ、おそろしく無口で、尾道の文化人の宴席でも、いつも手酌で酒を飲んで黙りこくっている。ばんじに陽気で派手な橋本竹下とは対照的で、それだけに文人仲間からは一目置かれた存在でもあった。

玉蘊は、吉井藤三郎の謹厳な顔を見ながら、やや緊張した面持ちで二人の前に両手をついた。ご住職のみならず檀家総代までが顔をそろえている。とてもただ事とはおもわれない。

「玉蘊さん、わざわざお越し願ったのはほかでもありません」住職が穏やかに口を開く。

「こたび、寺の本堂の襖をはりかえましてのう。その襖に、玉蘊さんに絵を描いていただこうとおもいましてな。吉井さんも、もちろん、ここは玉蘊さんにお願いするのが筋やからといわれて」

玉甫がおもわずごくりと唾を飲みこんだ。

「画題は？」玉蘊も、両目を大きく見開き、せきこむように身をのりだした。

「むろん、画題は玉蘊さんの意のままでよろしい」

それまで、むっつり押し黙っていた吉井が、突如大声をはりあげた。

玉蘊は息をのんだ。みるみる顔が火照って、さほど暑くもないのに汗がふきだしてきた。

慈観寺の襖絵の成功が、あらたな襖絵への挑戦の機会をあたえてくれた。何という幸運だろう。玉蘊は無意識に帯の間に手をやった。

住職が茶をすすめてくれた。その声も、玉蘊の耳には入らない。

脳裏には、あたかも走馬灯のように、あの暑い夏の日、京の西本願寺の御影堂で見た襖絵がかけめぐっている。

とうとう、この機会がきた。

円山応挙の弟子の十哲ともよばれた吉村孝敬の「雪中の松竹梅」の襖絵を、まのあたりで見た瞬間の激情が、歓喜が、玉蘊の全身をふたたび熱く焦がした。

ふたつ返事で承諾すると、玉蘊は薄暗い寺の廊下を小娘のように小躍りしながら寺を辞した。

「お義母さま、すばらしいことです。やりましょう、私どもの工房で」

玉蘊は見あげるほどに背丈も伸びた玉甫をまぶしく見あげると、うなずいた。

その時、背後から声がした。

「玉蘊さん、なにを描かれるか、もう決まっておられよう」

驚いて振り向くと、吉井藤三郎が棒のように突っ立っている。

「この度は、ありがとうぞんじます」玉蘊はていねいに頭をさげた。

福善寺の襖絵を描く機会をくれたのは、檀家総代の吉井の力だ。言葉数こそ少ないが、吉井は、京で山陽との結婚がなぜか整わず、傷心のまま故郷に帰った玉蘊に、これまで以上に絵の注文をくれた。しかもその都度破格の謝礼をくれた。白鶴鳴と所帯をもったときも、尾道の俳人仲間を集めて句会を催し、鶴鳴にも多額の報酬を包んでくれた。

玉蘊は、はにかんだような笑みを浮かべて、こくりとうなずいた。

「あなたが京の西本願寺の御影堂で、襖絵を模写して帰られた。以前、茶山先生からうかがったことがある」

口の重い吉井はそれ以上何も言わなかったが、あの時茶山は遠くに眼をやりながら、ぼつりと漏らした。（お豊の夢は、いつか由緒ある寺の襖絵に挑戦することだ）

それも、福善寺の檀家総代の吉井の立場を知ってのことか。

吉井は黙って頭をさげた。茶山の玉蘊に対するおもいやりが痛いほど伝わってきた。

当時は山陽を追って京まで出かけた玉蘊への非難がごうごうと渦巻いていた最中だった。

「これが、そのおりの模写絵ですの」

福善寺と聞いて、玉蘊はあわてて絵を帯にはさんで駆けつけた。だが絵は、もう何べんも取りだし模写をくりかえしたせいか、ところどころ墨も薄くなって、線描もおぼつかない。

「これでは参考にもならん。玉蘊さん、わしと京の西本願寺にまいろう。出立は明朝一番の船で」

「私も、お供を」すかさず玉甫が急きこむように言うと、吉井藤三郎がめずらしく笑いだした。


二度と京にはのぼるまい。かたく誓って足を遠ざけた、あの悩ましくも魅力に富んだ京の町並みを、玉蘊は荒い息を吐きながら、眼をこらして歩いている。

あの日も、暑かった。木陰をえらんで歩いても、額や首筋から汗が玉のように噴き出して、そのうち頭がくらくらして、息をするのもやっとのありさまだった。

恋しい山陽の胸の裡がわからなくて、ただ不安にかられて、ようよう西本願寺の唐門にたどり着いたときは、あやうく倒れるところだった。それが御影堂に通されて、そのひんやりした内陣の両側に、それぞれ六面ずつの襖に描かれた「雪中の松竹梅」を見た瞬間の衝撃、あたかも落雷にうたれたようで、しばらくは口もきけずにただぼう然とすくんでいた。

玉蘊は僧侶に案内されて御影堂に通された。吉井も、玉甫も、すり足で影のようについてくる。

あれから二十数年の歳月が経たというのに、さすが円山応挙の高弟子、脂の乗りきった壮年の吉村孝敬の筆は、むかしもいまも、荘厳さのなかに泰然と構えて、その存在感はたしかなものだった。

歳月だけは目まぐるしく駆け抜けたというのに、ここだけは時間が止まったかのように静謐のなかにたたずんでいる。背後で吉井藤三郎が遠慮がちに咳払いした。

玉甫といえば眼をらんらんと見開き滴る汗をぬぐおうともせず、ひたすら絵筆をうごかしている。二十五歳の玉蘊の姿が甦る。

山陽の熱気を帯びた告白に、ともに文人同士、夫婦（めおと）となって、一生を歩き続けようと誓った、若かった玉蘊のひたむきな想いがあった。

だがそれも、この障壁画のあまりの見事さの前では、どうだろう。

雪の重さに耐えるかのような堂々たる松の太い幹、降り積もる雪の真白き美しさ、しなやかな竹のよそおい、やがては季節もめぐって、梅の花がほころぶ。日本の四季の移ろいをかくも鮮やかにあらわした堂々たる伝統的な障壁画、その大胆かつ精緻な筆力、どれひとつとっても、完璧すぎる絵師のたくらみがこめられている。

尾道に帰る船旅のあいだ、無口な吉井藤三郎はもちろん、誰もが無言であった。

船着き場に降りたった玉蘊は、工房の長として、その足で福善寺に急いだ。

それからの玉蘊は、工房の長として、寺につめきった。妹の玉葆、むろん玉甫にいたっては、京で襖絵を模写してからというもの筆を縦横にはしらせ、繊細の中にもずんと一本筋金が入ったように、画境にも著しい変化がみられた。

こうして玉蘊はじめ工房が一丸となって制作した福善寺の襖絵「雪中の松竹梅」は、天保五年の末には完成した。

玉蘊は、薄暗い本堂で、たったひとり完成したばかりの襖絵を見つめていた。

濃密な自分だけの至福な時の滴り、それは、二十五年もむかしのあの日、京の西本願寺の御影堂で味わったあの苦悩と歓喜にむせんだ涙の数々を、一瞬、おもいださせた。

絵師として、いつか障壁画にも挑戦したいという熱気のなかにも、恋する男の真心がどこにあるかさえ分からず、震えるような不安の淵をさまよった。あの混迷と歓喜の瞬間を……。

だが、玉蘊は、襖絵の前で、大きく息を吸いこんで、胸をそらせた。

「雪中の松竹梅」、これこそが自分のいのちなのだ。これからも永遠に生き続ける、おのれの生命そのものなのだ。

そう、創造されたものは、未来永劫、いのちをあたえられる。

それにひきかえ、人の一生ほど、儚いものはない。

死ぬまで京を愛し、京に散った頼山陽の人生（いのち）。どんなに愛おしくとも永遠とは無縁な存在、それこそが人の一生というものか。

だが、山陽は死んだが、彼の著作『日本外史』は、のちの世にも読み継がれる。

福善寺の襖絵が完成した翌年の天保六年夏には、山陽の盟友田能村竹田がこの世を去った。

母のお峯が天寿をまっとうしたのは、その五年後のことで、七十三歳である。このとき玉蘊は、すでに五十四歳の老女であった。江戸時代では五十を過ぎると老婆とよばれる。

玉蘊は、いまでは大勢の弟子を率いるまでになっていた。

安政二年（一八五五）正月、尾道の多くの文化人、弟子らと新年の宴をもよおした玉蘊は、酒を酌み交わしながら、あいかわらず達者な筆で、富士の山を描いた。

さあ、これから私は、富士の山を百岳描きあげて、皆さんに贈りますね。

乙卯春日写以百岳贈諸君　(乙卯(おつぼう)春日写す　百岳を以て諸君に贈る)　七十玉蘊女史

この時玉蘊は、六十九歳だったが、正月にみずから誓ったように、精力的に富岳図を描き続けて、百岳には及ばなかったものの、数十点を描きあげた。

玉蘊が、いよいよその生涯を終えたのは、それから半年後の六月二十日のことだった。

庭の常緑の蘇鉄の葉が、この日も鮮やかに天を仰いでいた。


(了)

あとがき

江戸時代の女性を主人公にした小説を書いたのは、これが二作目です。

最初は江戸期の開明的な思想家の只野真葛（ただのまくず）で、女流絵師に限っていえば、平田玉蘊さんが初めてです。

実は、十二年前『真葛と馬琴』の作品で、株式会社郁朋社から歴史浪漫文学賞優秀賞をいただきました。その受賞後の第一作として意気込んで書いたのが「平田玉蘊」でした。

当時は嬉しさもあり一刻も早く次作を世に送りたいと意気込んでいたこともあり、かなり性急に書きあげた記憶があります。そのせいか、長年小説を指導していただいてきた小説教室の根本昌夫先生には、「こんなの書いちゃいけない」と、酷評をいただき、立ちあがれないほどの衝撃を受けました。尾道から神辺、広島まで、初夏の早くも暑い日差しの中を、精力的にまわって取材につとめたのに、どうして書けなかったのか、激しく悩みました。

とりわけ尾道では、小高い山並みに夥しい寺院、石段を昇りながら眼下に広がる瀬戸内海の海を見たときの衝撃は、いまだに脳裏に焼きついています。しかも出会った地元の方々ことごとくが人情味にあふれて、その濃密すぎる触れ合いに、思わずこんな土地に住んでいたら幸せだろうなと、しみじみ述懐させられました。

竹原では照蓮寺までの道のりを歩くと、強い潮のにおいが鼻をついで、高い土塀の上段にまで海水に浸された跡が残っている光景に、まるで異郷を訪れた驚きにみまわれたものです。さらに、思いきってタクシーで神辺まで訪れて、菅茶山の簾塾跡にたちよって、往時の装いのままの情景に、深い感慨を抱かされたものでした。

それも、いつしか往時の原稿も紛失し、心残りだったけれど、歳月だけが駆け足で通り過ぎて、昨年の暮の大掃除で、なんと原稿の一部が書棚の隅で発見されたのです。

驚きと感動で胸をわくわくさせて読み進んだ。さらに大学ノート二冊分の膨大な資料に目を通すうち、あの初夏の暑い盛りに尾道に旅した体験が、まるで昨日のことのように思いだされて、その濃密な空気までもが肌身にひりひりと火傷しそうに感じられたのです。

玉蘊さんに今一度会いたい、小説の中でそのかぐわしき姿を再現させてみたい。

暮の大掃除も何のその、その夜から玉蘊さんと向きあって、彼女の絵を見ながら、彼女の心の奥底までわけいって、ひたすら書き綴って、夢想して、語りかけて、遂に書ききった時のよろこび。玉蘊さんへの感謝、さらには尾道で優しくしてくださったすべての方々の姿がよみがえって、胸が熱くなるおもいでした。

歳月はだてに過ぎ去るものでもない。十二年前にはどうにも書けずにいら立ったものだが、年を重ねたせいだろうか、ひとの心に虚心で触れ合えるようになって、玉蘊さんを書くことで、私自身も成長できたような、そんな感謝の気持ちで一杯です。

さいわいにも郁朋社の社長佐藤聡様のあいもかわらぬご好意で、この度出版することができました。

さらには出版にあたり、『品格の女性画家　平田玉蘊』の画集を出版された、尾道市立中央図書館長の奥田浩久様には、新資料やら貴重なご意見、ご援助等たまわり、感謝の念にたえません。同じく尾道の宇根元了様からも、玉蘊の絵の解釈などご意見いただき、ありがたく感謝しております。

また、本書を書くきっかけともなった『頼山陽と平田玉蘊』の著者池田明子様には、ご丁寧な書状をいただき、本書を著すのに大いに励みになったこと、あらためてお礼もうしあげます。

これも長年小説の指導にあたってくださった根本昌夫先生のおかげと、誌上をお借りして心から感謝もうしあげます。

令和五年吉日

小室　千鶴子

主要参考文献

『閨秀畫家玉蘊女史の研究』浜本鶴賓（「備後史談」第十四巻）備後郷土史会　一九三八
『頼山陽全集』詩集　木崎愛吉、頼成一篇　頼山陽先生遺蹟顕彰会　一九三二
『日本外史　上中下』頼成一、頼惟勤訳（岩波書店〔岩波文庫〕改定新訳一九七六、一九七七、一九八一）
『頼山陽』頼惟勤（日本の名著　中央公論社　一九七二）
『頼山陽とその時代　上下』中村真一郎（筑摩書房　二〇一七）
『頼静子の主婦生活』皆川美恵子（雲母書房　一九九七）
『江馬細香』門玲子（藤原書店　二〇一〇）
『頼山陽と平田玉蘊』池田明子（亜紀書房　一九九六）
『菅茶山と頼山陽』富士川英郎（平凡社　一九七一）
『菅茶山　上下』　富士川英郎（福武書店　一九九〇）
『頼山陽　上下』見延典子（徳間書店　二〇〇七）
『金帚集』版本　中島棕隠（国会図書館蔵）
『芸藩通志』写本　頼杏坪編（一八二五　国会図書館蔵）
『江戸絵画入門』別冊太陽（平凡社　二〇〇七）
『応挙、呉春、蘆雪』山川武（東京藝術大学出版会　二〇一〇）

『江戸の絵を読む』小林忠（ぺりかん社　一九九八　新装版）
『日本絵画の見方』榊原悟（角川選書　二〇〇四）
『近世日本絵画の見方』安村敏信（東京美術　二〇〇五）
『西本願寺』大谷光真、五木寛之（新版古寺巡礼　京都　二〇〇八）
『池大雅』吉沢忠（ブック、オブ、ブックス　日本の美術26　小学館　一九七三）
『円山応挙』　特別展　佐々木丞平、佐々木正子監修（毎日新聞社　ＮＨＫ　二〇〇三）
『田能村竹田　新潮日本美術文庫⑲』（新潮社　一九九七）
『江戸期の俳人』榎本好宏（飯塚書店　二〇〇八）
『品格の女性画家　平田玉蘊』（奥田浩久　二〇一三）

平田玉蘊（ひらたぎょくうん）　──尾道（おのみち）に生（い）きた女性画家（じょせいがか）──

2023年10月6日　第1刷発行

著　者 ── 小室（こむろ）　千鶴子（ちづこ）

発行者 ── 佐藤　聡

発行所 ── 株式会社 郁朋社（いくほうしゃ）

〒101-0061　東京都千代田区神田三崎町2-20-4
電　話　03（3234）8923（代表）
ＦＡＸ　03（3234）3948
振　替　00160-5-100328

印刷･製本 ── 日本ハイコム株式会社

落丁、乱丁本はお取り替え致します。

郁朋社ホームページアドレス　http://www.ikuhousha.com
この本に関するご意見・ご感想をメールでお寄せいただく際は、
comment@ikuhousha.com までお願い致します。

 ISBN978-4-87302-801-9 C0093